SECRET KEEPERS

Zeit der Jäger

Teil 1 ist unter folgendem Titel erschienen:
*Secret Keepers – Zeit der Späher*

**TRENTON LEE STEWART**, geboren 1970 in den USA, publizierte seit dem Abschluss des renommierten Autorenworkshops an der University of Iowa Bücher für Kinder und Erwachsene und war zudem als Dozent im Bereich Kreatives Schreiben tätig. Der erste Band seiner Kinderbuchreihe »Die geheime Benedict-Gesellschaft« wurde in den USA u. a. in die Auswahl »Best Book of the Year« des »School Library Journal« aufgenommen, die Reihe war auch in Deutschland ein großer Erfolg. Trenton Lee Stewart lebt mit seiner Frau und seinen beiden Söhnen in Little Rock in Arkansas, USA.

Mehr über unsere Bücher, Autoren und Illustratoren auf:
www.thienemann.de

TRENTON LEE STEWART

# SECRET KEEPERS

## ZEIT DER JÄGER

Aus dem Amerikanischen von
Nina Scheweling

Thienemann

**Für Arjun und Bhairavi**

## INHALT

## DIE GEISTER ANDERER KINDER

Ruben saß auf dem Boden der kleinen Felskammer unter dem Meer und wurde sich langsam der Tragweite seiner soeben gefällten Entscheidung bewusst. Er hatte zwar noch keine Ahnung, wie er an die Uhr des Schattens gelangen sollte. Aber er war absolut sicher, dass er es versuchen musste.

Seine Mutter würde er niemals davon überzeugen können, aus New Umbra zu fliehen. Sie hatte zu hart daran gearbeitet, ihnen in der Stadt ein Leben aufzubauen. Sie würde nicht riskieren, alles aufzugeben – nicht ohne Job –, und nicht, wenn sie dem Schatten die Uhr einfach aushändigen konnte und die Sache aus ihrer Sicht damit erledigt wäre. Ihrer Ansicht nach die sicherste und beste Variante, um Ruben zu beschützen. Doch damit lag sie falsch, dachte Ruben. *Er* musste *sie* beschützen.

Also würde er den Spieß umdrehen und versuchen, dem Schatten die Uhr abzunehmen. Ohne Penelopes Brief hätte er das nie begriffen, doch die Gerüchte, die sich um den Schatten als mysteriöses, allsehendes Phantom rankten – was sollte denn anderes dahinterstecken als eine Uhr wie die von Ruben? Wer auch immer der Schatten war, er war nichts weiter als ein Mann, der sich unsichtbar machen konnte und diese Fähigkeit zu seinem Vorteil nutzte. Wenn Ruben mithilfe seiner eigenen Uhr die Uhr des

Schattens stahl, würde er ihm nicht nur diese Fähigkeit nehmen, sondern auch alle damit einhergehende Macht.

Genau, dachte Ruben immer aufgeregter, wenn er den Schatten als Betrüger entlarvte, würden der Botschafter und die Späher sich gegen ihn auflehnen und die Suche nach Ruben und der Uhr abblasen. Seine Mom und er wären in Sicherheit. Dann hätten sie zwar immer noch kein Geld, aber er hätte immer noch seine Uhr. Und mit der Uhr würde er nach und nach einen Weg finden, an Geld zu kommen. Mit der Uhr war er zu allem fähig.

*Zum Beispiel den Herrscher von New Umbra zu stürzen,* dachte Ruben, erstaunt über seine Idee. Warum nicht? Aus der Ferne erschien der Plan recht einfach. Der Teufel steckte im Detail. Damit musste er sich später beschäftigen.

Ruben richtete seine Aufmerksamkeit wieder auf Penelopes Brief. Am liebsten hätte er ihn abgeschrieben. Er wollte ihn nicht mitnehmen, sondern für die Meyers zurücklassen – sie hatten eine Erklärung verdient. Penelope würde ihnen alles erklären. Ruben selbst wäre zu dem Zeitpunkt schon lange fort, niemand könnte ihn aufhalten.

Wenn er doch auch über Pennys außerordentliche Begabung, sich Worte zu merken und wiederzugeben, verfügte! Dann fiele es ihm nicht so schwer, den Brief auswendig zu lernen. Nachdem er einige frustrierende Minuten mit dem ersten Absatz verbracht hatte, änderte er seine Vorgehensweise und konzentrierte sich auf den wirklich wichtigen Teil des Briefes – die Worte, die dem genialen Erfinder zugeschrieben wurden und die sich auch Penelope selbst vor vielen Jahren eingeprägt hatte.

Ruben hatte Schwierigkeiten, sich die Unsterblichkeit vorzustellen, und vielleicht übte sie auch aus genau diesem Grund keine besondere Anziehungskraft auf ihn aus. Oder er war einfach zu jung dafür, denn er wusste, dass Erwachsene diesen Gedanken unglaublich verlockend fanden. Schließlich existierten unzählige Geschichten von Leuten auf der Suche nach einem Jungbrunnen. Für jemanden wie den Schatten – jemanden, der seine Macht in vollen Zügen auskostete – musste die Vorstellung unwiderstehlich sein. Er könnte für immer über New Umbra herrschen. Ruben nahm sich vor, die Legende in- und auswendig zu lernen, denn der Schatten kannte sie mit Sicherheit ebenfalls.

Er konzentrierte sich mit aller Kraft auf die Worte, und erst als er sicher war, dass er den Text vollkommen beherrschte, wandte er seine Augen von dem Blatt. Im gleichen Moment schien eine Art Bann zu brechen und Ruben beschlich ein ungutes Gefühl.

Wie lange saß er hier eigentlich schon? Er versuchte die Zeit abzuschätzen, die er für die Suche nach dem Tunneleingang benötigt hatte, die Zeit in den Tunneln, die Zeit, die er in den Brief und seine unglaublichen Enthüllungen versunken war – und stellte erschrocken fest, dass er es nicht zu sagen vermochte. Er hatte jegliches Zeitgefühl verloren.

Ruben schob eilig die Seiten des Briefes zusammen und legte sie zurück in den Metallkasten. Bestimmt war er noch auf der sicheren Seite. Aus reiner Gewohnheit überprüfte er die Uhr, nur um sich zu vergewissern, dass sie einsatzbereit war. Die Ironie entging ihm trotzdem nicht: Er hielt die genialste jemals konstruierte Uhr in Händen und konnte nicht sagen, wie spät es war.

Geduckt verließ Ruben die Kammer. Sofort bemerkte er eine Veränderung in der Akustik des Tunnels. Auf Knien krabbelte er bis an den Rand der Nische und leuchtete mit seiner Taschenlampe nach unten. Die Pfütze schien größer; der Boden war bereits mit Wasser bedeckt. Offenbar kehrte die Flut zurück.

Er musste hier raus, und zwar *sofort*.

Ruben klemmte sich die Taschenlampe zwischen die Zähne, umklammerte beherzt die Eisenstange, die aus dem Boden ragte, schlängelte sich rückwärts und tastete dabei mit dem Fuß nach der ersten Sprosse. Er wusste, dass sie nur wenige Zentimeter unter ihm war, aber es kam ihm unendlich viel weiter vor. Als Ruben endlich die Sprosse spürte, bereitete er sich auf den schwierigsten Teil vor. Er musste die Eisenstange loslassen; der bloße Gedanke brachte ihn unter dem Regenmantel ins Schwitzen. Erstaunlich, wie viel schwieriger es war, nach unten zu klettern. Die oberste Sprosse – diejenige, die beim Aufstieg weggebrochen war – hätte einen gewaltigen Unterschied gemacht. Doch nun musste Ruben sich am Rand der Nische festklammern, als würde er an einer Klippe hängen. Es gab nichts, an dem er sich hätte festhalten können.

Er hatte keine andere Wahl. Und so brachte er all seinen Mut auf, ließ die Eisenstange los und presste seine Hände so fest wie möglich auf den Boden. Einen Moment lang verharrte er in dieser heiklen Position, die ihm jedoch so vertraut war, dass seine Gedanken einige Jahre zurückschnellten in eine Zeit, als ein jüngerer Ruben von der Küchenarbeitsplatte hinunterkletterte und kurz innehielt, bevor er sich die letzten Zentimeter fallen ließ. Der Junge schien aus einem anderen Leben zu stammen. Und doch hatte er sich in gewisser Weise überhaupt nicht verändert. Jahre später kletterte Ruben immer noch in schwindelerregende Höhen, um an Sachen zu gelangen, die er unbedingt haben wollte.

Er hatte nun fast sein ganzes Gewicht auf die Sprosse verlagert, und sein Oberkörper und seine Hände stützten den Rest, während er den anderen Fuß langsam nach unten streckte. Weil die Taschenlampe in seinem Mund gegen die Kante der Nische schlug, legte er den Kopf in den Nacken, sodass der Lichtstrahl über die Felsendecke zuckte. Da seine Hände langsam müde wurden, überlegte er, ob er es riskieren und mit einer Hand nach unten tasten sollte. Wenn er bloß Halt auf der Sprosse finden würde, auf der sein Fuß stand – doch plötzlich war die Sprosse weg. Sie war abgebrochen, mit einem leisen, klirrenden Geräusch wie dem Klappern weit entfernter Hufeisen. Für Ruben war es das entsetzlichste Geräusch, das er je gehört hatte. Er spürte, wie sein Knie gegen die Wand schlug, fühlte, wie sein Körpergewicht an seinen Händen zerrte, die dem nicht länger standhalten konnten. Er schrie auf, während seine Hände von der Kante der Nische rutschten. Seine Stiefel kratzten über Stein und schlugen hart auf der nächsten Sprosse auf, die daraufhin ebenfalls abbrach. Dann stürzte er in die Tiefe.

Er fiel ins Wasser. Seine Füße krachten schmerzhaft auf den Steinboden des Tunnels und seine Zähne schlugen hart aufeinander. Wenn das Wasser tatsächlich nur so hoch gewesen wäre, wie er *gedacht* hatte, dann hätte er sich sicherlich den einen oder anderen Knochen gebrochen. Stattdessen stand es hoch genug, um seinen Fall abzubremsen – hüfthoch, um genau zu sein. Er war buchstäblich vom Regen in die Traufe gefallen und hätte es niemals für möglich gehalten, dass die Flut die Tunnel derart schnell unter Wasser setzen konnte. Der Pegel stieg unaufhaltsam weiter.

All das wurde Ruben im Bruchteil einer Sekunde und in fast vollkommener Dunkelheit bewusst. Die Taschenlampe, die ihm während seines Aufschreis aus dem Mund gefallen war, lag irgendwo in der Nähe – ihr Licht schimmerte noch schwach unter der Wasseroberfläche. Er versuchte, zu dem Lichtschein zu gelangen – er musste die Taschenlampe unbedingt wiederfinden –, aber es war, als wären Ambosse an seinen vollständig mit Wasser vollgelaufenen Stiefeln festgebunden. Er konnte sich kaum bewegen.

Unbeholfen klammerte er sich mit einer Hand an eine Sprosse, hielt die andere hoch in die Luft und versuchte, sich aus den Stiefeln zu befreien. Erst als seine nackten Füße (mit den Stiefeln hatte er auch seine Socken opfern müssen) den steinernen Boden berührten, fiel Ruben auf, warum er eine Hand nach oben hielt. Ganz unbewusst hatte er die Uhr aus der Tasche seines Regenmantels geholt und hielt sie nun hoch, um sie vor dem steigenden Wasser zu schützen. Und das behielt er auch bei, während er sich fieberhaft nach der Taschenlampe umsah.

Kaum hatte er sie entdeckt, wurde sie ein Stück weitergetrieben.

Kurz darauf erlosch das Licht ganz.

Alles wurde schwarz. Ruben hörte seinen Atem, laut und verzweifelt, als wäre er kilometerweit gelaufen. »Nein«, flüsterte er, »nein, nein, nein!« Er watete hektisch zu der Stelle, wo er die Taschenlampe zuletzt gesehen hatte, und tastete mit den Füßen danach. Er fand sie beinahe sofort, hielt den Atem an, tauchte danach und schaffte es mit der anderen Hand gerade noch, die Uhr oberhalb des Wassers zu halten. Er tauchte wieder auf, schüttelte die Taschenlampe, schaltete sie aus und wieder an. Nichts. Er versuchte es wieder und wieder, ohne Ergebnis, und mit einem verzweifelten Schrei warf er die Taschenlampe in die Dunkelheit, hörte, wie sie gegen Stein krachte und ins Wasser platschte. Sofort bereute er es und quälte sich mit der Vorstellung, dass sie doch noch hätte funktionieren können. Jetzt war jegliche Hoffnung auf Licht erloschen.

Kurz überlegte er, die eisernen Sprossen wieder hinaufzuklettern, um dem steigenden Wasser zu entkommen. Doch dann verwarf er die Idee, denn er zweifelte stark daran, die Nische ein zweites Mal erreichen zu können. Außerdem schauderte es ihn bei der Vorstellung – falls er es durch ein Wunder tatsächlich bis nach oben schaffen sollte –, mehrere Stunden in totaler Finsternis zu verbringen. Nein. Er musste hier raus. Er durfte bloß nicht in Panik verfallen. Schließlich war er es gewohnt, sich in der Dunkelheit zurechtzufinden, und er kannte den Rückweg.

»Bleib cool«, flüsterte er grimmig. »Bleib einfach cool.«

Und so machte Ruben sich auf den Weg, stapfte durch das Wasser, hielt dabei mit einer Hand die Uhr nach oben und tastete sich mit der anderen an der Tunnelwand entlang. Erst jetzt fiel ihm auf, wie kalt das Wasser war. Außerdem verfolgte ihn die Erinnerung an den Tausendfüßler, während seine Finger über die steinerne Wand voller Spalten und Löcher glitten, in denen durchaus noch andere Kreaturen lauern konnten. Er stellte sich auch Wesen im Wasser um ihn herum vor, schwimmende, glitschige Wesen, die er nicht sehen konnte.

»Bleib cool«, knurrte er, lauter dieses Mal, aber der Anflug von Panik in seiner Stimme verunsicherte ihn so sehr, dass er seine Lippen zusammenpresste und schwieg. Er konzentrierte sich auf die Wand. Die Wand war sein Weg hier heraus, und er durfte an nichts anderes denken.

An der ersten Ecke wandte er sich nach rechts. Eine Ewigkeit später kam er an die nächste Ecke und wandte sich erneut nach rechts. Er erinnerte sich, wie viele Schritte er auf dem Weg hier herunter gemacht hatte, und irgendwie passten sie nicht zu der jetzigen Anzahl der Schritte. Wahrscheinlich lag es daran, dass er sich durch Wasser fortbewegte und deswegen kleinere Schritte machte. Der Zweifel nagte trotzdem an ihm. War es möglich, dass er auf dem Weg hierher eine Abzweigung übersehen hatte, einen Seitentunnel, in den er nun blind eingebogen war?

Er verlangsamte seine Schritte, dann hielt er an. Nein, er musste seiner Erinnerung trauen, seinem früheren Selbst. Panik würde ihn nur umbringen. Sie würde ihn ertrinken lassen, wie die Kinder in Pennys Geschichte, vor denen Penelopes und Jacks Vater gewarnt hatte.

Das Wasser reichte bereits bis an Rubens Brust. Die Finsternis um ihn herum war unerbittlich. Hätte er bloß nicht an die ertrunkenen Kinder gedacht! Jetzt waren zwar die Gedanken an die krabbelnden Kreaturen verschwunden, wurden jedoch von der noch grauenvolleren Vorstellung der ertrinkenden Kinder abgelöst. *Die Wand*, dachte er verzweifelt. *Konzentrier dich auf die Wand.*

An der nächsten Ecke bog er erneut rechts ab und dann geschah es. Der neue Tunnelabschnitt war schmaler, das Wasser deutlich höher; es war, als sei Ruben aus trägem Stauwasser in einen lebhaften Fluss getreten. Plötzlich spürte er das Wasser an seinem Kinn; alarmiert streckte er die Hand mit der Uhr noch ein Stück höher, so weit wie möglich über seinen Kopf, und schlug mit seinen geschundenen Knöcheln gegen die niedrige Tunneldecke. Beinahe hätte er die Uhr fallen gelassen, wenn er nicht instinktiv mit der anderen Hand zugegriffen hätte. Dadurch verlor er den Kontakt zu der so überaus wichtigen Wand. Ruben spürte Panik in sich aufsteigen und streckte die Hand schnell wieder aus.

Doch er fand die Wand nicht.

Er musste sie um wenige Zentimeter verfehlt haben, musste an der Tunnelecke vorbei ins Leere gegriffen haben. Er stolperte, sein Gesicht geriet unter Wasser, und er verrenkte sich geradezu, damit die Uhr nicht nass wurde. Als er sich wieder aufrichtete, wusste Ruben nicht, in welche Richtung er sah.

Er konnte sich nicht mehr gegen die Panik wehren, konnte nicht mehr klar denken. Tatsächlich konnte er so gut wie gar nicht mehr denken. Ruben reagierte vollkommen kopflos. Er prallte an eine Wand, von der er nicht wusste, wohin sie führte, folgte ihr ein paar Schritte, bevor er entschied, dass es die falsche Wand war, die falsche Richtung, und wieder umkehrte, ohne dass er hätte sagen können, warum. Schon bald taumelte er von links nach rechts, vor und zurück, von einer Wand zur nächsten und wieder zur nächsten … aber vielleicht lief er auch immer nur hin und her, denn jedes Mal wenn seine Hand den Kontakt zur Wand verlor, hatte er das Gefühl, den Kontakt zu *allem* zu verlieren und gefangen zu sein in einem Albtraum aus Wasser und Dunkelheit und Schreien.

Denn Ruben schrie. Er schrie nach Hilfe und er schrie aus Angst vor dem Ertrinken, und er schrie, weil er sich vorstellte, seine Schreie seien die der ertrunkenen Kinder – nicht die der Geister, sondern die der Kinder selbst – und Ruben wäre in dieser undurchdringlichen Finsternis bei ihnen und würde mit ihnen um sein Leben kämpfen.

Dann nahm ihm das Wasser den Atem, sobald er den Mund öffnete. Seine Schreie gingen über in heftiges Husten und Würgen und er spie kaltes Salzwasser aus, bis plötzlich ein anderer Teil von ihm die Führung übernahm. Er presste sich mit dem Rücken an eine Wand, hob sein Kinn, so hoch er konnte, und obwohl er bereits in totaler Dunkelheit stand, schloss Ruben die Augen, als wappne er sich für das Unausweichliche. Er ruderte nicht mehr panisch mit den Armen, doch er befand sich weiterhin in einem Stadium entsetzter Verwirrung. Er wusste, dass er aufgehört hatte zu schreien, aber er konnte noch immer die Schreie der anderen Kinder hören. Sie riefen immer das Gleiche, immer und immer und immer wieder.

Erschrocken begriff Ruben, dass sie seinen Namen riefen. Er öffnete die Augen und sah sich entsetzt um, als erwarte er, dass ihre Gesichter drohend aus der Dunkelheit auftauchten wie blasse Seeungeheuer, die sich vom Grund des Meeres erhoben.

*Ruben!*, kreischten sie. *Ruben! Ruben!*

Fassungslos entdeckte Ruben eins der Kinder, oder dessen Geist, einen Lichtklecks am Ende eines langen dunklen Tunnels. Er starrte darauf, gelähmt vor Angst, gebannt von dem Anblick. Der Klecks schwankte und flackerte – ein Leben, das bald ausgelöscht werden würde, dachte er. Es suchte seine Gesellschaft.

»Ruben!«

Die Wahrheit erschütterte ihn sogar noch mehr als seine albtraumhafte Vision zuvor. Ruben lauschte und starrte in die Dunkelheit. Seine Gedanken galoppierten zurück und ballten sich zu einem vernünftigeren Gedanken zusammen.

»Ruben!«

Keine ertrinkenden Kinder. Kein Albtraum.

Penny.

## IN DIE DUNKELHEIT

Draußen tobte der Sturm, aber im Inneren des Ölhauses herrschte so etwas Ähnliches wie Stille. Zumindest kam es den beiden Kindern so vor, nachdem sie sich durch sintflutartige Regenfälle gekämpft hatten, durch den heftigen Sturm und die Wellen, die auf die Felsen krachten, während sie sich ihren Weg über glitschige, überschwemmte Felsbrocken suchten. Das Wasser schwappte ihnen unaufhörlich um die Beine, drückte und zog an ihnen und warf sie immer wieder auf die Knie. Trotz allem hatte Penny es fertiggebracht, ihre Sturmlampe festzuhalten, und Ruben seine kostbare Uhr, bis sie endlich auf feuchtes Gras stolperten und in stummem Einverständnis zum Ölhaus liefen. Jetzt saßen sie zusammengekauert im fahlen Licht der Lampe, vor Kälte zitternd, und, in Rubens Fall, vor dem noch nicht ganz verblassten Grauen des Ertrinkens.

Pennys wallende rote Mähne klebte an ihrem Kopf, ihrem Gesicht, dem Kragen ihres Regenmantels. Es sah aus wie eine ungewöhnliche Sorte roten Seetangs. »*Bin bald zurück?*«, murmelte sie nach einer Weile.

Ruben starrte in die Lampe, immer noch mit dem Gefühl, den Blick nicht von ihrem Licht abwenden zu können. Doch Pennys Worte ließen ihn aus seiner Trance erwachen. Er sah sie an. In ihren Augen spiegelte sich der Schein der Lampe. Ihre Miene war ernst, sogar wütend.

»Du hast mir das Leben gerettet«, sagte er mit monotoner Stimme. Sein Gehirn fühlte sich irgendwie leer an; die Worte kamen ihm nur mit großer Mühe über die Lippen. »Ich habe meine Taschenlampe fallen lassen. Es war vollkommen dunkel dort unten. Ich habe die Orientierung verloren, und ich habe gedacht, ich würde ertrinken. Das Wasser stand mir schon bis hier.« Langsam, als bewege er sich immer noch durch Wasser, hob er die Hand bis zum Mund. Dann ließ er sie wieder in seinen Schoß fallen.

Pennys wütende Gesichtszüge glätteten sich. Tatsächlich sah sie mit einem Mal so besorgt um ihn aus, dass Ruben an seine Mom denken musste, und das hatte gerade noch gefehlt – er vergrub das Gesicht in den Händen und begann zu weinen. Er spürte, wie Penny ihre Hand auf seinen Arm legte. Nach einer Weile versiegten die Tränen und er wischte sich über die Augen. Nachdem er ein paar Mal tief ein- und ausgeatmet hatte, fühlte er sich etwas besser.

»Tut mir leid«, sagte er.

»Das muss es nicht«, erwiderte Penny. »Es war bestimmt grauenvoll. Ich will mir das gar nicht vorstellen.«

Ruben nickte. »Ja. Danke.«

Sie verfielen wieder in Schweigen. Ihre zitternden Körper beruhigten sich langsam. Penny zog ihre Hand von Rubens Arm zurück, schlang die Arme um ihre Beine und legte das Kinn auf ein Knie. »Was hast du dort unten gefunden?«

Ruben zwang sich zu einer Antwort. »Einen Brief. Von Penelope. Er erklärt alles.«

»Darf ich ihn lesen?«

»Ich habe ihn da gelassen, damit ihr ihn später finden könnt. Er ist an einem trockenen Ort, oder zumindest halbwegs.«

Penny sah ihn eindringlich an. »Und das ist alles? Sonst nichts?«

Ruben schüttelte den Kopf.

»Du sagst die Wahrheit«, stellte sie nach einer Weile fest, schien aber deswegen nicht weniger bekümmert. »Also hattest du dieses Ding, das du in der Hand gehalten hast – das so ähnlich aussieht wie ein Kompass und das du vor dem Wasser geschützt hast –, also hattest du das schon vorher. Es war in Penelopes Holzkästchen, nicht wahr? Wo ist es jetzt, in deiner Tasche?«

Ruben wandte den Blick ab. »Kann ich dir nicht sagen.«

»Ich hab dir das Leben gerettet!«, blaffte Penny. »Das hast du selbst gesagt! Außerdem gehört es dir überhaupt nicht!«

Ruben zuckte zusammen. Dann dachte er eine Weile nach, bevor er antwortete. »Also gut«, erwiderte er und sah zu Penny. »Ich sag's dir, denn du hast recht. Ich schulde dir was. Und nicht nur das – ich will es dir auch wirklich erzählen. Ehrlich. Aber …« Er verzog das Gesicht und war unsicher, wie er fortfahren sollte.

»Aber was?«

»Es stimmt nicht, dass es nicht mir gehört«, sagte Ruben eilig. »Es gehört mir genauso sehr wie einst Penelope.«

Pennys Kinnlade klappte herunter. Sie schloss sie sehr bedächtig wieder, die Augen zu Schlitzen verengt, und in ihrem Blick stand plötzlich eine solche Empörung und Wut, dass die Flammen in ihren Augen nicht nur von der sich spiegelnden Lampe zu kommen schienen, sondern aus ihrem tiefsten Inneren. Und doch erwiderte sie nichts, und während sie und Ruben sich anstarrten (Ruben zwang sich, ihrem furchtbaren Blick standzuhalten), änderte sich ihr Ausdruck langsam von Wut zu so etwas wie verärgerter Ernsthaftigkeit, bis sie wieder mehr wie die Penny wirkte, die er zu kennen glaubte.

»Du bist tatsächlich der Meinung, dass es stimmt, was du sagst«, stellte sie kopfschüttelnd fest. »Und ich kann mir schon denken, wie du dir das zusammengereimt hast. Dass es von Anfang an gar nicht richtig Penelope gehört hat. Du glaubst, wer es findet, darf es behalten.«

»So in etwa«, bestätigte Ruben vorsichtig.

»Also *hat* es einst Penelope gehört«, beharrte Penny. »Und sie wollte eindeutig, dass es Jack zurückgegeben wird – oder zumindest unserer Familie!«

»Nicht ganz«, entgegnete Ruben mit entschuldigendem Blick. »Sie wollte Jack mit von der Partie haben, weil er ihr helfen sollte, falls sie es nicht allein schaffte. Oder ein anderer Meyer, falls Jack nicht mehr am Leben wäre. So weit stimme ich dir zu. Das Kästchen hat Penelope extra anfertigen lassen, damit es an eure Familie zurückgegeben werden kann, und ich habe es euch zurückgegeben, oder nicht? Aber mit der Uhr ist es anders. Du wirst verstehen, was ich meine, wenn du den Brief gelesen hast. Sie wollte –«

»Also ist es eine Uhr«, unterbrach Penny ihn.

Ruben runzelte die Stirn. Das war ihm irgendwie rausgerutscht. Er hatte noch nicht überlegt, welche Geheimnisse er für sich behalten und welche er teilen wollte.

»Kann ich sie sehen?«, fragte Penny, obwohl ihr Tonfall deutlich machte, dass das weniger als Frage, sondern als Aufforderung gemeint war. »Das habe ich mir wirklich verdient. Seitdem du hier bist, habe ich nichts anderes getan, als dir zu helfen.«

Der Gedanke, dass jemand anderes die Uhr zu Gesicht bekam, verursachte Ruben ein Kribbeln am ganzen Körper. Mit Ausnahme von Mrs Genevieve hatte er sie noch niemandem gezeigt. Sie war von Anfang an sein Geheimnis gewesen, seins allein. Aber Penny hatte recht. Sie hatte es verdient, sie zu sehen.

»Zuallererst«, sagte er langsam, »musst du mir versprechen, dass du nicht versuchen wirst, sie mir wegzunehmen. Und du musst mir versprechen, dass du nicht ins Haus rennst und irgendjemandem davon erzählst. Sie finden es alle noch früh genug heraus.«

Penny sah ihn argwöhnisch an. Sie zögerte so lange, dass Ruben schon befürchtete, er hätte sie auf dumme Gedanken gebracht.

»Du musst es mir versprechen«, wiederholte er, »oder ich zeige sie dir nicht. Das kann ich nicht riskieren, Penny.«

Pennys Augen wurden wieder schmal. Aber sie versprach es.

Ruben zog die offene Uhr aus seiner Manteltasche. Für den Bruchteil einer Sekunde spielte ihm sein Verstand einen Streich und verwandelte die Uhr in das schreiende Gesicht einer Comicfigur und den Schlüssel, der aus der Mitte des Ziffernblatts herausragte, in eine erstarrte Zunge. Er blinzelte und das verstörende Bild verschwand. Er begann wieder stärker zu zittern. Penelopes Brief hatte ihm noch deutlicher vor Augen geführt, was die Uhr alles anzurichten vermochte.

Aber sie war auch von überwältigender Schönheit, was ihm bestätigt wurde, als Penny bei ihrem Anblick bewundernd nach Luft schnappte. Sie beugte sich über die Uhr und betrachtete sie aufmerksam. Ruben wusste, dass sie sie gern in die Hand genommen hätte. Aber sie bat ihn nicht darum, wahrscheinlich, weil sie sich die Antwort denken konnte.

»Sie ist wunderschön«, flüsterte sie. Jeglicher Ärger war aus ihrem Gesicht verschwunden und sie sah ihn mit großen Augen an. »Aber was ist ihr Geheimnis? Warum ist sie so wichtig?«

»Ich zeig es dir«, sagte Ruben zu seiner eigenen Überraschung. Er wollte Penny auch alles andere erzählen, nachdem er nun schon so weit gegangen war. Tatsächlich konnte er es kaum erwarten, sie einzuweihen. Schnell stand er auf, nahm ein Tuch aus seinem Rucksack und trocknete die Uhr ab. Da der Schlüssel perfekt in das Loch passte und die Uhr keinerlei Fugen oder Ritzen besaß, glaubte er nicht, dass Wasser in sie eingedrungen war; aber die vorherigen Besitzer hatten keine Mühen gescheut, die Uhr vor den Elementen zu beschützen, und er folgte ihrem Beispiel.

Nachdem er fertig war, sah er Penny mit ernster Miene an. »Du darfst nicht schreien. Es passiert nichts Schlimmes, versprochen. Ich verschwinde einfach nur. Es kann am Anfang etwas verstörend sein, deswegen musst du dich zusammenreißen.«

»Warte!«, rief Penny erschrocken. »Du *verschwindest*?«

»Nur kurz«, erwiderte Ruben. »Kommst du damit klar?«

Penny starrte ihn an und nickte dann langsam.

»Nicht schreien«, wiederholte er mit einem warnenden Blick. »Das mein ich ernst. Achtung, es geht los.« Er zog den Schlüssel heraus. Alles verschwand, und in der Dunkelheit hörte er Pennys ersticktes Keuchen, gefolgt von einem klatschenden Geräusch, als sie sich die Hände auf den Mund presste. Er wurde wieder sichtbar. Beim Anblick ihres erstaunten Gesichts musste er grinsen.

»Du bist verschwunden!«, zischte Penny, die Hände immer noch über dem Mund.

»Hab ich ja gesagt.«

»Ja, aber – du bist *verschwunden!* Ruben, du bist –«

»Verschwunden«, sagte Ruben grinsend. »Ich weiß.«

Nachdem Penny sich beruhigt hatte, verschwand Ruben ein zweites Mal für sie, und schließlich noch ein drittes Mal. Dann zog er die Uhr wieder auf und steckte sie zurück in die Manteltasche. Er wurde ernst. »Hör mal, Penny. Es gibt einen Mann – einen sehr bösen Mann …« Er zögerte, unsicher, wie viel er preisgeben sollte.

Penny versteifte sich. »Von wem redest du?« Ihre Gesichtszüge waren plötzlich vor Sorge angespannt. »Meinst du jemanden wie Bartholomew?«

»Vielleicht. Vielleicht nicht ganz so schlimm. Vielleicht noch schlimmer. Zumindest weiß ich, dass er sehr, sehr mächtig ist.«

»Was ist mit ihm?«, flüsterte Penny. »Verfolgt er dich?«

»Nicht bis hierher«, erwiderte Ruben. »Aber er sucht nach mir. In der Stadt, aus der ich komme. Er will die Uhr haben.«

»Oh, Ruben.« Penny klang ganz elend.

»Jep.«

»Und deine Mom?«

Ruben schüttelte den Kopf. »Sie hat keine Ahnung. Wenn sie von der ganzen Sache wüsste, würde sie mich zwingen, ihm die Uhr zu geben, um mich zu beschützen. Aber das kann ich nicht tun.«

»Nein«, stimmte Penny nach kurzem Nachdenken zu. »Nein, nicht, wenn er wirklich so böse ist, wie du sagst. Warum hast du sie nicht einfach zerstört? Dann kann er sie nicht mehr bekommen.«

»Daran habe ich auch gedacht. Doch ich glaube nicht, dass er meine Mom und mich in Ruhe lassen würde. Ich wollte einen anderen Weg finden.« Ruben atmete tief durch und sah sie dann ernst an. »Dank Penelope habe ich einen gefunden. Ich weiß jetzt, was ich tun muss.«

Penny blinzelte. »Geht es um den Brief? Würdest du mir bitte sagen, was los ist?«

Ruben wollte etwas erwidern, hielt aber noch einmal inne und ermahnte sich, nicht die Uhr aufs Spiel zu setzen, indem er zu viel preisgab. Er musste vorsichtig sein. »Du darfst deiner Familie nichts von dem verraten. Unter keinen Umständen. Wenn du es doch tust, dann mache ich mich unsichtbar und du wirst mich nie wiedersehen.«

»Ruben!«, keuchte Penny.

»Tut mir leid, aber das ist die Bedingung. Versprich es mir, und ich verspreche dir, dass du es ihnen erzählen kannst, sobald alles vorbei ist. Wir machen es entweder so oder gar nicht.«

Penny war zweifellos bewusst, dass er es ernst meinte; aber sie war auch hin und her gerissen. Wenn sie der Bedingung zustimmte, musste sie etwas vor ihrer Familie geheim halten. Wenn nicht, würde ihre Familie niemals erfahren, worum es bei dem Geheimnis überhaupt ging. Sie vergrub ihr Gesicht in den Händen.

»Okay«, flüsterte sie schließlich nach einer langen Pause. Sie senkte ihre Hände gerade weit genug, dass ihre großen grünen Augen sichtbar wurden. »Okay, ich versprech's.«

Und so erzählte Ruben ihr alles. Zuerst berichtete er ihr, was in Penelopes Brief stand, dann erzählte er, wie er die Uhr gefunden hatte, in welch schwieriger Situation sich seine Mom und er befanden, von dem seltsamen Mann am Telefon und in der U-Bahn. Und schließlich erzählte er ihr von dem Schatten.

»Die ganze Stadt«, sagte Ruben. »Er hat die ganze Stadt in seiner Gewalt. Und er besitzt die andere Uhr. Das ist das Einzige, was Sinn ergibt. Niemand hat ihn je gesehen. Der Botschafter wickelt seine Geschäfte ab. Und die Späher erledigen seine Drecksarbeit, weil sie Angst vor ihm haben. Du kannst dir nicht vorstellen, welche Gerüchte über ihn im Umlauf sind – er sei ein

Phantom, ein Monster oder sonst etwas Grauenvolles. Niemand weiß, wer er wirklich ist, aber alle haben Angst vor ihm.«

»Weil er sich unsichtbar machen kann«, fügte Penny voller Abscheu hinzu, »weil er furchtbare Dinge macht, ohne dabei gesehen zu werden.«

Ruben nickte.

»Das ist widerlich«, sagte Penny. »Ich *hasse* diesen Mann!«

Zu seiner Überraschung musste Ruben lachen. »Ich auch! Aber weißt du was? Ich werde ihn aufhalten. Ich glaube, dass ich es schaffen kann. So wie Penelope damals, außer dass – nun ja, dass ich noch ein Kind bin. Eigentlich ist das noch viel besser. Er wird nicht damit rechnen, dass ein Kind so etwas versucht.«

Penny starrte ihn fassungslos an. »Ihn aufhalten? Du? *Das* ist dein Plan?«

Ihre Reaktion war nicht unbedingt ermutigend, aber Ruben blieb standhaft. »Warum nicht? Er hat nur so viel Macht, weil er im Besitz der anderen Uhr ist, und ich kann meine benutzen, um ihm seine wegzunehmen! Genau das werde ich auch tun.«

Penny schüttelte den Kopf. »Warum gehst du ein solches Risiko –« Sie unterbrach sich, denn mit einem Mal hatte sie begriffen. »Deine Mom.«

»Genau«, erwiderte Ruben. »Wenn es nur um mich ginge, würde ich keinen Fuß mehr in die Stadt setzen. Doch wenn ich die Suche nach mir nicht so schnell wie möglich beende, dann finden sie heraus, wer ich bin, und das bedeutet, dass sie auch meine Mom finden. Solange der Schatten an der Macht ist, ist sie in Gefahr.«

Penny wirkte verzweifelt. »Ich fass es nicht. Ich fass es einfach nicht. Das ist alles so furchtbar! Und du glaubst wirklich, dass du ihn aufhalten kannst?«

»Ja, das glaube ich wirklich«, sagte Ruben und wünschte, er würde sich so sicher fühlen, wie er klang. »Der Botschafter und die Späher würden niemals seine Befehle ausführen, wenn sie wüssten, dass er bloß ein ganz normaler Mann ist. Glaub mir, ich habe gehört, wie sich einige von ihnen über ihren Job beschwert haben. Wenn ich die Uhr stehle und ihn bloßstelle, dann fällt sein ganzes System in sich zusammen.«

»Ich weiß nicht«, entgegnete Penny und rieb nervös die Hände aneinander. »Ich weiß nicht, Ruben. Wie du schon sagtest, wir sind bloß Kinder.«

Verwirrt zögerte Ruben – er hatte eigentlich nur von sich selbst gesprochen, nicht von ihnen beiden –, doch dann redete er weiter, getrieben von dem Wunsch, seinen Plan zu verteidigen. Seinem Selbstbewusstsein zuliebe wünschte er sich, dass Penny mit ihm übereinstimmte. »Hey, immerhin hat Penelope mich auf die Idee gebracht. Und ist das nicht genau das, was sie wollte? Dafür hat sie alles riskiert, dem hat sie ihr ganzes Leben untergeordnet. Und ich kann es schaffen, Penny! Ich kann es beenden!«

»Glaubst du wirklich, ich wüsste nicht, was Penelope wollte?«, schnauzte Penny mit finsterer Miene.

Ruben wich verletzt zurück. *Sie glaubt nicht, dass ich dazu in der Lage bin*, dachte er und spürte, wie seine hauchdünne Zuversicht zu bröckeln begann. Er senkte den Blick. Ihm fiel auf, wie zerschrammt und zerkratzt seine Füße waren und wie klein sie aussahen. Kleine Jungenfüße. Ihr Anblick entmutigte ihn nur noch mehr.

»Tja, tut mir leid«, sagte er mit belegter Stimme. »Ich habe keine andere Wahl. Ich muss gehen. Ich muss es versuchen.«

Penny machte ein gequältes Geräusch, als hätte sie gerade eine furchtbare Nachricht erhalten. Sie beugte sich zu ihm und nahm seine Hand. Verlegen ließ Ruben es zu, wich Pennys Blick aber weiterhin aus.

Als er es schließlich über sich brachte, ihr ins Gesicht zu sehen, bemerkte er so etwas wie Bewunderung, was ihn nur noch mehr in Verlegenheit brachte. Schlimmer, er wusste, dass sie seinem Plan zustimmen würde, und das bedeutete, dass er sie schon bald verlassen und allein in die Dunkelheit hinausgehen musste. Das machte ihn nicht nur traurig, sondern verängstigte ihn auch. Schnell sah er in eine andere Richtung.

»Meine Familie kann dir helfen«, sagte Penny. »Du musst das nicht allein machen.«

»Du weißt so gut wie ich, dass sie mich die ganze Sache überhaupt nicht machen lassen würde. Ich mag deine Familie, Penny, aber das muss ich allein durchziehen.« Ruben spürte einen Kloß im Hals. Er drückte ihre Hand und wollte aufstehen, aber Penny ließ ihn nicht los. Er setzte sich wieder hin und sah sie an.

»Also schön«, sagte sie. »Du musst das allein durchziehen. Aber ich komme mit.«

»Wie bitte?« Rubens Herz setzte einen Schlag aus. Bei dem bloßen Gedanken fühlte er sich gleich hundert Mal besser. Bestimmt hatte er sich verhört. »Meinst du bis zum Bahnhof, oder …?«

Penny verdrehte die Augen. »Warum glaubst du wohl, dass ich dich vorhin so angeschnauzt habe? Ich habe Angst! Aber ich kann dich doch nicht einfach im Stich lassen! Soll ich hier rumsitzen, während du versuchst, diesem Mann das Handwerk zu legen? Wenn Penelope ihr *Leben* geopfert hat, um all dies zu beenden? Wenn meine Familie ihr Geheimnis seit Generationen bewahrt, um ihr zu helfen, sobald die Zeit gekommen ist?«

Pennys leidenschaftliche Worte machten Ruben sprachlos,

aber natürlich ergab es einen Sinn. Er hatte ihr das Versprechen abgerungen, ihrer Familie nichts zu erzählen, und so war der einzige Weg, ihm zu helfen, ihn zu begleiten. Sie fühlte sich dazu verpflichtet. *Die Meyer-hafteste von allen Meyers.*

»Du musst das nicht machen«, begann er und versuchte, überzeugend zu klingen.

»Du brauchst gar nicht den edlen Ritter zu spielen«, unterbrach ihn Penny. »Du willst, dass ich mitkomme. Das sehe ich doch. Wir sind jetzt Partner, Ruben. Also, schlag ein.«

Sie sahen sich mit nervösem Lächeln an. Schließlich nickte Ruben und sie schüttelten sich unbeholfen die Hände.

»Ich bin froh, dass das geklärt ist«, sagte Penny. »Außerdem ist mir furchtbar schlecht.«

»Da gewöhnst du dich dran«, erwiderte Ruben.

Sie verloren keine Zeit. Während Ruben sich Socken und Schuhe anzog, schlich Penny zurück ins Haus, um Verpflegung einzupacken. Kurze Zeit später kehrte sie mit ihrem Schulrucksack zurück und wischte sich über die Augen. Ruben sah sie fragend an.

»Sie werden sich solche Sorgen machen«, sagte Penny mit zitternder Stimme. »Ich habe ihnen einen Zettel hingelegt, dass alles in Ordnung ist, aber …« Sie schüttelte den Kopf und schniefte leise.

Ruben nickte. Er wusste, wie sie sich fühlte.

»Tja, Schluss damit, richtig?« Penny lächelte bemüht und deutete auf die Tür.

Zusammen verließen sie das Ölhaus. Die Überquerung zum Festland war einfacher, als Ruben erwartet hatte. Es regnete zwar noch, aber das Unwetter war vorbei. Das Wasser war noch ziemlich aufgewühlt, aber passierbar. Sie saßen Seite an Seite im Boot, jeder mit einem Ruder, und versuchten mühsam, Fahrt aufzunehmen. Schon bald hatten sie ihren Rhythmus gefunden und kämpften sich in einem vielversprechenden Tempo durch die niedrigen Wellen. Wenige Minuten später vertäuten sie das Boot am Festland und gingen durch das schlafende Dorf Richtung Bahnhof.

Ruben wusste, dass der erste Zug früh am Morgen abfuhr. Als Penny ihn darauf hinwies, dass der Bahnhofsvorsteher sie kannte, erwiderte Ruben, dass sie heimlich an Bord gehen würden. Sie durften keine Spuren hinterlassen.

»Du meinst, wir sollen *schwarzfahren*?«, fragte Penny empört.

»Wenn du dich besser fühlst, kannst du ja eine Fahrkarte kaufen.«

»Das mache ich auf *jeden* Fall!«

Im Dorf regte sich nichts. Die einzigen Geräusche stammten vom Regen, dem Gurgeln des Wassers in den Regenrohren und dem gelegentlichen, weit entfernten Donnern des nachlassenden Gewitters. Sie blieben im Schatten, bewegten sich zwar in der Nähe der Straßenlaternen, vermieden es aber, direkt unter ihnen hindurchzugehen. An jeder Straßenecke hielten sie an, fassten sich gegenseitig an den Ellbogen und sahen in alle Richtungen, bevor sie über die Straße liefen.

An einer solchen Ecke, ganz in der Nähe des Marktplatzes, warf Ruben einen Blick über die Schulter. Er tat es eher aus Gewohnheit und rechnete nicht damit, jemanden zu sehen.

Doch dieses Mal sah er jemanden.

Einige Querstraßen hinter ihnen huschte eine Gestalt durch den Lichtkegel einer Straßenlaterne und verschwand in einer kleinen Gasse. Ruben stieß hörbar die Luft aus, als hätte ihm jemand in den Magen geboxt.

»Was ist?«, zischte Penny und fuhr zu ihm herum.

Er griff nach ihrer Hand. »Lauf!«

Sie rannten, so schnell sie konnten. Nach einiger Zeit zog Ruben Penny in eine Nebenstraße. »Wir werden verfolgt«, keuchte er und lugte um die Ecke des Gebäudes.

»Bist du sicher?«, flüsterte Penny und krallte sich in seinen Regenmantel. »Hast du wirklich jemanden gesehen?« Ihre Hände zitterten.

Ruben hatte ebenfalls Angst. Er verspürte den übermächtigen Drang, sich zu verstecken. »Vergiss nicht, ich kann uns unsichtbar machen, wenn es sein muss. Das Wichtigste ist, dass wir leise sind. Wir stellen uns dicht zusammen und halten den Atem an. Du musst so nah wie möglich an mich rankommen. Okay?«

»Okay«, hauchte Penny. »Tut es – tut es weh?«

»Weh? Nein«, erwiderte Ruben und bemerkte, dass er die Blindheit bisher verschwiegen hatte. Er wollte keine Schwächen preisgeben, nicht einmal Penny gegenüber. Aber nun hatte er keine andere Wahl. »Es tut nicht weh, aber du kannst nichts sehen.«

»Es macht dich *blind?*«, zischte Penny. Ruben spürte, wie sich sein Regenmantel um seinen Oberkörper zusammenzog, und begriff, dass sie sich mit beiden Händen fest in seinen Rücken krallte.

Er wandte den Kopf und sah in ihre weit aufgerissenen Augen. »Du musst mir vertrauen, Penny. Es ist ein bisschen unheimlich, weiter nichts. Okay?«

Pennys Gesicht war verzerrt vor Angst. Nichtsdestotrotz nickte sie nach kurzem Zögern. »Okay«, flüsterte sie. »Okay.«

Ruben wandte sich wieder um. Er lauschte und starrte in die Dunkelheit. Seine Augen waren auf die durch den Regen nur verschwommen wahrnehmbaren Straßenlampen in der Ferne konzentriert. Lediglich sein Gesicht war an der Ecke des Gebäudes zu sehen, und doch hatte er das Gefühl, dass jemand, der noch besser getarnt war, dort draußen lauerte und ihn beobachtete. Er blieb vollkommen still. Der Regen prasselte auf den Asphalt und die Hausdächer, auf die geparkten Autos und die Mülleimer. Ansonsten war nichts dort draußen – und auf einmal doch. Der dunkle Hauseingang eines Gebäudes entließ einen Teil seiner Dunkelheit in die nicht ganz so dunkle, regennasse Straße. Die Gestalt stand nicht mal einen Häuserblock entfernt auf dem Gehweg. Ruben glaubte zu erkennen, wie sich der Kopf nach links und rechts bewegte. Auf der Suche nach ihnen.

Abrupt setzte sich die Gestalt in Bewegung. Offenbar war eine Entscheidung getroffen worden. Ihr Verfolger steuerte in ihre Richtung – er rannte zwar nicht, lief aber in einem entschlossenen, schnellen Tempo. Und er kam rasch näher.

Rubens Haut kribbelte. Er zog sich in die Gasse zurück, drehte sich zu Penny um und nickte ihr zu. Zusammen kauerten sie auf dem Boden und drückten sich eng aneinander. Rubens Hand steckte bereits in seiner Manteltasche, die Finger am Schlüssel. Sie verschwanden.

Schritte erreichten die Gasse, wurden langsamer, hielten schließlich an. Penny umklammerte Rubens freie Hand so fest, dass es wehtat. Als die Person sich bewegte, hörte man das Knirschen der Sohlen auf dem Asphalt. Dann herrschte wieder regennasse Stille. Ruben stellte sich vor, wie Augen die Gasse absuchten. Ein Schlurfen, ein schabendes Geräusch, dann wieder Schritte. Sie entfernten sich in schnellem Tempo.

Ruben drückte den Schlüssel in die Uhr. Pennys Gesicht erschien vor ihm, die Augen fest zugepresst. »Es ist vorbei«, flüsterte er und stand auf. Er trat zum gegenüberliegenden Gebäude und spähte um die Ecke, in Richtung der verhallenden Schritte. Penny huschte zu ihm herüber.

»Wer ist das?«, wisperte sie mit dem Mund an seinem Ohr.

»Keine Ahnung. Ein Mann, glaube ich. Er rennt jetzt richtig. Er verschwindet gerade um die nächste Ecke.«

»Wir sind nicht mehr weit vom Bahnhof entfernt«, sagte Penny. »Sollen wir es riskieren?«

Irgendwo in der Ferne knallte eine Autotür. Kurz darauf wurde ein Motor gestartet. Die beiden Geräusche waren nicht besonders bedrohlich, die Frage dahinter hingegen schon: Wer stieg um diese Zeit in ein Auto?

Sie sahen sich angsterfüllt an.

»Das ist er«, flüsterte Ruben und Penny nickte.

Sie blieben wie erstarrt an der Ecke stehen und lauschten. Aber der Regen und die Entfernung spielten ihren Ohren einen Streich. Sie konnten weder sagen, aus welcher Richtung die Geräusche kamen, noch konnten sie den Weg nachvollziehen, den das immer schneller werdende Auto durch das Städtchen nahm. Zumindest waren sie sicher, dass es nicht näher kam. Das Motorengeräusch verhallte. Schon bald war nur noch der Regen zu hören.

»Was ist hier los?«, flüsterte Ruben, ohne eine Antwort zu erwarten.

»Lass uns einfach gehen«, erwiderte Penny.

Minuten später erreichten sie den Bahnhofsparkplatz und duckten sich hinter eine Hecke. Am anderen Ende befand sich das Bahnhofsgebäude, in dessen Fenstern bereits Licht brannte. Auf dem Parkplatz parkte ein einzelnes altes Auto, das Penny zufolge dem Bahnhofsvorsteher gehörte. Ruben sah eine flache Vorderfront, mehr war bei dem Regen nicht zu erkennen. Aus irgendeinem Grund erinnerte es ihn an eine Sphinx.

»Wie lange dauert es noch, bis der Zug kommt?«, flüsterte Ruben. Penny hatte eine Uhr, die tatsächlich als Uhr funktionierte.

»Weniger als eine Stunde. Wir sollten uns in der Nähe des Bahnsteigs verstecken. Er hält nicht lange. Einige Hafenarbeiter aus Tucker steigen jeden Morgen aus, sonst niemand.«

Die ziemlich stachelige Hecke führte einmal um den Parkplatz herum bis zur Rückseite des Bahnhofsgebäudes. Sie würden über den vollkommen ungeschützten Parkplatz laufen müssen. Weit und breit war niemand zu sehen und die einzige Straßenlampe auf dem Parkplatz war – welch glücklicher Zufall – kaputt. So hatten sie immerhin den Schutz der Dunkelheit.

Hand in Hand traten sie hinter der Hecke hervor. Ruben behielt die andere Hand in der Manteltasche. Sie überquerten den Parkplatz rasch und erreichten den Schutz des Bahnhofes. Als sie unter der Straßenlaterne hindurchgingen, knirschte es unter ihren Füßen. Zersplittertes Glas. Jemand hatte die Laterne mit einem Stein kaputtgeworfen, dachte Ruben. Und zunächst beunruhigte ihn der Gedanke auch nicht, da er an einen Dummejungenstreich dachte.

Doch dann kam ihm eine weitere Möglichkeit in den Sinn, und plötzlich lief es ihm eiskalt über den Rücken. Was, wenn jemand die Laterne genau deswegen kaputt gemacht hatte – weil er wollte, dass der Parkplatz im Dunkeln lag? Kaum hatte er den Gedanken zu Ende gedacht, als er hörte, wie Penny scharf die Luft einsog. Er wandte sich um und sah, dass sie auf etwas zu ihrer Linken starrte.

Ruben folgte ihrem Blick. Neben dem Auto des Bahnhofvorstehers, auf der anderen Seite der Einfahrt, stand ein weiteres

Auto. Und noch während sie es anstarrten – während ihnen bewusst wurde, dass sie überlistet worden waren –, flammten die Scheinwerfer auf, leuchteten in ihre schockierten und verängstigten Gesichter und machten sie blind für alles, was noch kommen mochte.

## EIN UNERWARTETES BÜNDNIS

Ruben drückte den Schlüssel in die Uhr. Alles wurde schwarz. Er schlang seine Arme um Penny und versuchte, sie zurück zur Hecke zu ziehen. Aber Penny widersetzte sich ihm; sie schien am Boden festgewachsen zu sein. »Komm schon!«, zischte er. »Penny, jetzt *komm!*«

»Hey!«, rief eine andere Stimme, laut, aber gedämpft, als käme sie aus einer Kiste. Die Autotür wurde geöffnet und die Stimme rief erneut, schärfer und deutlicher dieses Mal. Es war die Stimme eines Mannes und sie klang höchst alarmiert. »Penny! Ach du – wo bist du, Penny? Was ist passiert? *Penny!*«

»Alles in Ordnung!« Penny befreite sich aus Rubens Umarmung, und er hörte, wie sie in Richtung der Stimme lief. Immer noch verängstigt und unsicher hastete er zur Seite, bis er sicher war, außerhalb des Lichtkegels der Scheinwerfer zu sein. Dann kauerte er sich auf den Boden und lauschte.

Die Stimme des Mannes klang schockiert und erleichtert zugleich. »Was zum – was geht hier vor, Penny? Heilige –« (Es war Jacks Stimme, Ruben erkannte sie jetzt.) »Geht es dir gut? Du bist verschwunden! Ich fass es nicht! Du bist verschwunden – einfach so! Ist das gerade wirklich passiert? Oder bin ich verrückt geworden?«

»Nein, bist du nicht«, erwiderte Penny erstaunlich selbstsicher. »Aber schnell, Jack, du musst uns sagen, ob du der Einzige bist, der uns durch die Stadt gefolgt ist. Denn falls nicht –«

»Was? Ja, das war ich. Wer sollte es denn sonst gewesen sein? Penny, wo ist der Junge? Was ist mit ihm passiert? Oh Mann, ich muss mich hinsetzen. Ich glaub das alles nicht.«

»Ruben!«, rief Penny. »Alles in Ordnung. Es ist bloß Jack.«

Ruben erwiderte nichts.

»Ist er weg?«, fragte Jack.

»Glaube ich nicht. Es – nun ja, es ist etwas kompliziert zu erklären. Jack, wir müssen wirklich hundertprozentig sichergehen, dass du der Einzige bist, der uns gefolgt ist. Bist du gerade erst hergefahren? Mit diesem Auto?«

»Wovon redest du? Natürlich bin ich das. Du hast doch gesehen, wie ich ausgestiegen bin.« Er klang besorgt. »Geht es dir wirklich gut? Wie viele Finger halte ich hoch, Rotschopf?«

»Ja, ja, mir geht's gut. Drei Finger. Ich wusste gar nicht, dass du ein Auto hast! Seit wann?«

»Seit einer Weile«, erwiderte Jack immer noch ziemlich beunruhigt. »Ich hab's bei Alex Ling in der Garage stehen.«

»Warum hast du mir das nicht erzählt?«

»Penny, verflixt noch mal, vergiss das Auto. Ich habe gerade gesehen, wie du verschwunden und dann wieder aufgetaucht bist – direkt im Licht der Scheinwerfer. Wie in einem bösen Traum. *Träume* ich?«

»Ich weiß, das ist total cool, nicht wahr?«, erwiderte Penny und lachte auf. »Hast du das gehört, Ruben? Es war die ganze Zeit über Jack. Woher wusstest du, dass du hierherkommen musstest, Jack?«

»Geraten. Er ist mit dem Zug gekommen. Also bin ich davon ausgegangen, dass er auch mit dem Zug wieder fahren würde.

Die Frage ist eher, was du mit ihm hier zu suchen hast. Und wo *ist* er überhaupt? Hey, Junge, bist du hier irgendwo?« Jacks Stimme wirkte jetzt ruhiger, dafür aber leicht verärgert.

»Ruben?«, rief Penny. Zum ersten Mal klang sie besorgt, dass er tatsächlich verschwunden sein könnte.

»Ich bin hier«, sagte Ruben.

Jack sog erschrocken die Luft ein. »War er das? Wo ist er?«

»Er ist unsichtbar«, sagte Penny schlicht.

»Du machst Witze. Ich glaub einfach nicht, dass das gerade wirklich passiert.«

»Ruben«, rief Penny, »kannst du bitte zurückkommen? So, dass wir dich sehen können?«

»Noch nicht«, entgegnete Ruben. »Erst muss er es versprechen.«

»Wovon redet er?«, wollte Jack wissen. »Was soll ich versprechen?«

»Natürlich«, sagte Penny. »Ich verstehe. Jack, du musst versprechen, dass du nicht versuchen wirst, Ruben etwas wegzunehmen oder ihn aufzuhalten.«

»Und warum sollte ich das tun? Wenn ich noch nicht einmal weiß, was er überhaupt vorhat? Er hat dich *verschwinden* lassen, Penny. Ist das überhaupt sicher?«

»Bitte, Jack. Du musst ihm vertrauen. Ich vertraue ihm und ich weiß mehr als du über diese Sache. Er versucht, das Richtige zu tun. Er versucht, das zu tun, was Penelope und Jack gewollt hätten.«

»Du machst Witze, stimmt's? *Dieser* Junge?«

»Tja, ich weiß nicht, Jack«, erwiderte Penny. »Kennst du noch irgendwelche anderen unsichtbaren Leute in der Nähe? Ja – *dieser* Junge. Und jetzt versprich es.«

Es entstand eine lange Pause. Ruben war sicher, dass Jack gerade versuchte, ihn in der Dunkelheit auszumachen. Ihm fiel ein, dass Jack in Richtung seiner Stimme vorpreschen könnte, in der Hoffnung, ihn mit einem Überraschungsangriff zu überrumpeln. Also bewegte er sich im Schutz des prasselnden Regens geduckt nach links.

»Na gut«, sagte Jack knapp. »Was auch immer. Hey, Junge, ich verspreche, dass ich dich nicht ausraube, aufhalte oder dir sonst irgendwas zuleide tue. Okay? Und jetzt zeig dich, worauf wartest du?«

»So nicht«, sagte Ruben. Er hörte, wie Jack überrascht Luft holte und dann leise fluchte. Schuhe schrammten über den Asphalt, als Bruder und Schwester sich instinktiv in Richtung der Stimme drehten.

»Er bewegt sich sogar, ohne dass wir ihn sehen können«, murmelte Jack. »Total abgefahren. Das gefällt mir nicht.«

»Ruben, was ist denn los? Er hat's doch versprochen.« Penny klang besorgt. »Würdest du bitte wieder sichtbar werden?«

»Du musst es *ihr* versprechen«, beharrte Ruben. »Nicht mir. Versprich es Penny.« Es folgte eine kurze Stille. Er stellte sich vor, wie sich Bruder und Schwester anschauten, und kroch erneut ein paar Schritte weiter, nur für den Fall.

»Nun?«, fragte Penny. Ruben glaubte, einen Anflug von Amüsiertheit in ihrer Stimme zu hören. Amüsiertheit und vielleicht auch ein bisschen Stolz.

Jack grummelte. Dann sagte er: »Also gut, Rotschopf. Ich verspreche es dir.« Etwas lauter sagte er: »Hast du das gehört, du unheimlicher kleiner Typ? Ich habe es ihr versprochen. Bedingung erfüllt.«

Ruben wurde wieder sichtbar. Dieses Mal war er in der Lage,

Jacks schockierten Gesichtsausdruck in vollen Zügen zu genießen. Penny sah ebenfalls erschrocken aus, obwohl sie wusste, was sie erwartete. Dann lächelte sie, und zu Rubens Überraschung rannte sie zu ihm und umarmte ihn, als hätte sie wirklich Angst gehabt, dass er verschwunden sein könnte.

»Das ist total verrückt«, sagte Jack und schüttelte den Kopf.

»Und du kennst erst einen Bruchteil der Geschichte«, erwiderte Penny.

»Wie wäre es, wenn ihr mir den Rest erzählt?« Jack musterte ihre Gesichter. Er setzte sich auf die Motorhaube seines Autos, eines heruntergekommenen schwarzen Kleinwagens, und stellte die Füße auf die Stoßstange. Ruben fiel auf, dass er weder Schuhe noch Regenmantel trug. Außerdem war seine Kleidung klatschnass. Natürlich – um ihnen folgen zu können, musste er von der Insel bis ans Festland geschwommen sein. Sie hatten schließlich das Ruderboot mitgenommen.

Penny sah Ruben an. »Können wir es ihm erzählen? Das geht doch, oder? Er kann uns helfen.«

»Nicht so voreilig, Käferchen«, warf Jack ein. »Erst erzählt ihr mir mal alles.«

Ruben zuckte mit den Schultern. »Du bist die Geschichtenerzählerin, Penny.«

»Na prima, eine Geschichte«, sagte Jack. »Ich hoffe, sie ist wenigstens gruselig.«

Während Penny erzählte, tigerte Jack unablässig auf und ab. Dann und wann schoss er einen wütenden Blick zu Ruben, der davon ziemlich aus der Fassung geraten wäre, wenn er nicht einen widerwilligen Respekt dahinter wahrgenommen hätte. Ruben spürte, dass Jacks Meinung von ihm beträchtlich gestiegen war, seit er darauf bestanden hatte, dass Jack sein Versprechen gegenüber Penny machen solle. Dass ein ihm nicht bekannter kleiner Junge in der Lage war, ihn so schnell zu durchschauen, hatte ihm eindeutig imponiert. Und die Geschichte, die Penny erzählte (in der sie Ruben weit mutiger darstellte, als er sich tatsächlich fühlte), konnte Jacks Meinung nur untermauern.

Ruben und Penny saßen auf der Stoßstange des Autos. Jack hatte die Scheinwerfer ausgeschaltet, und es fiel gerade genug Licht vom Bahnhofsgebäude und von einer Straßenlaterne hinter der Hecke, dass sie ihre Gesichter erkennen konnten. Ihre Mienen waren ernst. Es regnete noch immer, doch die Kinder in ihren Regenmänteln und Jack in seiner Rastlosigkeit schenkten dem keine Beachtung. Sie hätten gerade genauso gut um ein gemütliches Kaminfeuer sitzen können.

»Dieser Typ – wie hast du ihn nochmal genannt?«

»Der Schatten.«

»Der Schatten. Er hat also eine Uhr wie deine benutzt, um die Stadt in sein privates Königreich zu verwandeln.«

»Genau. Der Botschafter regelt alle Geschäfte für ihn und die Späher bringen ihm das Geld aus den verschiedenen Stadtteilen. Und er lässt sie immerzu nach einem Hinweis auf die andere Uhr suchen.«

Jack blickte finster drein. »Ist dieser Typ hundert Jahre alt oder was? Wie lange macht er das schon?«

»So lange irgendjemand denken kann. Zumindest hat meine Mom das mal gesagt.«

»Er muss gar nicht so alt sein«, warf Penny ein. »Vielleicht hat es vor ihm schon jemanden gegeben und der Schatten hat ihn abgelöst.«

»Du meinst, er hat ihn abgemurkst«, sagte Jack.

Penny schauderte. »Vielleicht.«

Jack stemmte die Hände in die Hüften und sah zu Ruben. »Das ist ein gefährlicher Typ, Junge. Und du willst dich wirklich in die Höhle des Löwen begeben und Jagd auf seine Uhr machen?«

Ruben fröstelte bei Jacks Worten. »Ich bin nicht scharf drauf«, sagte er ruhig. »Aber – ja.«

Jack nickte. Er presste die Lippen fest aufeinander und blinzelte in den Himmel. Der Regen war in ein leichtes Nieseln übergegangen. In den Wolken nördlich von ihnen hatte sich eine Lücke aufgetan, durch die man die Sterne sehen konnte. Im Süden, in Richtung Stadt, war nichts als Dunkelheit.

»Also schön«, sagte er schließlich und boxte Ruben so fest auf den Kopf, dass ihm die Ohren klingelten. »Ich fahre euch.« Er ging zum Kofferraum des Wagens.

»Jack!«, rief Penny vorwurfsvoll.

»Das tut *weh!*«, sagte Ruben mit Tränen in den Augen.

»Tut mir leid«, erwiderte Jack und öffnete den Kofferraum. »Ich hab's nur gut gemeint. Und jetzt dreht euch bitte um, denn ich bin ziemlich schüchtern.« Er begann, sich aus den nassen Sachen zu schälen.

Penny sah entschuldigend zu Ruben, der sich immer noch den Kopf hielt. »Jack«, sagte sie unsicher, »hast du gerade gesagt, dass du uns fährst?«

»Warum nicht? Bringen wir es hinter uns.«

»Ziehst du dich komplett aus?«, fragte Ruben frostig. Er war gereizt und verwirrt wegen des Schlags und unsicher, ob Jack sie zum Narren hielt. »Falls ja, dann gehe ich lieber zu Fuß.«

»Zu deinem Glück habe ich Wechselklamotten dabei«, erwiderte Jack. Tatsächlich streifte er sich bereits ein trockenes T-Shirt über seinen muskulösen Oberkörper. »Und etwas Geld.«

»Wirklich?«, fragte Penny verdutzt. »Zuerst erfahre ich, dass du ein Auto hast, und dann erzählst du mir auch noch, dass du Notfallklamotten darin aufbewahrst.« Sie kicherte unsicher. »Hast du deine Flucht geplant?«

Jack sah sie lange an und lächelte dann reumütig. »Jeden Tag, Käferchen. Jeden einzelnen Tag.« Er zog sich wieder zurück und wühlte im Kofferraum herum.

»Oh«, erwiderte Penny leise. Und dann, mit stockender Stimme: »Oh Jack. Ich hätte es merken müssen. Du wolltest immer fort von hier, aber du bist nie gegangen. Du hättest gehen können, doch du hast es nicht getan. Du bist geblieben, weil … weil …«

»Jetzt mach bloß keine große Sache draus«, unterbrach Jack sie, schlug den Kofferraumdeckel zu und trat in trockenen Jeans und Schnürstiefeln hinter dem Auto hervor. Er klimperte mit dem Autoschlüssel. »Fakt ist, wir brechen jetzt auf. Also ab ins Auto, ihr zwei. Rücksitz.«

Er warf Penny ein Handtuch zu und setzte sich hinters Steuer. Als er den Motor startete, erklang ein Geräusch wie das Grollen eines Erdbebens im Kino – tiefe Vibrationen, die man in den Füßen spüren konnte. Damit hatte Ruben nicht gerechnet. Das Auto sah von außen vollkommen unscheinbar aus, aber der Motor hatte es ganz schön in sich.

»Penny«, raunte Ruben und griff nach ihrem Arm. »Bist du dir sicher, dass er die Wahrheit sagt?«

Penny wischte sich über die Augen und nickte. »Ist doch toll, dass er uns fährt, oder?«

»Ich weiß nicht mehr, was ich denken soll. Und du bist auch total durcheinander.«

»Ach, vergiss es. Das ist wegen was anderem. Wenn Jack bei uns ist, ist das viel sicherer für uns.«

Ihr Bruder ließ den Motor aufheulen und das dumpfe Grollen verwandelte sich in das Gebrüll eines Löwen.

»Viel sicherer«, murmelte Ruben. »Klar.« Der Motor dröhnte so laut, dass Penny ihn nicht verstand.

Sie nahmen ihre Rucksäcke ab und stellten die Taschen in den Fußraum. Als Ruben die Tür schloss, kam es ihm vor, als träfe er eine endgültige Entscheidung. Er hielt einen Moment inne, doch schließlich zog er die Tür mit einem Knall zu.

Jack betrachtete ihn im Rückspiegel. »Hey«, sagte er etwas lauter, damit man ihn hören konnte, »wie hast du es eigentlich geschafft, die Luke aufzukriegen? Das ist ein wahres Biest von einem Vorhängeschloss.«

»Ich habe eins der Kettenglieder zer … warte – woher weißt du davon?« Er hatte die Kette mit dem Schloss überhaupt nicht erwähnt, nur die Luke.

»Jack Meyer!«, rief Penny und ließ das Handtuch sinken, mit dem sie sich das Gesicht abgetrocknet hatte. »Bist du etwa in den Tunneln gewesen?«

Ihr Bruder drehte sich mit hochgezogenen Augenbrauen zu ihr, wie um Verwunderung darüber auszudrücken, dass sie jemals etwas anderes gedacht haben könnte.

Penny verdrehte die Augen. »Na klar. Natürlich bist du das. Es überrascht mich, dass du nicht einfach selbst das Schloss geknackt hast.«

»Glaub bloß nicht, dass ich nicht in Versuchung gewesen wäre. Aber auch ich habe meine Grenzen.«

»Ist mir noch gar nicht aufgefallen«, bemerkte Penny.

»Tja, in der Tat weiß ich manchmal nicht so genau, wo sie liegen«, gab Jack zu. Er schaltete die Scheinwerfer ein und sah erneut nach hinten. »Seid ihr angeschnallt?«

Penny und Ruben befestigten hastig ihre Sicherheitsgurte. »Okay«, sagte Penny, »wir sind –«

Die Reifen quietschten wie verrückt gewordene Schweine, es roch nach verbranntem Gummi und das Auto schoss mit einem solchen Ruck vorwärts, dass ihre Köpfe gegen den Rücksitz knallten. Als Jack das Lenkrad rumriss, wurde Penny gegen Ruben geschleudert – sein Mund war plötzlich voller Haare –, und nach einer weiteren rasanten Kurve waren sie draußen auf der Straße. Dieses Mal wurde Ruben gegen Penny geworfen, die versuchte, sich bei ihrem Bruder zu beschweren. Ihre Worte wurden immer wieder von einem erschrockenen Aufschrei unterbrochen. Als sie schließlich geradeaus fuhren, reckte Ruben den Hals, um aus der Windschutzscheibe zu sehen. Doch bevor er herausgefunden hatte, wo genau sie sich in Point William befanden, hatten sie Point William bereits verlassen.

Jack lachte auf und Ruben musterte erstaunt seinen Gesichtsausdruck im Rückspiegel. Er lächelte – das erste echte, unbeschwerte Lächeln, das Ruben an ihm sah – und trotz des Motorenlärms konnte Ruben hören, wie er vor sich hin murmelte.

»Unsichtbar? Der Junge kann sich *unsichtbar* machen? Kein Wunder, Tante Penelope! Kein Wunder, dass du solch ein Bohei darum gemacht hast!« Jack schaltete hoch, und das Auto, das bereits über die Straße zu fliegen schien, schoss noch schneller voran. Jack schlug mit der Faust auf das Lenkrad.

»Endlich!«, rief er so laut, dass Penny und Ruben zusammenzuckten. Die Erleichterung in Jacks Stimme schien grenzenlos zu sein, als hätte er nicht nur sein ganzes Leben darauf gewartet, dass etwas geschah, sondern auch sämtliche Generationen davor.

»Endlich geht's los!«

# TEIL 3

## ZU HAUSE
## UND NICHT ZU HAUSE

## MRS GENEVIEVES ANWEISUNGEN

Das klapprige schwarze Auto, dessen Motor und Fahrer sich als vollkommen anders herausstellten, als Ruben erwartet hatte, schoss wie eine Rakete durch die Nacht. Ruben warf keinen Blick mehr auf den Tacho; das Ergebnis machte ihn zu nervös. Aus dem gleichen Grund hatte er auch aufgehört, hinter den vom Regen gepeitschten Fenstern irgendetwas erkennen zu wollen. Es schien, als würden sie durch ein Unwetter rasen, aber immer wenn Jack langsamer fuhr, um eine enge Kurve zu nehmen, legte sich der Regen, nur um erneut lautstark gegen die Scheibe zu prasseln, sobald Jack wieder Gas gab. Es war die Geschwindigkeit des Autos, die den Regen so heftig erscheinen ließ.

»Der Mann am Telefon«, sagte Jack mit lauter Stimme, um das Motorengeräusch und den Regen zu übertönen. »Warum bist du dir so sicher, dass es derselbe Mann ist, den du in der U-Bahn gesehen hast? Bist du ein Experte im Stimmenerkennen?«

»Das muss ich nicht sein«, entgegnete Ruben. »Wenn es dir passiert wäre, hättest du ihn genauso erkannt.«

»Es ist dir nicht ›passiert‹. *Du* hast den Typ angerufen, nicht der Typ dich.«

»So hat er es nicht gemeint, Jack, und das weißt du ganz genau«, sagte Penny.

»Also hättest du die Nummer nicht angerufen?«, fragte Ruben herausfordernd. »Wenn du in meiner Lage gewesen wärst?«

Jack betrachtete ihn im Rückspiegel. »Oh doch, ich hätte die Nummer auch angerufen. Und ich denke, wir sollten sie nochmal anrufen, um herauszufinden, was dieser Typ weiß. Woher weiß er von der Uhr? Hat er eine Ahnung, dass es zwei davon gibt? Weiß er, dass der Schatten eine davon besitzt? Wir brauchen mehr Informationen.«

»Ich glaube nicht, dass uns der Mann irgendetwas erzählen wird«, warf Ruben ein. »Und selbst wenn, würde ich kein Wort davon glauben. Er schien – ziemlich labil zu sein. Irgendwie nicht richtig im Kopf. Alles an ihm hat mir Angst gemacht.«

»Mir macht er auch Angst und ich habe ihn noch nicht mal gesehen«, sagte Penny. »Allein von deiner Beschreibung bekomme ich Albträume.«

»Ihr seid euch schon bewusst, dass wir es von nun an nur noch mit furchterregenden Leuten zu tun haben werden, oder?« Jack schaltete einen Gang zurück, um eine Kurve zu nehmen. »Wenn wir uns nicht mit den furchterregenden Leuten auseinandersetzen, dann kommen wir nicht weit.«

Die Kinder schwiegen eine Weile und dachten an furchterregende Leute. Die Scheibenwischer wischten hin und her. Ruben schien es, als sagten sie *Geh. Nicht. Geh. Nicht. Geh. Nicht.*

Penny brach schließlich das Schweigen. »Wenn der Schatten wirklich alles über alles weiß, dann weiß er doch bestimmt auch über den Mann am Telefon Bescheid, oder nicht? Nach so vielen Jahren und so vielen Suchanzeigen? Warum also lässt er den Mann in Frieden? Warum sieht er in ihm keine Bedrohung?«

»Vielleicht, weil er keine Bedrohung ist«, erwiderte Jack. »Der Schatten kümmert sich nicht um einen verrückten Typen in einem alten Anzug, der sein ganzes Geld für Kleinanzeigen ausgibt. Wenn ich so darüber nachdenke – vielleicht benutzt er ihn ja sogar und behält ihn die ganze Zeit im Auge. Falls der Typ jemals der anderen Uhr auf die Spur kommt, dann bekommt der Schatten ebenfalls Wind davon.«

»Also sollten wir ihn auf keinen Fall kontaktieren«, überlegte Penny weiter. »Es könnte den Schatten auf uns aufmerksam machen.«

»Oder aber wir kontaktieren ihn und geben ihm falsche Informationen, um sie zu unserem Vorteil zu nutzen. Wir können nicht rumsitzen und warten, dass der Schatten herausfindet, was vor sich geht. Der Junge sagt, dass wir uns beeilen müssen, richtig?«

»Sein Name ist Ruben«, erinnerte Penny ihren Bruder. »Und er sitzt direkt neben mir.«

Ruben warf ihr einen dankbaren Blick zu. »Jack hat recht. Wir müssen den Schatten so schnell wie möglich finden. Und das bedeutet, dass wir zu dem Mann gehen sollten, der am meisten mit ihm zu tun hat.«

»Du meinst Cassius Faug«, sagte Penny. »Der Mann, den man den Botschafter nennt.«

Ruben nickte.

»Und was sagen wir diesem Botschafter?«, wollte Jack wissen.

»Das ist der Punkt, an dem wir noch arbeiten sollten«, erwiderte Ruben.

»Dann mal los«, sagte Jack. »Im Morgengrauen sind wir in New Umbra.«

Sie rasten durch die regnerische Nacht, so schnell, dass Felder zu Vorgärten schrumpften und Dörfer zu bloßen Häuserreihen. Sie hatten die Straße beinahe vollständig für sich. Die wenigen entgegenkommenden Fahrzeuge stoben vorbei wie Sternschnuppen – viel mehr als das Licht ihrer Scheinwerfer war nicht zu erkennen. Erst als sie sich der Stadt näherten und der Verkehr zunahm, verlangsamte Jack seine Fahrt ein wenig, ignorierte jedoch weiterhin jegliche Geschwindigkeitsbegrenzung und schlängelte sich mit einer solch erschreckenden Schnelligkeit um die frühmorgendlichen Lieferwagen und Transporter, dass sie sich überhaupt nicht zu bewegen schienen, sondern wie eine Ansammlung von Fahrzeugen wirkten, die wild verstreut auf dem Highway parkten.

Bei einer großen Stadt erwartet man von den Galaxien aus künstlichem Licht überwältigt zu sein – Tausende und Abertausende erleuchtete Fenster, Ampeln, Straßenlaternen und Neonschilder. Doch New Umbra überwältigte nicht. New Umbra rückte drohend näher wie ein Berg aus Dunkelheit, und die kümmerlichen Lichtsprenkel der Straßenlaternen und erleuchteten Bürofenster hoben nur die Dunkelheit selbst hervor. Eine unglaublich zermürbende Dunkelheit.

Ruben, der während der Fahrt kaum einen Gedanken an seine feuchten Klamotten verschwendet hatte, empfand sie plötzlich als außerordentlich unangenehm. Allerdings quietschte sein Sitz laut, wenn er darauf herumrutschte, deswegen zwang er sich, still zu sitzen.

Sie kamen an einem Schild vorbei, das die Stadtgrenze ankündigte. Jack nahm den Fuß vom Gas und sie fuhren in einem weniger auffälligen Tempo durch einen Bezirk mit Lagerhäusern, Bahngleisen und Fabriken. Schornsteine bliesen dunkle Wolken aus Qualm und Rauch in die Luft. Der Himmel färbte sich langsam grau; der Regen hatte aufgehört. An den Laderampen der Lagerhallen sah Ruben einen Wachmann, der seinen Regenschirm zuklappte.

»Da wären wir, Junge«, sagte Jack. »Trautes Heim, Glück allein.«

Ruben hatte die Stadt noch nie von dieser Seite wahrgenommen – ein unbekannter Stadtteil in den frühen Morgenstunden, vom Rücksitz eines Autos aus. Ruben war sprachlos, wie fremd sich alles anfühlte. War New Umbra tatsächlich sein Zuhause? Nein. Die Stadt war bloß der Ort, an dem er bisher gelebt hatte. Zuhause war für ihn nicht so sehr ein Ort, sondern vielmehr eine Person. Seine Mom. Sie beide, wie sie sich Traumhäuser ausdachten, in einer Bäckerei einen Donut teilten, sich gegenseitig zum Lachen brachten. New Umbra bildete lediglich die düstere Kulisse.

»Alles in Ordnung?«, fragte Penny.

»Ja, mir geht's gut.« Bei dem Gedanken an seine Mom musste er gequält das Gesicht verzogen haben, ohne zu merken, dass Penny ihn beobachtete. »Wäre auch besser so, oder?«

»Schön. Nachdem wir das geklärt haben, könntest du mir vielleicht verraten, wohin die Reise geht«, warf Jack ein.

»Nicht nach Hause«, erwiderte Ruben.

An einer Tankstelle hielten sie an. Penny und Ruben schlüpften auf dem WC in trockene Sachen und Jack kaufte eine Straßenkarte, die sie im Auto gemeinsam studierten. Außerhalb der Lower Downs konnte Ruben sich nur mithilfe der U-Bahn orientieren. Jack hingegen kannte sich erstaunlich gut aus – sehr zu Pennys Verwunderung, die nicht mal gewusst hatte, dass er überhaupt schon einmal hier gewesen war.

»Och, ein paar Mal«, erwiderte Jack beiläufig und machte eine wegwerfende Handbewegung. »War aber nicht besonders toll.«

»Niemand findet es toll hier«, entgegnete Ruben.

»Außer der Schatten«, sagte Jack. »Der Typ liebt die Stadt über alles.«

Penny betrachtete die trostlose Skyline. »Stimmt. Er erdrückt sie regelrecht mit seiner Liebe.«

Im Morgengrauen regte sich kaum etwas auf den Straßen und Gehwegen in Middletons Einkaufsbezirk. In den Gullis gluckerte immer noch das Wasser vom nächtlichen Regen. Hier und dort ging hinter einem der oberen Fenster ein Licht an – Frühaufsteher, die verschlafen in den Tag starteten. Wie die meisten Geschäfte im Erdgeschoss blieb auch Mrs Genevieves Schaufenster dunkel.

Jack und Penny beobachteten ihren Laden von der anderen Straßenseite aus. Einige Hundert Meter entfernt stieg eine Frau in Krankenschwesterntracht in ein altes, laut knatterndes Auto, das gerade am Gehweg gehalten hatte.

»Zündkerze kaputt«, murmelte Jack.

Das Auto fuhr davon. Niemand war zu sehen. Langsam überquerten sie die Straße und klingelten. Nach einigen Sekunden klingelten sie erneut, und dann noch einmal.

»Bist du noch da, Junge?«, fragte Jack leise.

»Ich bin hier«, erwiderte Ruben.

»Sie macht nicht auf.«

»Gib ihr ein bisschen Zeit. Wahrscheinlich liegt sie noch im Bett.«

»Da ist sie«, sagte Penny erleichtert.

Ruben war ebenfalls erleichtert. Er hätte sonst nicht gewusst, wohin sie hätten gehen sollen. Außerdem war er besorgt, dass der Schatten die Verbindung zwischen Mrs Genevieve und ihm herausgefunden hatte. Als er nun ihre verärgerte Stimme hinter der Tür hörte, die Penny und Jack mitteilte, dass der Laden geschlossen war, musste er lächeln.

»Bitte, Mrs Genevieve«, bat Penny. »Es handelt sich um einen Notfall.«

»Was? Was hast du gesagt?«

»Wir haben einen Eilauftrag für eine Uhr«, erwiderte Jack trocken.

Mrs Genevieve öffnete die Tür und machte Platz, um sie eintreten zu lassen. Als Ruben hinter ihnen hineinhuschte, gab sie einen leisen, verwirrten Laut von sich. Ihr Verstand musste sich eine banale Erklärung für diese seltsame Empfindung zurechtgelegt haben (was nur zu verständlich war, denn niemand kommt auf die Idee, dass gerade jemand Unsichtbares an einem vorbeiläuft), und nach einem kurzen Zögern schloss sie die Tür, drehte den Schlüssel um und fragte: »Was habt ihr gesagt? Ein Notfall? Wer seid ihr? Woher wisst ihr, wie ich heiße?«

»Sind Sie allein, Mrs Genevieve?«, fragte Penny. »Oder ist sonst noch jemand hier?«

»Warum fragst du das? Was ist los, Kind?«

»Bitte beantworten Sie die Frage«, sagte Jack, allerdings mit äußerst höflicher Stimme. Er klang vollkommen anders als sonst. »Wenn Sie unsere Fragen beantworten, beantworten wir Ihre.«

»Bitte, Mrs Genevieve«, sagte Penny.

»Du sagst immer wieder meinen Namen, aber ich bin mir sicher, dass ich dich noch nie zuvor gesehen habe«, entgegnete Mrs Genevieve. Nach einer kurzen Pause fügte sie hinzu: »Ja, ich bin allein. Und ich nehme an, dass ihr Freunde von Ruben seid.«

»Das sind wir!«, bestätigte Penny.

»Geht es ihm gut?«, fragte Mrs Genevieve. »Was ist passiert?«

»Sie können ihn das selbst fragen, Ma'am«, erwiderte Jack. »Er ist hier bei uns.«

Ruben hörte, wie Mrs Genevieve nach Luft schnappte. »Ruben«, flüsterte sie, »stimmt das?«

»Ja, es stimmt«, erwiderte er so sanft wie möglich. Trotzdem keuchte sie erneut auf.

»Es ist kaum zu ertragen«, sagte Mrs Genevieve, »wenn man dich hört, aber nicht sieht. Lasst uns in meine Wohnung gehen.«

Nachdem sie die Tür zum Laden geschlossen hatte, wurde Ruben in Mrs Genevieves Wohnzimmer sichtbar. Er sah, wie die arme Uhrmacherin zusammenzuckte und eine Hand an die Wange legte. Wahrscheinlich würde sie sich nie daran gewöhnen. Sie trug einen blassgelben Schlafanzug, Hausschuhe und einen dünnen Morgenmantel in verblichenem Rot. Die faltige Haut unter ihren blauen Augen war geschwollen und gerötet und ihr Gesicht wirkte verhärmt. Sie sah erschöpft und unglücklich aus.

Ihr Anblick löste in Ruben ein unerwartetes Gefühl von Zuneigung aus, als seien sie schon ihr Leben lang befreundet. Instinktiv trat er einen Schritt vor, um ihr die Hand zu schütteln oder sie gar zu umarmen. Doch obwohl Mrs Genevieve nickte und sich ihm zuwandte, als wolle sie seine Geste erwidern, schien sie zu beunruhigt und abgelenkt und hielt mitten in der Bewegung inne. Nicht in der Lage, seinen Vorstoß rechtzeitig zu stoppen, schüttelte Ruben am Ende ihren Ellbogen. Sie sah erst auf seine Hand auf ihrem Arm, dann in seine Augen, dann nickte sie wieder und schüttelte gleich darauf den Kopf. Sie schien nicht zu wissen, was sie fühlen sollte.

Ruben war bewusst, dass Penny und Jack sie unsicher beobachteten. Es kam ihm vor, als würde er bloß eine Show abziehen. Er hasste es, im Mittelpunkt zu stehen. Seine Worte klangen unnatürlich steif und wie auswendig gelernt. »Nun, Mrs Genevieve«, sagte er und hatte das Gefühl, dass sein Lächeln aufgesetzt wirkte, obwohl er es aufrichtig meinte, »ich bin sehr froh, Sie zu sehen, aber Sie scheinen nicht sonderlich erfreut zu sein, mich zu sehen.«

Seine Worte brauchten einen Moment, um anzukommen. Dann stellte Mrs Genevieve das Kopfschütteln ein und setzte eine finstere Miene auf. »Warum sollte ich erfreut sein, dich zu sehen, Ruben? Wenn ich doch weiß, dass du in ernster Gefahr schwebst? Wenn du mich vom anderen Ende der Welt aus angerufen hättest«, fuhr sie fort, »dann wäre ich – nun, vielleicht nicht unbedingt überglücklich, aber immerhin erleichtert gewesen. Doch du bist hier, in meinem Wohnzimmer. Das solltest du nicht.«

»Ich konnte nicht nach Hause gehen, Mrs Genevieve. Sie durchkämmen inzwischen unser Viertel. Sie haben noch nicht herausgefunden, wer ich bin – glaube ich zumindest –, aber meine Freunde und ich brauchen einen Ort, an dem wir eine Weile bleiben können. Ich habe ihnen gesagt, dass Sie uns helfen würden.«

Mrs Genevieve sah zu Penny, die ihren Blick mit großen Augen und einem erwartungsvollen Gesichtsausdruck erwiderte, wie ein Waisenkind in einem alten Film, das hofft, ausgewählt zu werden. Die Uhrmacherin ließ ihren Blick zu Jack wandern, dessen Ausdruck höflich, aber unergründlich war. Dann sah sie wieder zurück zu Ruben.

»Ich mache Tee«, sagte sie schließlich und verschwand in die Küche, um Wasser aufzusetzen.

Ruben ging mit seinem Rucksack ins Bad, wo er den feuchten braunen Kapuzenpulli herausnahm und über den Heizkörper hängte. Er war inzwischen so daran gewöhnt, ihn zu tragen, mit der Uhr bequem in der Vordertasche, dass er sich ohne ihn unwohl fühlte. Für den Moment legte er die Uhr vorsichtig zwischen die anderen Anziehsachen in seinem Rucksack, den er ein Stück offen stehen ließ. Er würde ihn nicht aus den Augen lassen.

Kurz darauf saßen sie alle im Wohnzimmer, mit Tassen und Untertassen, die sie auf dem Schoß balancierten. Mrs Genevieve hatte auch ein wenig Gebäck gebracht. Es hätte eine sehr gemütliche Szene sein können, wenn die Stimmung nicht so angespannt gewesen wäre. Das Gesicht der Uhrmacherin wurde immer ernster, je mehr sie erfuhr. Ruben hatte Pennys Erzählkunst erneut das Feld überlassen, aber da Jack seine Schwester darauf hingewiesen hatte, dass Zeit kostbar war, beschränkte sich ihr Bericht auf die wesentlichen Details: Familie Meyer mit ihrem seit Generationen bewahrten Geheimnis, die Enthüllung der Existenz einer zweiten Uhr, und Rubens Erkenntnis über den Schatten.

Mrs Genevieve erhob sich und stellte ihre Teetasse auf den Beistelltisch. Sie hatte noch nicht einmal daran genippt. »Was ihr mir erzählt, ist einfach unglaublich! Wie kann das sein?« Sie schüttelte den Kopf und fügte hinzu, als argumentiere sie mit sich selbst: »Und doch habe ich mit eigenen Augen gesehen, wozu diese Uhr imstande ist. Was ihr vermutet, würde erklären, warum dieser Mann eine solche Macht innehat, ohne jemals gesehen zu werden. Er hat diese Macht, *weil* er niemals gesehen wird! Ich habe mich das schon lange gefragt.«

»Das ergibt Sinn, nicht wahr?«, sagte Ruben. »Es ist geradezu absurd, was er mithilfe der Uhr alles erreicht hat.«

»Aber wir werden ihn aufhalten!«, verkündete Penny und hob herausfordernd das Kinn. »Deswegen sind wir hierhergekommen!«

Mrs Genevieve war fassungslos. »Aufhalten? Ihr?«

»Wir sind bestimmt nicht gekommen, um mit ihm 'ne Runde Tennis zu spielen«, erwiderte Jack lachend. »Wir haben vor, ihn zu stürzen.« Er trank einen Schluck aus seiner Tasse, setzte sie dann vorsichtig auf der Untertasse ab und schenkte Mrs Genevieve ein Lächeln, wie um seine Wertschätzung für ihren leckeren Tee zum Ausdruck zu bringen. Er schien vollkommen entspannt zu sein. Mit einem alarmierten Gesichtsausdruck wandte Mrs Genevieve sich an Ruben, der entschlossen nickte und ihr von seinem Plan berichtete. Oder es zumindest versuchte, denn schon nach wenigen Worten verfielen sie in eine Diskussion – Mrs Genevieve bestand darauf, dass jegliche Maßnahme gegen den Schatten viel zu gefährlich war, Ruben hielt dagegen, dass er und seine Mom sich bereits in großer Gefahr befanden und ihr Plan der beste Weg war, die Gefahr zu bannen, und Penny stimmte energisch (und ziemlich wortreich) mit ein, dass sie und ihr Bruder dazu verpflichtet waren, die heilige Familientradition fortzuführen, und sie an das Versprechen gebunden waren, eine Jahrhunderte alte Aufgabe zu erfüllen, dass –

»Aber ihr seid doch noch Kinder!«, protestierte Mrs Genevieve, als Penny kurz Luft holte.

»Bei allem Respekt, Mrs Genevieve, aber das stimmt nicht ganz.« Jack, der die ganze Zeit über höflich zugehört hatte, erhob sich, stemmte die Hände lässig in die Hüften und sah zu ihr hinab. Mit einem Zwinkern in Rubens Richtung fuhr Jack fort: »Sie haben recht, was diese beiden betrifft, aber sie sind nicht diejenigen, die ihren Kopf riskieren. Das wird meine Aufgabe sein.«

Mrs Genevieve sah erstaunt zu ihm auf. Genau wie Ruben. Seit ihrer Ankunft hatte sich Jacks Verhalten so grundlegend geändert, dass Ruben das Gefühl hatte, einer vollkommen anderen Person gegenüberzustehen – einem höflichen und äußerst selbstbewussten Mann, einem eindrucksvollen und sympathischen

Fremden. Mit dem unmerklichen Zwinkern hatte er Ruben wissen lassen, dass er die Wahrheit ein wenig zurechtbog, um die Uhrmacherin zu beruhigen; und es sah ganz danach aus, als hätte seine Taktik Erfolg.

Denn nach kurzem Zögern sagte Mrs Genevieve: »Du bist noch sehr jung.« Es war eine bloße Feststellung, und ihrem Tonfall nach zu schließen, eine beklagenswerte obendrein. In Wahrheit schien sie zu sagen, wie schrecklich traurig es für einen so jungen Mann doch war, sich bereits so früh sein eigenes Grab zu schaufeln.

»Jung und voller Träume«, erwiderte Jack mit einem weiteren Zwinkern, dieses Mal in ihre Richtung. »Machen Sie sich keine Sorgen um mich, Mrs Genevieve. Glauben Sie mir, der Schatten mag vielleicht ein Problem sein, aber verglichen mit der Aussicht, ein Leben lang in Point William zu versauern, erscheint mir eine Auseinandersetzung mit ihm geradezu wie ein Spaziergang.«

Mrs Genevieve gelang beinahe ein Lächeln, zumindest sah sie jetzt weniger griesgrämig drein. Vielleicht amüsierte sie Jacks Wagemut, vielleicht war sie auch erleichtert. Oder hatte auch sie einmal davon geträumt, ihrem Leben zu entkommen. Vielleicht hegte sie diesen Traum noch immer. Ruben fiel auf, dass er im Grunde nichts über sie wusste. Er war einfach nur froh, dass sie offenbar nicht vorhatte, sie gleich wieder vor die Tür zu setzen.

»Und wie genau wollt ihr euch mit diesem Mann ›auseinandersetzen‹?«, fragte Mrs Genevieve.

»Wir nehmen ihm seine Uhr weg!«, erwiderte Penny, und weil sie es nicht gewohnt war zu lügen fuhr sie fort: »Ruben sagt, er –«, sie hielt gerade noch rechtzeitig inne, errötete und wechselte dann schnell das Thema, »er sagt, dass Sie uns helfen können, den Schatten zu finden –«

»Indem Sie uns sagen, wo wir den Botschafter finden«, warf Ruben ein. »Das ist der naheliegendste Punkt für einen Anfang.«

»Genau!«, rief Penny und warf aufgeregt ihre Haare empor (die jetzt wieder außerordentlich üppig von ihrem Kopf abstanden). »Und nachdem wir dem Schatten die Uhr abgenommen haben, werden wir ihn bloßstellen! Sobald die Leute herausfinden, dass alles nur ein Schwindel ist und sie überhaupt keine Angst vor ihm haben müssen, wird sein ganzes Unternehmen zusammenbrechen!«

Mrs Genevieve sah von Penny zu Jack, der nach wie vor übermütig auf sie hinabblickte. »Und du glaubst allen Ernstes, dass du das schaffst?«

»Ich kenn da ein paar Tricks«, erwiderte Jack lächelnd. »Aber als Erstes muss ich herausfinden, wo er sich aufhält, deswegen will ich zunächst dem Botschafter einen Besuch abstatten. Wissen Sie, wo er wohnt?«

»Natürlich«, sagte Mrs Genevieve. »Jeder weiß das. Ich bin überrascht, dass Ruben den Ort nicht kennt.«

»Ich weiß nur, dass er irgendwo in Westmont wohnt«, entgegnete Ruben. »Und natürlich habe ich eine Menge darüber gehört. Es soll eine gigantische Villa sein, nicht wahr? Mit einer Mauer und einem riesigen Tor und einer Gruppe von Spähern als Wächter – alles total zerfallen und düster und gruselig, wie in einem Horrorfilm.«

Mrs Genevieve schauderte. »Ja«, erwiderte sie mit abfälligem Blick. »Ja, genau so sieht es dort aus.«

Penny, der bei Rubens Beschreibung der Villa ein Schauer über den Rücken gelaufen war, zog sich eine Handvoll Haare über die Augen, als könne sie dadurch verhindern, das Anwesen vor ihrem inneren Auge zu sehen. Doch Jack lachte nur und sagte: »Großartig. Komm schon, Rotschopf, wäre dir lieber, der Typ würde in 'nem Büro rumhängen mit 'nem Schrank voller Aktenordner und Neonröhren an der Decke? Das wäre ja noch deprimierender. Eine gruselige Villa ist doch viel besser.«

»Das sagst du nur, weil du den Ort noch nicht gesehen hast«, erwiderte Mrs Genevieve, immer noch mit abfälligem Blick. »Unabhängig davon kann man dem Botschafter nicht einfach ›einen Besuch abstatten‹, Jack. Er empfängt keine unangekündigten Besucher. Man muss zu ihm bestellt werden.«

»Das kriegen wir schon hin«, begann Jack. »Sie müssen mir bloß sagen –«

»Moment mal«, unterbrach ihn Penny und lugte zwischen ihren Haaren hindurch. »Sie haben die Villa selbst gesehen, Mrs Genevieve?«

Mrs Genevieve zögerte kurz, dann nickte sie. »Ich kenne das Anwesen, ja. Erst gestern war ich dort. Man hat mich dorthin zitiert.«

»Was?!«, rief Ruben. »Warum?«

Mrs Genevieve setzte sich und strich über ihre Augen. Sie sah unglaublich müde aus. »Der Botschafter hat viele Geschäftsinhaber aus Middleton zu sich beordert«, sagte sie ruhig. »Er wollte jeden persönlich über seine Begegnung mit dir ausfragen, Ruben. Oder in meinem Fall, warum eine solche Begegnung nicht stattgefunden hat. Der Botschafter teilte mir mit, dass er dies sehr sonderbar fand. Damit meinte er wohl verdächtig, nehme ich an.

Ich sagte ihm, dass ich es ganz und gar nicht sonderbar fand. Mein Geschäft befindet sich schließlich nicht auf der Brighton Street wie die anderen Geschäfte, in denen du gewesen bist. Dem Botschafter schien meine Antwort nicht zu gefallen. Sein Verhalten war ziemlich beunruhigend. Er gab mir einschüchternde Anweisungen und schickte mich wieder nach Hause.«

»Anweisungen?«, fragte Jack.

Sie sah ihn niedergeschlagen an. »Er teilte mir mit, was ich zu tun hätte, falls Ruben jemals in meinen Laden käme.«

Rubens Herz begann, wie wild zu pochen; er wusste nicht genau, warum. »Und was genau sollen Sie tun?«

»Was glaubst du wohl?«, erwiderte Mrs Genevieve mit grimmigem Gesichtsausdruck. »Mir wurde befohlen, heimlich seine Männer anzurufen und dich mit allen nötigen Mitteln festzuhalten, bis sie hier sind.«

# DIE RUHE VOR DEM STURM

Mrs Genevieve hatte die Augen geschlossen und schüttelte langsam den Kopf, als versuche sie, aus einem bösen Traum aufzuwachen. Rubens Mund wurde trocken. Seine Augen flogen zu Penny und Jack. Sie sahen aus, als hätten sie gerade realisiert, dass ihre schlimmsten Träume wahr wurden.

Plötzlich sprang Jack auf. Er griff nach Pennys Hand und zog sie ebenfalls in die Höhe. »Gibt es hier einen Hinterausgang, Junge?«

»Ich – ich glaube nicht.« Ruben beobachtete Mrs Genevieve, die aufgrund der plötzlichen Aufregung um sie herum die Augen wieder geöffnet hatte und beim Anblick ihrer entsetzten Gesichter vollkommen überrascht schien. Aber warum hätte sie überrascht sein sollen? »Sie hat uns nicht hingehalten, Jack«, platzte es aus Ruben heraus, und er hoffte inständig, dass es die Wahrheit war. »Das würde sie niemals tun.«

Mrs Genevieves Augenbrauen schossen in die Höhe. »Glaubt er tatsächlich, dass ich euch in eine Falle gelockt habe?« Sie sah Jack entrüstet hinterher, der schnellen Schrittes zur Ladentür eilte. »Was für ein abscheulicher Gedanke!«

»Sie haben also bloß Tee gemacht, ja?« Jack presste das Ohr an die Tür. »Sie haben nicht zufällig irgendwas hineingemischt? Mir ist aufgefallen, dass Sie selbst keinen einzigen Schluck getrunken haben.«

»Was unterstellst du mir da?«, rief Mrs Genevieve und erhob sich auf wacklige Beine.

»Hey, jetzt beruhigt euch doch erst mal«, sagte Ruben und versuchte, sich ebenfalls zu beruhigen.

Jack hatte die Tür einen Spaltbreit geöffnet und spähte hinaus in den Laden. Dann nahm er wieder Pennys Hand. »Wir sollten gehen, Ruben. Und zwar sofort.«

Es war das erste Mal, dass Jack ihn beim Namen nannte. Verdutzt stand Ruben auf. Erst trat er einen Schritt auf Jack zu, dann blieb er stehen und sah zurück zu Mrs Genevieve. Vor lauter Verwirrung war er wie erstarrt.

Mrs Genevieve riss ihre Teetasse so heftig von der Untertasse, dass Tee über den Rand schwappte und über ihre Finger lief. Den Blick fest auf Jack gerichtet, führte sie die Tasse zum Mund, trank sie in drei großen Schlucken aus und knallte sie zurück auf die Untertasse. Ruben hätte es niemals für möglich gehalten, dass sie zu solch waghalsigen Bewegungen imstande war.

»Das beweist gar nichts«, sagte Jack. »Vielleicht haben Sie auch nur was in unseren Tee gemischt und nicht in Ihren eigenen.«

»Jack«, protestierte Ruben, »warum hätte sie es uns erzählen sollen, wenn sie es wirklich getan hätte?«

»Du kennst sie ja vielleicht, aber ich nicht. Ihre Beweggründe interessieren mich nicht. Ich sorge lediglich dafür, dass Penny nichts passiert. Kommst du nun freiwillig mit oder muss ich dich huckepack nehmen?«

»Jack«, sagte Penny und zog ihren Bruder an der Hand. »Jack!« Er sah zu ihr hinab, woraufhin Penny ihn vielsagend anblickte und auf Mrs Genevieve deutete. »Sieh sie dir an, Jack. Sie hat es nicht getan. Denk nur eine Sekunde nach, dann weißt du, dass es stimmt.«

Jack verzog grimmig das Gesicht. Seine Augen schossen zu Mrs Genevieve, die aussah, als hätte ein Fremder sie ohne Grund angerempelt. Ein Fremder, dem sie zu helfen versucht hatte.

Plötzlich entspannten sich Jacks Gesichtszüge. Langsam schloss er die Tür zum Laden wieder. »Stimmt«, sagte er und seufzte. »Okay. Mrs Genevieve, ich muss mich bei Ihnen entschuldigen.« Er durchquerte den Raum und baute sich vor ihr auf. »Es tut mir leid. Ich hoffe, Sie verstehen.«

Sie sahen sich an, Jack mit ernstem, aber mildem Blick, Mrs Genevieve zitternd und mit einem Ausdruck mühsam unterdrückter Erregung. Nach einiger Zeit nickte Mrs Genevieve kaum merklich.

Jack fasste sie am Arm. »Sie sollten sich hinsetzen«, sagte er sanft und mit seiner Hilfe nahm Mrs Genevieve wieder auf dem Sofa Platz.

Irgendwo zwischen Rubens aufgewühlten Gefühlen machte sich erneut Verwunderung über die Veränderung in Jacks Benehmen breit.

Jack wandte sich an Ruben. »Ich denke, du kannst die jetzt ruhigen Gewissens wieder wegstecken, Junge.«

Ruben sah auf die Uhr in seiner Hand. Er hatte sie, ohne nachzudenken, aus dem Rucksack geholt und die ganze Zeit einsatzbereit in der Hand gehalten. Seine Finger hielten noch immer den Schlüssel umklammert. Langsam entspannte er seinen Griff und steckte die Uhr weg.

»Man kann eine Vorladung des Botschafters nicht ablehnen«, erklärte Mrs Genevieve, nachdem sich alle wieder beruhigt hatten. »Ich habe es versucht, aber seine Männer haben mich an den

Armen gepackt und mich gezwungen, mit ihnen zu gehen. Es war …« Sie blickte finster drein und schüttelte den Kopf.

»Es war schrecklich für Sie«, beendete Penny den Satz der Uhrmacherin. »Es tut mir so leid.«

»Im Ernst. Klingt so, als seien Sie ganz schön durch die Mangel gedreht worden«, sagte Jack und Ruben nickte zustimmend.

»Durch die Mangel gedreht zu werden«, murmelte Mrs Genevieve, »wäre, glaube ich, angenehmer.«

»Und trotzdem haben Sie ihnen nichts erzählt«, stellte Jack fest. Er klang beeindruckt.

»Natürlich nicht!«, erwiderte Mrs Genevieve und ihre blauen Augen blitzten auf. »Wie könnte ich mich sonst eine Uhrmacherin nennen? Ich behandele Uhren mit Vorsicht und Respekt und sie verrichten ihre Arbeit sehr elegant. Mit den Menschen sollte es genauso sein! Aber diese Männer mischen sich in alles ein, sie zwingen anderen ihren Willen auf, sie agieren nach irgendeinem mysteriösen Plan ihres ebenso mysteriösen Anführers. Sie sind das Gegenteil von allem, was ich wertschätze!«

»Und deswegen haben Sie ihnen nichts von der Uhr verraten?«, fragte Penny. »Obwohl Sie solche Angst hatten?«

»Das war ein Grund«, erwiderte Mrs Genevieve mit einem bedeutsamen Blick in Rubens Richtung. Er spürte, wie sich seine Brust zusammenzog. Sie hatte so viel für ihn riskiert – und tat es immer noch.

Jack fragte sie über das Treffen aus. Er wollte alles über die Wachen wissen, die Anordnung der Möbel im Zimmer, jedes Detail, an das Mrs Genevieve sich erinnern konnte. Er behauptete, keine Überraschungen zu mögen; je mehr er im Voraus über den Botschafter wusste, desto besser. (Was stimmte, allerdings hatte Ruben Jack und Penny zuvor auch erklärt, was er wissen musste.)

Und so beschrieb Mrs Genevieve, wie die Späher sie von der Limousine des Botschafters einige Stufen hinauf und durch die Eingangstür der Villa eskortiert hatten, durch eine riesige Eingangshalle und schließlich in ein leeres Büro, wo ihr befohlen wurde zu warten. Sie tat wie geheißen, setzte sich in einen Sessel gegenüber einem Schreibtisch und fächelte sich mit einer Zeitung Luft zu, die sie von einem kleinen Beistelltisch genommen hatte. Jack fragte sie über den Sessel aus, nach seiner Größe, ob es der einzige Tisch war und wie viele es von der Art insgesamt gab.

Langsam begriff Mrs Genevieve. »Das hätte mir schon viel früher klar sein müssen! Du benötigst diese Details, weil du vorhast, den Raum mithilfe der Uhr zu betreten, wodurch du blind wirst.«

»Womöglich«, erwiderte Jack in beiläufigem Tonfall. »Kommt ganz darauf an, wie sich die Dinge entwickeln. Ich möchte einfach auf alles vorbereitet sein.« Das war eine weitere Halbwahrheit, um Mrs Genevieve zu beruhigen. Oder die Hälfte einer Halbwahrheit. Der tatsächliche Plan sah vor, dass Jack unter einem Vorwand Zugang zur Villa erhielt und Ruben ihn ungesehen begleitete. Ruben benötigte einen Ort, an dem er sitzen oder stehen konnte, ohne dass man über ihn stolperte; und nachdem Jack wieder gegangen war, würde Ruben als unsichtbarer Spion dort bleiben.

»Dein Plan ist ziemlich gefährlich«, raunte Mrs Genevieve. »Du bist ja nur fünfzehn Minuten lang unsichtbar – das ist ein großes Risiko.«

Jack und Penny sahen zu Ruben, der ihnen noch nichts von der zeitlichen Einschränkung der Uhr erzählt hatte, obwohl er genau wusste, dass diese Information nicht ganz unwichtig war. Kleinlaut wich er ihren Blicken aus. Warum *hatte* er es eigentlich noch nicht erzählt? Weil es eine Schwäche war. Hatte es irgendjemand eilig, seine Schwächen preiszugeben?

Jack wischte jedoch, ohne zu zögern, Mrs Genevieves Bedenken beiseite und fragte sie nach weiteren Einzelheiten aus. Sie hörten aufmerksam zu, während sie den Raum beschrieb: ein Schreibtisch mit einem Bürostuhl für den Botschafter, zwei Besuchersessel, ein Beistelltisch für jeden Sessel, ein riesiger, leerer Kamin zur Linken und ein großer Wandschrank direkt rechts neben der Tür.

»Gibt es unter dem Schrank einen Spalt?«, fragte Jack.

Mrs Genevieve dachte kurz nach. »Ja, der Schrank ist recht groß und steht auf hohen Füßen. Selbst ein Mann deiner Größe könnte darunterkriechen. Es wäre aber noch viel einfacher, sich in den Kamin zu kauern – es ist der größte, den ich jemals gesehen habe. Man muss nur über das Kamingitter steigen, und das ist ziemlich niedrig – es ging mir nicht mal bis zu den Knien.«

Sie berichtete weiter, wie der Botschafter schließlich durch eine zweite Tür den Raum betreten hatte und sich, ohne ihr die Hand zu geben oder sie sonst wie zu begrüßen (sie schien über diesen Mangel an Benehmen besonders erzürnt zu sein), hingesetzt und begonnen hatte, mit Fragen auf sie einzudringen. Seine Männer standen schweigend im Raum, je einer an einer Tür, einer an der Wand rechts von ihr und einer vor dem Kamin.

»Zugewiesene Positionen?«, fragte Jack. »Ich meine, sie standen nicht zufällig irgendwo herum, oder?«

»Nein, das gehörte eindeutig zu ihrem üblichen Ablauf. Genauso wie sie sonst beim Laufen in bestimmte Richtungen schauen.«

»Stimmt, Ruben hat uns davon erzählt. Wenigstens sind diese Typen vorhersehbar.«

Er würde unter den Schrank kriechen, dachte Ruben. Er konnte es nicht riskieren, gegen den Mann zu stoßen, der vor dem Kamin stand. Aber das war schon in Ordnung. Der Schrank schien sich als Versteck zu eignen. Er schien sogar perfekt zu sein.

Aber nur für fünfzehn Minuten.

»Fünfzehn Minuten?«, zischte Penny. »Du hast nur fünfzehn Minuten? Und das erzählst du uns erst jetzt?«

Das Plätschern des Wassers, das in die Badewanne eingelassen wurde, drang durch die Badezimmertür ins Wohnzimmer. Mrs Genevieve hatte sich erschöpft zurückgezogen, um ein warmes Bad zu nehmen. Danach würde sie sich sicherlich besser fühlen, hatte sie gemeint, und könnte klarer denken.

Ruben wich Pennys Blick aus, aber er spürte, wie sie ihn vom Sofa aus böse anstarrte.

»Zuerst erzählst du mir nichts von der Blindheit«, schimpfte sie. »Du hast es so lange geheim gehalten, bis du keine andere Wahl mehr hattest. Und jetzt diese Sache mit dem Zeitlimit! Was verschweigst du uns noch, Ruben?« Sie raufte sich verzweifelt die Haare. »Ich dachte, wir sind ein Team!«

Ruben rutschte verlegen auf seinem Stuhl herum. Er hatte ihr eigentlich alles erzählen wollen, aber er war es inzwischen so gewohnt, seine Geheimnisse für sich zu behalten ... Nein, es war mehr als das. Die Uhr verlieh ihm das Gefühl, Macht zu besitzen – das erste Mal in seinem Leben fühlte er sich als etwas *Besonderes* –, und er hatte Angst, dass dieses Gefühl wieder verschwand, wenn er seine Schwachstellen offenbarte. Bei dem Gedanken daran, Penny all das zu erklären, fühlte er sich *noch* verwundbarer, daher brachte er nur ein entschuldigendes Schulterzucken zustande.

Pennys Miene wurde noch finsterer und Ruben wandte schnell den Blick ab.

Er war überrascht, wie sehr ihn ihre Enttäuschung verletzte. Er wusste, dass er schüchtern war und vielleicht auch ein bisschen traurig, aber ihm war nie bewusst gewesen, wie einsam er sich fühlte. Die kurze Zeit mit Penny hatte ihm vor Augen geführt, was ihm fehlte. Er hatte noch nie zuvor einen Freund gehabt. Zumindest keinen richtigen.

Ruben versuchte es noch mal. Die Worte kamen nur stockend, als müsse er sie mit aller Kraft aus seinem tiefsten Inneren nach oben ziehen, wie einen Anker vom Meeresgrund. »Wir *sind* ein Team«, sagte er mit heiserer und seltsam fremd klingender Stimme. »Okay? Das sind wir. Es tut mir leid.«

Penny zog eine Augenbraue hoch und sah ihn ungerührt an. Sie erwartete eindeutig mehr.

»Und nur dass du es weißt: Ich werde auch müde«, sagte Ruben und räusperte sich nervös. »Wenn ich die Uhr benutze, bin ich danach total k.o. Das war's. Jetzt hab ich dir alles erzählt. Es tut mir leid, dass ich das nicht schon viel früher gemacht habe.«

Penny wollte schon wieder böse schauen, verzog das Gesicht dann jedoch sorgenvoll und stieß ein frustriertes Grollen aus.

Jack, der rastlos durch den Raum gewandert war und die Bilder an den Wänden studiert hatte, sah über die Schulter zuerst zu Ruben, dann zu Penny. Er zog eine Augenbraue hoch und wandte den Blick wieder ab. »Sei nicht wütend auf ihn, Rotschopf. Er war nur vorsichtig. Ehrlich gesagt finde ich das sogar gut. Ich würde diese ganze Sache nur ungern mit jemandem durchziehen, der keine Vorkehrungen trifft. Mal davon abgesehen, dass ich ohnehin nicht sonderlich scharf darauf bin.«

Ruben schloss die Augen. Er hatte ein flaues Gefühl im Magen und wünschte, es gäbe etwas anderes als süßes Gebäck. Eine einfache Scheibe Toast zum Beispiel, noch warm und mit etwas Butter bestrichen. Das machte seine Mom immer für ihn, wenn ihm schlecht war. Als er ihren sorgenvollen Blick vor sich sah, wurde ihm noch übler. Er öffnete die Augen, um das Bild seiner Mom aus seinem Kopf zu vertreiben.

Seine Gedanken wanderten zurück zu Mrs Genevieves Erzählung. Er wurde das Gefühl nicht los, dass sich irgendetwas in den Details versteckte, etwas, das ihm entweder von Nutzen sein oder – wenn er nicht herausfand, was es war – seinen Plan zerstören und ihn direkt in die Fänge des Schattens treiben konnte. Er ließ noch einmal Revue passieren, was Mrs Genevieve ihnen über das Treffen erzählt hatte, die Fragen, die ihr gestellt worden waren, und das unberechenbare Verhalten des Botschafters.

Einmal hatte sich der Botschafter, nachdem er mit Mrs Genevieves Antworten eindeutig unzufrieden gewesen war, abrupt von seinem Stuhl erhoben. Mit einem Seitenblick auf die Wanduhr – »eine echte Kuckucksuhr«, wie Mrs Genevieve bemerkte – teilte er ihr mit, dass er sich mit seinem Arbeitgeber beraten musste. Er deutete auf das Telefon auf dem Schreibtisch und sagte schroff, dass sie es benutzen durfte, wenn sie wollte. Er würde seinen Anruf auf einer separaten Leitung tätigen und das würde aller Wahrscheinlichkeit nach eine Weile dauern. Dann verließ er zusammen mit den Spähern das Büro.

Mrs Genevieve blieb allein in dem Raum zurück. Es gab jedoch niemanden, den sie hätte anrufen wollen, und so konnte sie nur warten. Irgendwann stand sie auf und sah sich die Kuckucksuhr genauer an, eine echte Antiquität und ohne Zweifel ein Vermögen wert, jedoch mit Staub und Spinnweben überzogen. »Ich hatte leider keine Gelegenheit, den Kuckuck zu sehen«, berichtete sie mit aufrichtiger Enttäuschung, »denn der Botschafter kehrte kurz vor der vollen Stunde zurück und gab mir besagte Anweisungen. Dann wurde ich entlassen.«

Rubens Gedanken kehrten immer wieder zu dem Kuckuck zurück. Er war schon immer von Kuckucksuhren fasziniert gewesen, auch wenn er noch nie eine echte gesehen hatte. Die Vorstellung von dem kleinen Vogel, der sich in der Uhr versteckte, hatte etwas sehr Geheimnisvolles. Man bekam ihn nur zu Gesicht, wenn man zur richtigen Zeit anwesend war. Doch selbst dann erhaschte man nur einen kurzen Blick auf ihn, bevor er wieder verschwand.

Als kleiner Junge hatte Ruben sich tatsächlich gewünscht, ein solcher Vogel zu sein. Er hatte sich die ganze Zeit über vorgestellt, wie das Versteck wohl aussehen mochte, das der Vogel sein Zuhause nannte. Es war geheimnisvoll, ja, aber auch gemütlich und sicher. Und der Vogel hatte eine wichtige Aufgabe. Ein Teil davon war sichtbar – der Welt dort draußen die volle Stunde zu verkünden. Der andere Teil war unsichtbar – sich zu verstecken und zu warten.

Und das war genau das, was er nun tun musste, dachte Ruben. Und dann blitzschnell in Aktion treten.

Jack hatte sich inzwischen neben Penny gesetzt und ihr einen Arm um die Schulter gelegt. »Du weißt, dass du nicht lügen könntest, selbst wenn es um dein Leben ginge, nicht wahr? Also sag besser gar nichts über die Rolle, die der Junge bei dem Ganzen spielt. Mrs Genevieve ist schon nervös genug. Sie hat ihn offensichtlich ins Herz geschlossen, und sie hat auch Angst um sich. Du bist gut darin, Leute aufzuheitern, also konzentrier dich lieber darauf.«

»Ich wusste nicht, dass wir sie anlügen würden«, sagte Penny und seufzte. »Aber du hast recht. Ich bin eine furchtbare Lügnerin. Am besten rede ich einfach über Uhren. Die scheinen sie glücklich zu machen.« Sie sah Jack an. »Bist du sicher, dass ich nicht mit euch gehen soll?«

»Dieses Mal nicht, Käferchen«, erwiderte Jack. »Du würdest dich nur ohne Grund in Gefahr bringen. Stell dir mal vor, wie du das Mom und Dad erklärst.«

Penny schien ein Stückchen in sich zusammenzufallen. Sie schlang die Arme um Jacks Brust und lehnte sich an ihn, wobei ihr die Haare ins Gesicht fielen. Entweder weinte sie oder versuchte verzweifelt, es nicht zu tun.

»Mrs Genevieve ist nicht die Einzige, die sich Sorgen machen wird«, murmelte sie hinter den Haaren hervor. »Was, wenn sie herausfinden, was du vorhast? Oder wenn du diesem unheimlichen Mann aus der U-Bahn begegnest?«

Jack drückte sie an sich. »Ich habe keine Angst vor irgendeinem merkwürdigen Typen in einem altmodischen Anzug, Penny.«

Noch während Jack sprach, betrat Mrs Genevieve das Wohnzimmer. Sie sah immer noch müde aus, aber ein bisschen frischer, mit gewaschenem Gesicht und feuchtem Haar. Sie trug einen blauen dünnen Pullover, der die Farbe ihrer Augen unterstrich. »Von wem sprecht ihr?«

»Von dem Mann, den ich angerufen habe – der die Zeitungsanzeigen geschaltet hat«, erklärte Ruben. »Er hat mich in der U-Bahn gesehen, als ich auf dem Weg zum Bahnhof war. Wir hatten eine … unschöne Begegnung. Er war genauso unheimlich wie am Telefon.«

»Und das erzählst du mir erst jetzt? Ist dieser Mann dir gefolgt?«

»Nein, es war einfach Pech. Wir saßen im selben U-Bahn-Waggon. Ich war nervös und habe die Uhr kontrolliert, um sicherzugehen, dass sie richtig eingestellt ist – und habe gleichzeitig versucht, sie zu verstecken. Ich glaube, das ist ihm aufgefallen.«

Penny drehte sich zu Ruben, die Augen zu Schlitzen verengt. »Genau darüber habe ich nachgedacht. Wenn er die Uhr gar nicht gesehen hat, woher wusste er dann, dass du sie hast?«

»Gute Frage«, gab Ruben zu. »Darüber habe ich mir zu dem Zeitpunkt gar keine Gedanken gemacht – ich war mir einfach sicher, dass er von der Uhr wusste. Und inzwischen weiß ich auch, warum: Weil er früher genau das Gleiche gemacht hat. Weißt du noch, Penny, als du mir die Geschichte von Penelope erzählt hast? Du hast erwähnt, dass sie immer wieder heimlich etwas aus der Tasche gezogen und darauf geschaut hat. Tja, im selben Moment wusste ich, was sie tat. Es ist genau so, wie sie es in ihrem Brief geschrieben hat – der Besitzer der einen Uhr versteht die Gewohnheiten des anderen. Die Art, wie dieser Mann mich angesehen hat, die Art, wie er sich benommen hat, das alles deutet darauf hin, dass er wusste, was ich in der Hand hatte.«

»Warum wird das eigentlich immer schlimmer?«, fragte Mrs Genevieve niemand Bestimmten. Sie sah hinauf zur Decke und schüttelte den Kopf.

»Mit ziemlicher Sicherheit sehen wir ihn nie wieder«, sagte Jack mit einem beruhigenden Blick zu Penny. »Wie der Junge schon sagte, es war ein Zufall. Außerdem, wenn der Typ tatsächlich eine von den Uhren besessen hat, dann war er noch nicht mal in der Lage, auf seinen wertvollsten Besitz aufzupassen. Klingt meiner Meinung nach nicht sonderlich bedrohlich. Wer verliert denn so etwas?«

»Sie könnte ihm gestohlen worden sein«, sagte Penny. »So läuft das doch wahrscheinlich meistens mit der Uhr, meint ihr nicht?

Irgendein mieser Typ findet das mit der Uhr heraus und setzt dann alles daran, sie in die Finger zu kriegen.«

»So hab *ich* sie nicht bekommen«, warf Ruben ein. »Ich habe sie gefunden. Jemand hat sie versteckt und sie dann einfach zurückgelassen.« Er erinnerte sich, wie er an jenem Morgen hoch oben auf dem Sims den Lederriemen entdeckt hatte. Er wäre so einfach zu übersehen gewesen. Dann wäre alles anders gekommen. Stattdessen hatte er an dem Riemen gezogen und seine Zukunft hervorgeholt.

Plötzlich fiel Ruben ein, dass die Uhr zusätzlich in eine Plastiktüte eingewickelt gewesen war, als er sie gefunden hatte. Sie musste vom Wind weggeweht worden sein. Er hatte überhaupt nicht mehr daran gedacht – bis jetzt. »Sie war in einer Plastiktüte verpackt«, sagte er. »Seit wann gibt es die denn überhaupt?«

»Vierzig oder fünfzig Jahre vielleicht«, erwiderte Mrs Genevieve nach kurzem Überlegen. »Ruben, wo genau hast du die Uhr gefunden?«

Ruben zögerte. Die anderen sahen ihn erwartungsvoll an. Er bemerkte, wie Penny die Augen zusammenkniff und ihn auf diese Art warnte. »In den Lower Downs«, zwang er sich zu antworten. »In einer Gasse.«

Mrs Genevieve wirkte kein bisschen überrascht. Ruben überlegte, ob sie bereits wusste, dass er aus den Lower Downs stammte. Es konnte ihr kaum verborgen geblieben sein, dass er ärmer war als die meisten anderen.

»Wusstest du«, sagte Mrs Genevieve gedankenverloren, »dass ich auch einmal in den Lower Downs gelebt habe? Ja, wirklich!«, sagte sie in Erwiderung von Rubens ungläubigem Blick. »Vor langer Zeit, nach dem Tod meines Mannes, hatte ich nur sehr wenig Geld zur Verfügung. Es vergingen einige Jahre, bis ich in der Lage war, dieses Geschäft zu eröffnen. Ich erzähle dir das, weil mir etwas eingefallen ist. Die Geschichte von einem Verrückten, der eines Tages schreiend durch die Straßen gerannt ist, als wäre der Teufel hinter ihm her. Jeder in der Gegend kannte sie.«

»Davon habe ich auch gehört!«, rief Ruben aus. »Die Leute sprechen immer noch darüber. Und Sie haben dort gelebt, als es passiert ist?«

Mrs Genevieve nickte. »Er wurde für verrückt gehalten, weil es ganz offensichtlich niemanden gab, der ihn verfolgte. Zumindest niemanden, den man sehen konnte. Bis jetzt habe ich gedacht wie alle anderen auch – mir ist nie in den Sinn gekommen, dass er *tatsächlich* verfolgt worden sein könnte.«

»Der Schatten«, flüsterte Penny und sah gebannt zu Ruben und Jack.

»Der Mann rannte in geduckter Haltung«, fuhr Mrs Genevieve fort, »als würde er sich vor einem unerwarteten Schlag schützen, und schrie seinen unsichtbaren Verfolger an, er solle ihn in Ruhe lassen. ›Ich habe sie nicht! Ich habe sie nicht! Lassen Sie mich in Ruhe!‹ Immer wieder verschwand er zwischen zwei Gebäuden und alle glaubten, die Sache sei vorbei, doch dann tauchte er plötzlich wieder auf und zeterte und schrie wie zuvor. Aus einer Gasse kam er heftig humpelnd herausgelaufen, weswegen später einige der älteren Kinder des Viertels darauf beharrten (in der Hoffnung, den jüngeren Kindern Angst zu machen), dass er von einem unsichtbaren Hund gebissen worden war und dass es auch dieser Hund war, der ihn verfolgt hatte.

Sie versuchten die Kleinen davon zu überzeugen, dass der Hund immer noch frei herumlief«, erinnerte sich Mrs Genevieve. »Wenn man die falsche Gasse entlanggeht, sagten sie, dann würde der Hund einen beißen!«

*Er humpelte, weil er sich bei einem Sturz verletzt hat,* überlegte Ruben. *Er glaubte, verfolgt zu werden – und vielleicht wurde er das ja auch. Deswegen war er auf den Sims hinaufgeklettert und hatte die Uhr versteckt, und auf dem Rückweg war er gestürzt …*

»Am Ende trieb die Polizei den Mann in die Enge und nahm ihn in Gewahrsam«, erzählte Mrs Genevieve. »Sie versuchten ihm zu helfen, doch er widersetzte sich, was die Sache nur noch schlimmer machte. Er begann Verbrechen zu leugnen, die ihm überhaupt nicht vorgeworfen worden waren. Seine Fingerabdrücke wurden abgenommen, und zur allgemeinen Überraschung stimmten sie mit denen eines berüchtigten Meisterdiebes überein, einem Einbrecher, der seit Jahren Geld und Schmuck stahl. Niemand hatte ihn je gesehen, trotz der Tatsache, dass die meisten Orte, die er ausgeraubt hatte, sehr gut bewacht gewesen waren. Der Mann wanderte ins Gefängnis.«

»Er muss wieder entlassen worden sein«, sagte Ruben. »Das ist bestimmt der Mann aus der U-Bahn.«

Mrs Genevieve runzelte die Stirn. »Das glaube ich nicht. Der Mann starb, kurz nachdem er ins Gefängnis gekommen war. Zuerst hieß es, er habe einen Herzinfarkt erlitten, später erzählten sich die Leute, er habe sich umgebracht. Ich weiß nicht, welche Version stimmt, aber er ist mit ziemlicher Sicherheit nicht mehr am Leben. Jeder wusste davon.«

»Es könnte genauso gut sein«, sagte Jack an Mrs Genevieve gewandt, »dass der Mann in der U-Bahn bloß ein seltsamer Vogel war, der zufällig genauso klang wie der Typ am Telefon. Aber der Junge ist anderer Meinung.«

»Es war hundertprozentig derselbe«, beharrte Ruben.

»Vielleicht hatte der Mann in der U-Bahn die Uhr zuerst«, schlug Penny vor. »Noch vor dem Einbrecher.«

»Genau! Das wäre die Erklärung«, rief Ruben. »Ihm gehörte die Uhr vielleicht als Kind, aber dann hat er sie verloren, oder dieser andere Typ, dieser Meisterdieb, hat sie ihm gestohlen, und seitdem sucht er die Uhr überall.«

»Genau wie der Schatten«, stimmte Jack mit einem Nicken zu. »Okay, ich glaube, es ist Folgendes passiert: Der Schatten findet heraus, dass der Meisterdieb sein Jäger ist – um Penelopes Worte zu benutzen –, und beginnt wiederum, ihn zu jagen. Er kommt ihm auch sehr nahe, vielleicht sogar mehrmals, und der Meisterdieb wird zu einem paranoiden Freak. Er kann nicht mehr schlafen, ist rastlos, fühlt sich verfolgt, bis er schließlich vollkommen durchdreht und verhaftet wird. Bei der Verhaftung hat er die Uhr nicht bei sich, aber der Schatten weiß, dass er sie kurz zuvor noch hatte, was bedeutet, dass der Typ sie irgendwo in der Stadt versteckt haben muss. Also durchkämmt der Schatten seitdem die Stadt – genau wie dieser schräge Vogel in der U-Bahn.«

Ruben und Penny nickten. So könnte es gewesen sein.

»So ein Mann wie der in der U-Bahn«, sagte Mrs Genevieve düster, »der von etwas besessen ist – so jemand kann ebenfalls sehr gefährlich sein. Und nachdem er dich jetzt gesehen hat, Ruben, wird er nach dir suchen.«

»Willkommen im Club«, meinte Jack trocken. »Wer sucht denn momentan *nicht* nach dem Jungen?«

»Jack!«, schimpfte Penny. »Das ist nicht lustig. Was passiert, wenn ihr ihm über den Weg lauft?«

»Okay, ist ja schon gut, Käferchen«, erwiderte Jack etwas ernster. »Ich mache mir zwar keine Sorgen um diesen Witzbold, aber ich werde auch nicht leichtsinnig sein. Wir kommen schon klar.«

Mrs Genevieve klackerte mit den Zähnen. »Mir gefällt das nicht! Mir gefällt nicht, was ich über diesen Mann weiß. Sein ganzes Leben lang sucht er schon nach dieser Uhr! Hat er denn nichts anderes, was ihm wichtig ist? Einzig dieses Verlangen nach Macht, dieser … dieser *lächerliche* Glaube daran, dass ein Ding, das einen wie Nichts erscheinen lässt, einen tatsächlich zu etwas Besonderem macht? Dieser Gedanke ist doch vollkommen verdreht!«

Ruben entschuldigte sich und verschwand im Badezimmer.

Er betrachtete sich im Spiegel. Seine Wangen waren genauso rot, wie sie sich anfühlten. Er spritzte kaltes Wasser darauf. Was waren das für Gefühle? Wut? Scham? Er vermochte es nicht zu sagen. Welchen Grund hatte er überhaupt dafür? Angst, ja – er hatte Angst. Aber nicht nur, weil er sich in die Villa des Botschafters einschleusen würde. Er dachte auch daran, wie der Meisterdieb vor vielen Jahren schreiend durch die Straßen gerannt war. Und an den verrückten Mann in der U-Bahn, an seine Stimme am Telefon, an die Anzeigen, die er all die Jahre in sämtlichen Zeitungen geschaltet hatte. Mrs Genevieve beunruhigte der bloße Gedanke an eine solche Besessenheit.

Ruben hingegen hatte Angst, selbst zu einem Besessenen zu werden. Die Gefahr, in der man schwebte, wenn man im Besitz der Uhr war, konnte einen schnell verrückt werden lassen. Er fühlte sich sogar selbst schon ein bisschen so. Aber der Gedanke, die Uhr erst zu besitzen und dann plötzlich *nicht* mehr? Das erschien ihm sogar noch verrückter. Jack hatte sich gefragt, wer einen solch wertvollen Gegenstand einfach verlieren konnte, doch Ruben beschäftigte eine ganz andere Frage: Wer würde solch einen Gegenstand freiwillig hergeben?

Ruben spritzte erneut Wasser in sein Gesicht, trocknete sich dann mit einem Handtuch ab und verließ das Badezimmer, ohne noch einmal in den Spiegel zu sehen.

»Sind Sie sicher?«, fragte Jack gerade Mrs Genevieve.

»Ich wünsche mir, dass es so wäre«, entgegnete sie. »Aber er wird seine Suche für nichts Geringeres unterbrechen.«

»Klingt einleuchtend«, sagte Jack mit einem Nicken. »Wenn er nach all den Jahren so kurz davor ist, die Uhr zu finden. Also hat er alle an der Sache dran, vom untersten Ganoven bis zum Botschafter selbst. Vollgas, na schön.« Sein Gesichtsausdruck erinnerte an einen Boxer, der gerade dabei war, seine Ecke zu verlassen. »Kann er haben.«

»Ich halte das nicht aus«, sagte Penny und bedeckte ihre Augen, als sei sie bei demselben imaginären Boxkampf anwesend und ihr Bruder drauf und dran, ganz furchtbar verprügelt zu werden.

»Wovon redet ihr?«, fragte Ruben.

Jack warf ihm ein schmallippiges Lächeln zu. »Der Botschafter wird sich nur dann mit mir treffen wollen, wenn ich ihm Informationen über die Uhr in Aussicht stelle. Das bedeutet, dass wir all unsere Karten auf einmal ausspielen müssen. Es ist meine einzige Chance, in die Villa zu kommen.«

*Unsere* einzige Chance, dachte Ruben. Jack und er tauschten ernste Blicke aus. Sie hatten gehofft, sich unter einem anderen, etwas ungefährlicheren Vorwand mit dem Botschafter treffen zu können. Offensichtlich hatte Mrs Genevieve diese Hoffnung gerade zerstört. Aber wie Jack schon gesagt hatte, klang es vernünftig. Ruben kam sich ein wenig dumm vor, überhaupt eine andere Möglichkeit in Betracht gezogen zu haben.

»Wann geht ihr los?«, fragte Penny.

»Je eher, desto besser«, erwiderte Jack. Er beugte sich über seine Stiefel und zog mit flinken, kräftigen Bewegungen die Schnürsenkel fest. »Wir müssen die Dinge in Gang bringen. Mrs Genevieve, Sie haben eine Telefonnummer für mich, richtig? Dann rufe ich an, um das Treffen zu vereinbaren.«

»Ehrlich gesagt denke ich, dass du dich zuerst etwas ausruhen solltest«, sagte Ruben. »Es war eine lange Nacht.« Er dachte daran, was noch vor ihnen lag und wie müde sie alle waren. Er musste seine Kräfte sammeln, um sich konzentrieren zu können, wenn es so weit war.

Jack zog eine Augenbraue hoch. »Ein Nickerchen? Ernsthaft?«

»Ernsthaft«, bestätigte Ruben und warf ihm einen vielsagenden Blick zu. »Du hast letzte Nacht kaum geschlafen, und wenn du am Ende die Uhr benutzen musst …«

Jetzt verstand Jack. »Natürlich«, sagte er und gähnte, wie um Rubens Worte zu unterstreichen. »Wir könnten wahrscheinlich alle etwas Schlaf gebrauchen. Wäre das in Ordnung für Sie, Mrs Genevieve?«

»Natürlich«, erwiderte sie und erhob sich. »Penny, du kannst dich in mein Bett legen. Ruben ist so klein, dass er auf das Sofa passt. Für dich allerdings …«, sagte sie mit Blick auf Jack, der jedoch abwinkte.

»Ach, kein Stress. Ich nehm' den Fußboden. Glauben Sie mir, ich hab schon auf einer Menge Fußböden geschlafen, und davon waren nicht alle so sauber und mit weichem Teppich wie Ihrer.«

»Dann arbeite ich solange in meiner Werkstatt«, sagte Mrs Genevieve, brachte Jack aber zuvor noch eine gefaltete Decke, die er als Kissen benutzen konnte. Jack dankte ihr, legte sich mit den Füßen gegen die Ladentür auf den Boden und schlief entweder sofort ein oder tat zumindest so. Ruben wurde das Gefühl nicht los, dass Pennys Bruder Wache hielt.

Während Mrs Genevieve Penny ins Schlafzimmer führte, streckte Ruben sich mit dem Gesicht zur Rückenlehne auf dem

Sofa aus. Er starrte mit weit offenen Augen auf die Fasern des Sofakissens und fragte sich, ob er ihren Aufbruch nicht in Wahrheit deswegen hinausgezögert hatte, weil er so nervös war. Konnte er wirklich einschlafen, obwohl er wusste, dass sie aufbrechen würden, sobald er wieder aufwachte?

Er zwang sich dazu, die Augen zu schließen, und beinahe sofort spürte er, wie sein Bein heftig zuckte. Er war sich vage bewusst, dass sein Atem ruhiger wurde und seine Fragen beantwortet wurden. Langsam glitt er in den Schlaf, und ob er nur einige Minuten lang schlief oder einige Stunden, würde nach dem Aufwachen keinen Unterschied mehr machen.

Die Zeit würde in einem Wimpernschlag vergehen. Er würde seine Augen öffnen, immer noch Angst haben. Und der Moment wäre gekommen.

## AUFTRITT: DER BOTSCHAFTER

Die Gegend von Westmont, an einem warmen Samstag kurz nach der Mittagszeit, hatte absolut nichts mit den Lower Downs gemein. Keine Kinder, die auf der Straße spielen, niemand, der Tische aufbaut, um gebrauchte Sachen zu verkaufen, keine laute Musik, die aus offen stehenden Fenstern oder Autos dröhnt. Ein Briefträger drehte gelassen seine Runde, einige Spaziergänger waren mit ihren Hunden unterwegs und ein paar Eltern schoben Kinderwägen in Richtung eines Parks, aus dem man das Knarzen von Wippen und Schaukeln hörte. Am anderen Ende des Parks stand eine Kirche, auf deren Parkplatz ein Teenager Kunststücke auf einem Skateboard übte. Doch abgesehen von dem Quietschen der Spielgeräte und dem Geklapper und Gekratze des Skateboards war es eigenartig still. Die gut situierten Bewohner von Westmont taten mehr oder weniger das, was man erwartete, aber sie taten es leise.

Jack fuhr langsam die von Bäumen gesäumten Straßen entlang. Auf dem Beifahrersitz zusammengekauert reckte Ruben den Hals, um aus dem Fenster sehen zu können. Die Fenster von Jacks Auto waren zwar dunkel getönt und an einem so sonnigen Tag wie heute war er nur schwer von außen zu erkennen, wenn überhaupt. Trotzdem sank er noch tiefer, als das Anwesen des Botschafters in Sicht kam. Es beanspruchte einen ganzen Block.

»Hat er nichts Größeres gefunden?«, fragte Jack kopfschüttelnd.

Für Ruben war es immer vollkommen logisch gewesen, dass der Botschafter in einem herrschaftlichen Anwesen lebt, denn als Repräsentant des Schattens war er um einiges wichtiger als der Bürgermeister und auch weitaus besser entlohnt. Was jedoch nicht so recht ins Bild gepasst hatte, waren die Erzählungen von gesprungenen Fenstern, fehlenden Dachziegeln, kaputten Fensterläden, einem verwilderten Garten und Fledermäusen, die sich in bröckelnden Schornsteinen eingenistet hatten. Es wurde gemunkelt, dass der Botschafter ein sonderbarer Mann war, der sich ausschließlich um seinen Job kümmerte und keine Zeit hatte, seinen Reichtum zu genießen. Aber als Jack nun langsam das Anwesen umrundete, erwischte Ruben sich bei dem Gedanken, ob der Mann nicht tatsächlich *gerne* so wohnte. Eine ziemlich beunruhigende Vorstellung.

Die Mauer, die um das Anwesen führte, bestand aus altem grauem Stein, und hier und da erkannte Ruben abgebröckelte Stellen und Löcher, durch die sich jemand Unerschrockenes und sehr Kleines durchquetschen konnte, doch jedes Mal schienen auf der anderen Seite Rosen oder Brombeerbüsche zu stehen. Der schmiedeeiserne Staketenzaun auf der Mauer hatte spitze, speerartige Enden und war mit den gleichen dornigen Brombeerranken bewachsen. Wenn man auf diesem Weg das Grundstück des Botschafters betreten wollte, musste man eine Menge blutiger Kratzer in Kauf nehmen.

Jack war wieder am Haupttor angekommen. Es war etwa drei Meter hoch, bestand aus schmiedeeisernen Stangen und wirkte sowohl elegant als auch Respekt einflößend. Die Auffahrt war von wuchernden Hecken gesäumt, die nur noch vage an die Tiere erinnerten, in deren Form sie einst geschnitten worden waren – Löwen und Schwäne und Giraffen, die auf groteske Weise fett und struppig geworden waren, wie durch dunkle Magie. Am Ende der Auffahrt, an den Eingangsstufen zur Villa, parkte eine glänzende schwarze Limousine.

»Das wird knifflig«, grübelte Jack, während er den Wagen zurück in Richtung Park lenkte. »Wenn wir durch das Tor fahren, dann schließen sie es hinter uns, und wir haben keine Möglichkeit, schnell abzuhauen.« Er parkte in der Nähe der Kirche. »Lass mich mal ne Minute nachdenken.«

Ruben nickte bloß. Ihm wurde immer unwohler. Nachdem sie das Tor passiert hatten, würde es kein Zurück mehr geben.

Der Plan war ziemlich simpel: Jack hatte bereits ein Treffen arrangiert. Er würde so tun, als feilsche er mit dem Botschafter um die Belohnung, und dann so schnell wie möglich wieder verschwinden. Ruben würde allein zurückbleiben und ein wenig herumschnüffeln. Der Botschafter würde mit Sicherheit den Schatten anrufen und mit ein bisschen Glück etwas sagen – oder Ruben würde bei seiner Schnüffelei etwas finden –, das sie zum Unterschlupf des Schattens führte. Danach würde Ruben einfach wieder hinausschleichen und sich mit Jack am vereinbarten Treffpunkt treffen. Was in der Theorie ganz simpel klang, war in der Praxis ziemlich beängstigend, und seine Nerven und sein Magen drängten ihn dazu, umzukehren. Er verspürte das Verlangen, eine Toilette aufzusuchen, obwohl er erst kurz vor ihrem Aufbruch bei Mrs Genevieve gegangen war.

Es war ein ziemlich schwerer Abschied gewesen – Penny hatte sie beide umarmt und in etwa so verängstigt ausgesehen, wie

Ruben sich fühlte. Mrs Genevieve hatte Ruben ebenfalls umarmt, woraufhin er beinahe angefangen hätte zu weinen. Sie bat ihn, nicht mitzugehen, aber er bestand darauf, dass Jack jemanden brauchte, der Schmiere stand. »Ich werde im Auto warten«, versicherte er ihr. »Dann kann ich hupen, wenn ich etwas Auffälliges sehe oder irgendwas schiefgeht.«

»Was nicht passieren wird«, warf Jack ein.

»Aber was, wenn dich jemand sieht?«, protestierte Mrs Genevieve.

»In diesem Fall hat er ja immer noch die Uhr«, beruhigte Jack sie mit einer Lüge, die ihm so leicht über die Lippen kam, wie es keinem anderen Meyer je gelungen wäre. »Wenn der Junge sich vor irgendwas erschreckt, dann macht er sich einfach unsichtbar.«

Mrs Genevieve hatte das zwar immer noch nicht gefallen, aber zumindest verbarrikadierte sie nicht die Tür, um sie am Gehen zu hindern.

»Ich weiß jetzt, wie wir es machen«, sagte Jack und grinste. »Oh, sie werden mich hassen.« Er drehte sich zur Seite, legte einen Arm lässig über das Lenkrad und sah Ruben an. »Wir treffen uns danach im Park, okay? Ich warte dort auf dich, egal, wie lange es dauert.«

»Und was, wenn du jemandem auffällst?«

»Dann verschwinde ich für 'ne Weile, aber ich komme definitiv wieder zurück. Wenn du mich nicht sofort siehst, bleib einfach da. Als Kind fällst du auf dem Spielplatz gar nicht auf.«

Ruben nickte. »Alles klar.«

»Und hör mal, falls irgendetwas schiefgeht, während wir da drin sind – wenn sie dich sehen oder so –, dann hau ab. In dem Fall vergisst du den Park. Im Park treffen wir uns nur, wenn alles geklappt hat. Wenn irgendetwas schiefgeht, verschwindest du, so schnell du kannst, und wir treffen uns bei Mrs Genevieve.«

»Und was machst du?«

»Ich werde ein bisschen für Ärger sorgen«, erwiderte Jack und zwinkerte. »Keine Sorge, da hab ich Übung drin.«

Bei dem Gedanken, dass etwas schiefgehen könnte, verkrampfte sich Rubens Magen. Niedergeschlagen sah er Jack an und schwieg.

Jack musterte ihn mit zusammengekniffenen Augen. »Bist du sicher, dass du das durchziehen willst? Wir müssen das nicht machen, das weißt du, oder? «

Ruben schüttelte den Kopf. »Nein, nein. Ich schaff das schon.« Er zögerte. »Ich habe bloß Angst.«

Zu seiner Überraschung legte Jack ihm eine Hand auf den Kopf und sah ihm in die Augen. »Das beweist nur, dass du nicht dumm bist. Viel wichtiger ist, dass du gut bist in dem, was du tust. Und das bist du. Also keine Panik. Bleib einfach cool und denk immer daran: Du bist der Experte.«

»Bin ich das?«

Jack zog eine Augenbraue hoch. »Du bist doch derjenige, der die Uhr entdeckt und ihr Geheimnis herausgefunden hat, oder nicht? Und der unsere Familie aufgespürt hat? Und der die Schmugglertunnel gefunden hat? Wobei ich immer noch nicht weiß, wie dir *das* gelungen ist. Wenn hier irgendjemand ein Experte ist, Junge, dann bist du das.« Er wuschelte durch Rubens Haare. »Also, bist du bereit? Wir sollten loslegen, sonst kommen wir noch zu spät.«

*Er hat recht*, dachte Ruben ein wenig verwundert. *Ich bin der Experte*. Und zu seiner Überraschung fühlte er sich tatsächlich besser. Er nickte Jack zu. »Ich bin so weit.«

»Na dann mal los«, erwiderte Jack und startete den Motor. Er wendete auf der Straße und röhrte zurück zur Villa des Botschafters.

Als sie vor dem Tor vorfuhren, kauerte Ruben sich auf dem Sitz zusammen, die Uhr einsatzbereit in der Hand.

»Es sind jetzt vier Typen am Tor«, murmelte Jack. »Sie müssen gesehen haben, wie wir um den Block gefahren sind. Und jetzt öffnen sie das Tor für uns, wie nett. Okay, Zeit zu verschwinden, Junge – der eine will mit mir reden.«

Ruben verschwand. Er hörte, wie Jack nach Luft schnappte.

»Das ist echt atemberaubend«, raunte Jack. Dann kurbelte er das Fenster runter.

Eine Stimme sagte: »Sind Sie der Typ, der von 'ner Telefonzelle aus angerufen hat?«

Jack lachte. »Soll ich jetzt beeindruckt sein, weil ihr wisst, dass es eine Telefonzelle war?«

»Es interessiert mich nicht, ob Sie beeindruckt sind oder nicht«, erwiderte der Mann. Wahrscheinlich war er es nicht gewohnt, provoziert zu werden. »Fahren Sie bis oben hin und parken Sie hinter der Limousine.«

»Geht klar«, sagte Jack und kurbelte das Fenster wieder hoch. »Halt dich fest«, wisperte er.

Als das Auto nach vorne schoss, wurde Ruben gegen die Rückenlehne gepresst, und als das Auto ebenso abrupt anhielt, rutschte er fast in den Fußraum. »Beeil dich«, zischte Jack, öffnete schwungvoll seine Tür und sprang aus dem Auto. Ruben kraxelte hinter ihm her und tastete sich dabei mit seiner freien Hand vorwärts.

»Hier können Sie nicht parken!«, rief ein Mann. »So können wir das Tor nicht schließen!«

»Ich brauch nicht lang«, erwiderte Jack ungerührt und trat einen Schritt nach vorne, um Ruben Platz zu machen.

Ruben schlüpfte hinter ihm aus dem Wagen und tippte ihm auf den Rücken, um ihn wissen zu lassen, dass er draußen war. Jack schloss die Autotür und Ruben hörte das Klirren des Autoschlüssels, als Jack ihn in die Tasche steckte. Wütende Schritte näherten sich.

»Geh schon vor«, murmelte Jack, woraufhin Ruben die Auffahrt zur Villa hocheilte.

»Ich hab Ihnen doch gesagt, dass Sie bis oben hin fahren und hinter der Limousine parken sollen!«

»Ja, sorry, ich bin ziemlich schlecht im Parken«, entgegnete Jack. »Keine Sorge. Ich fahr es weg, wenn ich zurückkomme.«

»Sie fahren es *jetzt* weg!« Der Mann klang schockiert und wütend zugleich.

Ruben hatte die Limousine erreicht. Er tastete sich darum herum, suchte nach den Eingangsstufen und stieg zu dem Säulenvorbau der Villa hoch. Die Tür befand sich jetzt direkt vor ihm. Würde sie nach innen oder nach außen aufgehen? Eingangstüren gingen doch normalerweise nach innen auf, oder? Er war so nervös, dass er nicht richtig denken konnte.

*Du bist der Experte*, ermahnte sich Ruben und es half. Er tastete nach den Türangeln, fand aber keine. Natürlich. Die Tür schwang nach innen. Er brachte sich in Position und wartete.

In der Zwischenzeit teilte Jack den Männern laut, aber vollkommen ruhig mit, dass er exakt zehn Minuten Zeit habe, um dem Botschafter seine Nachricht zu überbringen. »Eine Minute länger und die Sache ist gestorben. Soll ich ihm sagen, dass Sie mich aufgehalten haben?«

Es folgte keine Antwort, aber Ruben hörte, wie Jack die Auffahrt heraufkam. Er stellte sich vor, wie sich die Späher gegenseitig ansahen, verärgert, aber unfähig, irgendetwas zu unternehmen. Kurz darauf hörte er, wie sie ebenfalls die Auffahrt hinaufgingen. Sie murmelten vor sich hin und beschleunigten ihre Schritte, um zu Jack aufzuschließen.

»Geh ich einfach rein?«, fragte Jack, während er die Stufen hochsprang.

»Warten Sie auf uns«, erwiderte einer der Männer schroff.

Aber Jack sagte nur: »Auf geht's«, und Ruben hörte, wie die Tür entriegelt und mit einem Quietschen geöffnet wurde. Er schoss vorwärts und streifte dabei an Jack vorbei. Ruben blieb mit dem Fuß kurz an der Türschwelle hängen, fing sich aber schnell wieder und tastete sich rasch zur Seite.

»Wunderschöne Eingangshalle!«, sagte Jack, der hinter ihm hereinkam. Seine Stimme hallte in einem Raum wider, der riesig zu sein schien, genau wie Mrs Genevieve berichtet hatte. »Marmorböden und ein Kronleuchter? Sehr hübsch! Und sieh sich einer diese Treppe an! Benutzt die eigentlich niemand mehr? Und, wow, diese Decke! Wunderschöne Details! Aber der Wasserfleck ist wirklich eine Schande. Hat der Botschafter mal in Erwägung gezogen –«

Eilige Schritte und ein Handgemenge schnitten ihm das Wort ab. Ruben hörte schleifende Geräusche, gefolgt von einem dumpfen Schlag, als Jack gegen die Wand gedrückt wurde. »Hör mir mal gut zu, Bürschchen«, knurrte ein Mann. »Man platzt hier nicht einfach so rein. Wir bringen dich jetzt zu der Tür dort drüben. Durch die gehst du und setzt dich hin. Und keine Witze mehr. Mr Faug mag keine Witze. Heb die Arme hoch.«

»Warum, wollen Sie mich kitzeln? Ich dachte, wir sollten keine Witze mehr machen.«

»Du nervst mich«, sagte der Mann. »Ich hab schon genug, was mir auf die Nerven geht. Wir filzen dich, um sicherzugehen, dass du sauber bist.«

»Tja, tut mir echt leid, aber ich hab seit gestern nicht mehr geduscht.«

»Du nervst mich«, sagte der Mann erneut. Ruben hörte das klopfende, raschelnde Geräusch von Händen, die nach Waffen suchten. »Okay, er ist sauber.«

»Wirklich?«, fragte Jack. »Hervorragend. Sie gehen vor.«

Ihre Schritte klackerten über den Marmorboden. Ruben schlich hinter ihnen her. Es dauerte ziemlich lang, bis sie die Tür erreichten. Die Eingangshalle allein war schon größer als seine ganze Wohnung.

»Nach Ihnen«, sagte Jack.

»Plötzlich ist er höflich«, murmelte einer der Männer.

»Hoffentlich bleibt's dabei«, sagte ein anderer.

Die Tür wurde geöffnet und die Männer betraten nacheinander den Raum. Ruben holte zu Jack auf und legte ihm die Hand auf den Rücken. »Jep«, sagte Jack lediglich, als meinte er niemand Bestimmten, aber Ruben wusste, dass er mit ihm gesprochen hatte. Mit Rubens Hand an Jacks Rücken betraten sie das Büro. Jack hielt kurz hinter der Tür an und klopfte auf etwas Hölzernes zu seiner Rechten. »Hübscher Schrank«, sagte er. »Ist der antik?«

Ruben hockte sich auf den mit Teppich ausgelegten Boden und kroch unter den Schrank, der tatsächlich auf ziemlich hohen Füßen stand. Er rutschte bis ganz nach hinten an die Wand. Es war so viel Platz unter dem Schrank, dass er mit eingezogenem Kopf auf den Fersen sitzen konnte. Erleichtert atmete er auf. Zumindest fürs Erste war er aus dem Weg, konnte einfach abwarten und zuhören.

»Natürlich ist der antik«, erwiderte einer der Männer. »Glaubst du, Mr Faug hat etwas für dieses neumodische Zeug übrig? Diesen Müll, der heutzutage produziert wird?«

»Keine Ahnung«, erwiderte Jack. »Ich kenne Mr Faug ja noch nicht. Aber ich hoffe, dass sich das bald ändert. Jetzt sind es nur noch neun Minuten.«

»Er ist auf dem Weg. Setz dich.«

»Soll ich die Tür zumachen?«

»Das mach ich. Setz dich hin.«

Jack schloss die Tür trotzdem, und Ruben hörte, wie zwei der Männer frustriert aufseufzten. Jack setzte sich hin und die Männer nahmen ihre Positionen ein. Die ganze Zeit über plapperte Jack weiter, kommentierte den schönen Mahagonischreibtisch, den riesigen Kamin, das interessante Muster des Teppichs, die ulkige alte Kuckucksuhr. Er entwickelte eine bestimmte Persönlichkeit und quasselte die ganze Zeit über, weswegen es nicht auffallen würde, wenn er irgendetwas sagte, das für Ruben gedacht war.

Eine Tür öffnete sich knarrend. Jemand betrat hustend den Raum und Jack verstummte. Die Hustengeräusche wanderten in die Richtung, in der Ruben den Schreibtisch vermutete. Ein Stuhl ächzte und das Husten verebbte langsam.

»Mr Faug, nehme ich an«, sagte Jack. Zum ersten Mal klang er ein wenig verunsichert. »Das ist wirklich eine fiese Erkältung, die Sie da haben.«

»Allergie«, erwiderte der Botschafter mit barscher, kratziger Stimme und putzte sich die Nase.

»Zu dumm«, sagte Jack unbekümmert. Was auch immer ihn beunruhigt hatte, er hatte sich schnell wieder im Griff. »Es geht mich zwar nichts an, aber haben Sie mal in Erwägung gezogen,

Staub zu wischen? Das könnte helfen. Sie haben hier wirklich ein hübsches Haus, aber ganz ehrlich, es sieht aus wie in einem Staubmuseum.«

»Wer ist dieser Mann?«, krächzte der Botschafter. »Wie heißt er?«

»Er hatte keinen Ausweis bei sich, Sir«, sagte einer der Späher. Seine Stimme kam vom Kamin.

»Moment mal, die haben nach einem Ausweis gesucht?« Jack klang empört. »Sie sollten mal ein ernstes Wörtchen mit Ihren Leuten reden. Mir haben sie gesagt, sie suchen nach Waffen. Außerdem waren sie ziemlich grob.«

»Sie haben mir gesagt, dass die Zeit drängt«, krächzte der Botschafter. »Und doch verschwenden Sie sie mit dummem Geschwätz.«

»Das stimmt. Bitte entschuldigen Sie. Ich komme gleich zur Sache. Wie ich schon am Telefon sagte, bin ich in Kontakt mit jemandem, der die Uhr gefunden hat, nach der Ihr Boss sucht. Wir würden gern die Belohnung in Anspruch nehmen, aber mein Kontakt ist etwas nervös. Mächtige Menschen machen ihm Angst. Daher kam uns die Idee, dass Sie mir die Belohnung aushändigen und ich Sie dann später anrufe und Ihnen den Aufenthaltsort der Uhr mitteile.«

»Sind Sie der Onkel des Jungen?«, fragte der Botschafter und hustete erneut.

»Keine Ahnung, welchen Jungen Sie meinen«, entgegnete Jack, »aber ich kann Ihnen versichern, dass ich niemandes Onkel bin. Gut möglich, dass mein Kontakt ein Onkel ist. Muss ich ihn mal fragen.«

Der Botschafter räusperte sich heftig. »Wer ist Ihr Kontakt? Wie heißt er?«

»Er hat mir seinen wahren Namen nie verraten. Wir benutzen Code-Namen. Das ist sicherer. Außerdem macht es mehr Spaß.«

Es folgte kurzes Schweigen. Ruben brach der Schweiß aus. Warum verärgerte Jack den Botschafter? Warum war er nicht einfach nett zu ihm?

Ein leises Rascheln drang an seine Ohren. Ein Bonbonpapier.

»Oh, gut«, sagte Jack, »das hilft bestimmt gegen den Husten. Ehrlich gesagt könnte ich selbst eins vertragen. Nein? War das Ihr letztes? Wissen Sie, es ist etwas unhöflich –«

»Haben Sie den Eindruck, dass ich unhöflich zu Ihnen bin?«, unterbrach der Botschafter ihn. Er machte ein schmatzendes, saugendes Geräusch, als er das Bonbon in seinem Mund hin und her bewegte. Er klang recht entspannt, was Ruben deutlich beunruhigender fand, als wenn er verärgert gewesen wäre.

»Ach, wen kümmert das schon«, erwiderte Jack. »Hier geht es schließlich ums Geschäft. Ihr Boss bekommt, was er will, mein Kontakt und ich teilen uns die Belohnung, und alle sind glücklich.«

»Niemand ist glücklich«, entgegnete der Botschafter. »Ich habe keinerlei Anlass zu glauben, dass dieser Kontakt von Ihnen die Uhr auch wirklich besitzt.«

»Er hat sie perfekt beschrieben. Das habe ich Ihnen bereits am Telefon gesagt.«

Der Botschafter machte erneut ein schmatzendes Geräusch. »Eine Menge Leute hätten mir genau die gleiche Beschreibung liefern können. Sie erscheint jeden Tag in Dutzenden Zeitungsanzeigen. Oder vielleicht haben Sie auch mit einem der Händler auf der Brighton Street gesprochen, der die Uhr tatsächlich gesehen hat.«

»Da ist was dran«, stimmte Jack zu. »Daran hatte ich nicht gedacht.«

»Sie verschwenden meine Zeit. Mein Arbeitgeber wird höchst ungehalten darüber sein.«

»Warten Sie, warten Sie«, sagte Jack. »Ich bin sicher, dass wir uns irgendwie einig werden können. Mein Kontakt würde mich niemals anlügen. Wir hatten schon öfter solche Abmachungen. Bisher ist er immer sehr zuverlässig gewesen.«

»Na schön. Dann nehmen Sie mein Telefon und rufen Sie ihn an. Sagen Sie ihm, dass er die Uhr umgehend hierherbringen soll. Wenn ich sichergestellt habe, dass es diejenige ist, die mein Arbeitgeber sucht, bekommen Sie Ihre Belohnung.«

»Es gibt da ein kleines Problem mit Ihrem Vorschlag«, erwiderte Jack. »Ich habe seine Telefonnummer nicht. Bisher hat er immer mich angerufen. Der Typ ist ziemlich scheu. Aber ich kann Sie gut verstehen, deswegen können wir uns vielleicht auf einen Kompromiss einigen. Sie können mir die eine Hälfte der Belohnung jetzt geben und die andere, nachdem Sie die Uhr erhalten haben. Das ist doch fair, oder? Wir müssen dem anderen ein wenig Vertrauen entgegenbringen.«

»Ich habe keinen Grund, Ihnen zu vertrauen«, blaffte der Botschafter. »Sie haben mir weder einen Namen genannt noch haben Sie einen Ausweis bei sich, und was Sie mir erzählen, unterscheidet sich in keiner Weise von dem, was Dutzende andere mir ebenfalls berichten könnten! Sie scheinen keine Ahnung zu haben, in was für einer Situation Sie sich befinden!«

Ruben lief der Schweiß über das Gesicht. Jack hatte es vermasselt. Etwas Schreckliches würde gleich geschehen, nicht nur bezogen auf Jack. Ruben hatte nur noch ein paar Minuten, bis die Uhr abgelaufen war.

»Oh!«, rief Jack und schnippte mit den Fingern. Obwohl er sich der Drohung in den Worten des Botschafters bewusst sein musste, merkte man seiner Stimme nichts an. »Wissen Sie was? Mein Kontakt hat mir noch etwas anderes über die Uhr gesagt. Ich weiß nicht, ob es Ihnen etwas nutzt – tatsächlich habe ich befürchtet, dass es eher hinderlich sein könnte –, aber unter den gegebenen Umständen sollte ich es Ihnen wohl besser erzählen.« Er räusperte sich. »Die Uhr ist … kaputt.«

Im Raum herrschte Totenstille. Dann knarrte der Stuhl des Botschafters und er atmete laut hörbar aus. »Was meinen Sie«, sagte er mit so leiser Stimme, dass Ruben ihn kaum verstehen konnte, »mit kaputt?«

»Ich meine, dass sie die Zeit nicht mehr korrekt anzeigt. Man kann sie aufziehen, aber es passiert nichts. Sie spult sich einfach wieder ab. Der Zeiger bewegt sich nicht.«

Wieder herrschte Schweigen. Doch dann begann der Botschafter plötzlich zu lachen. Es war ein befremdliches Lachen. Jack lachte ebenfalls, auf eine falsche und gestelzte Weise, offensichtlich in dem Versuch, gut gelaunte Verwirrung auszudrücken. Der Schachzug war absolut genial. Jack hatte exakt so viel wie nötig gesagt. Ruben zitterte vor Erleichterung.

»Natürlich zeigt sie die Zeit nicht an«, sagte der Botschafter. »Die Uhr ist eine antike Seltenheit, kein funktionierender Zeitmesser. Mein Arbeitgeber wünscht sie dennoch in seinem Besitz. Er ist ein Sammler.« Er lachte erneut auf. »Ich dachte schon, die Uhr sei beschädigt worden. Das würde ich meinem Arbeitgeber nur ungern mitteilen. Aber Ihre Information – die ist gut.« Der Stuhl ächzte erneut. »Also schön. Ich spreche mit ihm über Ihre Belohnung.«

»Jetzt?«, fragte Jack. »Wenn ich meine Verabredung einhalten will, muss ich mich beeilen. Hat Ihr Boss die Belohnung nicht schon längst genehmigt?«

»Ich möchte gerne noch einige Einzelheiten mit ihm besprechen. Ihre Verabredung wird warten müssen.«

»Sie kennen ihn nicht. Er ist ziemlich nervös. Wenn ich nicht pünktlich auftauche, verschwindet er wieder.«

»Dann sollten Sie ihm besser sagen, dass Sie sich verspäten. Vielleicht fällt Ihnen ja auf einmal doch ein, dass Sie seine Telefonnummer haben.« Hustend ging der Botschafter auf die Tür zu, durch die er gekommen war. Ruben hörte, wie die Späher sich ebenfalls in diese Richtung bewegten. »Wie dem auch sei, ich muss meinen eigenen Anruf tätigen, auf einer anderen Leitung. Sie warten hier, bis ich wieder zurückkomme.«

Ruben beschwor Jack lautlos, nicht weiter zu diskutieren. Er musste die Uhr wieder aufziehen – er hatte nicht mehr viel Zeit. Wenn die anderen den Raum verließen, wäre das seine Chance.

»Sieht so aus, als hätte ich keine andere Wahl«, sagte Jack mit einem Seufzen. »Versuchen Sie sich zu beeilen, ja?«

Die Tür öffnete sich bereits knarrend. Falls der Botschafter Jack gehört hatte, machte er sich nicht die Mühe zu antworten. Ruben hörte, wie die Männer in den angrenzenden Raum gingen – bis auf einen, der noch kurz in der Tür stehen blieb.

»Hey«, sagte der Mann leise, als wolle er nicht, dass ihn irgendjemand außer Jack hörte, »du solltest vorsichtiger sein. Du provozierst ihn ganz schön und das willst du nicht, glaub mir.«

»Geben Sie mir gerade einen gut gemeinten Rat?«

Aber der Mann schloss bereits die Tür hinter sich.

»Wer weiß«, sagte Jack. »Ich glaube, das hat er tatsächlich getan.«

Ruben drückte den Schlüssel in die Uhr und erschien in einem

Raum, der bisher nur in seiner Vorstellung existiert hatte. Der Effekt war seltsam verstörend. Im Großen und Ganzen sah der Raum so aus, wie er ihn sich ausgemalt hatte – die Anordnung und die Größe der Möbel, die Abstände der Wände zueinander, die Lage des Kamins – aber die kleinen Details unterschieden sich. Das Muster des Teppichs, die Tapete, die Farbe der Stühle und des Schreibtisches. Alles war dort, wo es sein sollte, und doch hatte sich plötzlich alles verändert, wie durch Zauberei. Obwohl er wusste, dass es nicht stimmte, hatte Ruben den Eindruck, er würde halluzinieren. Ihm wurde ganz schwummerig.

Er zog die Uhr wieder auf und spähte unter dem Schrank hervor. Jack saß mit dem Rücken zu ihm und würde sich auch nicht umdrehen, um ihn anzusehen. Sie hatten sich darauf verständigt, dass sie davon ausgehen mussten, niemals wirklich allein zu sein. Ruben verspürte dennoch das starke Verlangen, Jack etwas zuzuflüstern. Er fühlte sich so ausgesetzt. Selbst der kleinste Austausch von Worten könnte helfen, seine Nerven zu beruhigen.

Aber es konnten so viele Dinge schiefgehen. Was, wenn zum Beispiel die Tür unerwartet geöffnet wurde? Ruben hielt seine Zunge im Zaum. Er musste sich darauf konzentrieren, jederzeit wieder verschwinden zu können. Mit der aufgezogenen Uhr in der Hand wischte er sich über die schweißnasse Stirn und veränderte seine Position in einen Schneidersitz. Er war bereits ziemlich müde. Er würde die Uhr erst im letztmöglichen Moment benutzen.

Von seinem Standort aus konnte Ruben nicht viel von der gegenüberliegenden Tür erkennen. Seine Sicht wurde durch Jacks Stuhl und den Schreibtisch des Botschafters verdeckt. Außerdem war der Schrank so tief, dass er selbst dann kaum zu sehen sein würde, wenn die Uhr ablief und er wieder sichtbar wurde. Das war immerhin zu seinem Vorteil.

*Also bleib ruhig*, dachte er und rief sich erneut in Erinnerung, was Jack ihm gesagt hatte: *Du bist der Experte.*

Er fragte sich, ob der Schatten dem Botschafter erlauben würde, Jack die Hälfte der Belohnung im Voraus zu zahlen. Er bezweifelte es – und Jack erwartete es sicherlich auch nicht. Andererseits, was bedeutete dem Schatten schon das bisschen Geld? Der Mann war so dicht daran, endlich das Objekt seiner Begierde in die Hände zu bekommen, dass er wahrscheinlich allem Möglichen zustimmen würde. Ruben hätte gern das Telefonat zwischen dem Botschafter und dem Schatten belauscht. Er hoffte, dass das Spionieren einfacher werden würde, wenn Jack gegangen war und der Botschafter glaubte, er sei allein.

Jack erhob sich von seinem Stuhl. Während er zu der Wand gegenüber dem Kamin ging, ließ er seine Knöchel knacken. Ruben konnte ihn nur von den Knien an abwärts sehen. Wahrscheinlich betrachtete er die Kuckucksuhr.

»Sie sind ein seltsamer alter Mann, Mr Faug«, murmelte Jack wie zu sich selbst.

Ruben war verblüfft. Sie hatten vereinbart, kein Risiko einzugehen.

»Sehr seltsam«, wiederholte Jack in nachdenklichem Tonfall. »Mit Ihrem –«

Er hielt inne, und Ruben fragte sich, was Jack hatte sagen wollen. Wenn er Ruben etwas mitteilen wollte, warum hatte er dann nicht weitergesprochen? Ruben lauschte angespannt, doch er konnte nichts hören außer dem leisen Ticken der Kuckucksuhr.

Jack brummte, als habe er fälschlicherweise geglaubt, etwas gehört zu haben. Oder vielleicht hatte er auch etwas gehört, vermochte es aber nicht einzuordnen. Jedenfalls beendete er den Satz nicht, sondern schlenderte stattdessen langsam zum Kamin hinüber.

Plötzlich spürte Ruben ein Prickeln im Nacken. Sein ganzer Körper begann zu jucken und sein Herz raste. Was war los? Warum hatte er plötzlich solche Angst? Seine Finger umklammerten den Schlüssel. Er blieb vollkommen reglos sitzen. Schweiß lief ihm in die Augen und ließ seinen Blick verschwimmen. Er versuchte, die Tropfen wegzublinzeln.

In diesem Moment hörte er das Atmen.

Leise, so leise, dass er es beinahe nicht wahrgenommen hätte. Aber es befand sich genau vor ihm. Ruben spürte, wie Galle in ihm aufstieg. Jetzt begriff er. Jetzt wusste er, was er gespürt hatte. Er war nicht die einzige unsichtbare Person im Raum.

Der Schatten war ebenfalls hier.

## TRICKS UND NOCH MEHR TRICKS

Rubens Herz schlug so laut, dass er befürchtete, der Schatten könne es bemerken. Sein Puls pochte derart heftig in seinen Ohren, dass er das Atmen nicht mehr hörte. Aber er konnte Schweiß und Leder riechen, den moschusartigen Geruch von Pomade oder Aftershave, einen Hauch von Pfefferminz. Die Gerüche eines lebendigen Menschen.

Wusste er, dass Ruben hier war? Roch er den Jungen unter dem Schrank?

Ruben wollte um Hilfe schreien. Er zwang sich, den Impuls zu unterdrücken, und hielt den Atem an. Er konnte nur noch daran denken, dass der Schatten ihn nicht in die Finger kriegen durfte. *Er darf mich nicht finden*, flehte er stumm, *er darf mich nicht finden er darf mich nicht finden er darf mich nicht finden.*

Er machte sich nicht unsichtbar. Selbst das allerleiseste Klicken des Schlüssels konnte ihn verraten. Seine Lunge brannte vor Sauerstoffmangel. Er hatte nicht noch einmal tief Luft geholt. Er hatte einfach aufgehört zu atmen.

Jack brummte erneut milde verblüfft und wandte sich vom Kamin ab. Ruben sah, wie sich seine Beine in Richtung Schreibtisch bewegten. Nach zwei Schritten erschienen sie mit einem Mal etwas deutlicher, als sei Rubens Blick plötzlich schärfer geworden, obwohl seine Augen immer noch brannten vor Schweiß. Niemandem sonst wäre diese minimale Veränderung aufgefallen, niemandem, der nicht das wusste, was Ruben wusste. Er hatte direkt durch den Schatten hindurchgesehen.

Jack bewegte sich nun durch den ganzen Raum, nicht mit einem bestimmten Ziel, sondern vollkommen zufällig, als wäre seine Rastlosigkeit zurückgekehrt. Er ging einige Schritte, blieb stehen, ging wieder los, blieb wieder stehen. Ruben starrte angestrengt auf die Stelle, an der der Schatten gekauert hatte, so nah, dass er ihn beinahe hätte berühren können. Aber er wusste nicht, ob er immer noch dort war, konnte einen verschwommenen Bereich nicht vom anderen unterscheiden. Er schloss die Augen. Er musste unbedingt Luft holen.

*Er darf mich nicht finden.*

Plötzlich ertönte in dem totenstillen Raum ein unfassbar lauter Krach – *Klong! Kuckuck!* – und Ruben keuchte auf.

Jack schnappte ebenfalls nach Luft und wirbelte zur Kuckucksuhr herum. Die kleinen Türchen schlossen sich mit einem Klicken und es herrschte wieder Stille.

»Verdammt noch mal!«, sagte Jack. Er gluckste leise über seine eigene Reaktion. Dann ließ er sich wieder auf seinen Stuhl fallen und trommelte mit den Fingern auf den Tisch.

*Oh bitte, hoffentlich hat er mich nicht gehört*, dachte Ruben. Er hatte nur ganz leise nach Luft geschnappt. Möglicherweise hatte Jacks Keuchen seines übertönt. Möglicherweise. Es kam ganz darauf an, wo der Schatten sich momentan im Raum aufhielt. Und das wusste Ruben nicht.

Er saß stocksteif da und atmete so leise und wenig wie möglich. Sein Kopf hämmerte. Sein ganzer Körper war angespannt.

Es dauerte einen Augenblick, bis er bemerkte, dass sich die Gerüche um ihn herum verflüchtigt hatten. Der Schatten war weitergegangen. Aber wohin? Er konnte den Raum nicht verlassen haben. Keine der beiden Türen hatte sich geöffnet. Was bedeutete, wie Ruben plötzlich feststellte, dass er die ganze Zeit im Zimmer gewesen sein musste. Wie hatte er das zustande gebracht?

Der Kamin. Das musste es sein. Er hatte sich in den Kamin gekauert.

Jack schien sich wieder zu entspannen. Er trommelte immer noch mit den Fingern und wieder sinnierte er laut vor sich hin: »O ja, Herr Botschafter, Sie sind ein komischer Kauz. Sie und Ihre Hustenbonbons und Ihr altbackener Anzug.«

Ruben hätte am liebsten gerufen: *Der Schatten ist hier im Raum mit uns, Jack! Er ist genau hier!*

Doch dann trieb plötzlich zwischen dem Schrecken und der Verwirrung eine Erkenntnis an die Oberfläche seines Verstandes. Warum hatte Jack die Hustenbonbons angesprochen? Er hatte sie schon einmal erwähnt, als der Botschafter eines ausgepackt hatte. Aus irgendeinem Grund wollte Jack, dass Ruben davon wusste. Die Hustenbonbons und der altmodische Anzug. Jack war der Ansicht, dass Ruben etwas mit diesen Dingen anfangen konnte. Und mit einem Mal konnte er es auch.

Der Botschafter war der Mann aus der U-Bahn.

Es erschien vollkommen absurd, und doch war es das Einzige, was Sinn ergab. Ruben hatte Jack und Penny den Mann beschrieben, jedes Detail von seinem Anzug und seiner Fliege bis hin zu seinem Pfefferminz-Atem. Kein Wunder, dass Jack beim Eintreten des Botschafters kurz verunsichert gewesen war. Er musste begriffen haben, wen er vor sich hatte, und war darauf nicht vorbereitet gewesen.

Rubens Verstand, der immer noch wie wild Zusammenhänge

herstellte, machte jedoch nicht beim Botschafter und dem Mann in der U-Bahn halt. Der Schatten hatte ebenfalls nach Pfefferminz gerochen. Und Ruben hatte noch einen anderen Geruch wahrgenommen, der möglicherweise von Pomade stammte. Die Haare des Mannes in der U-Bahn waren davon ganz glitschig gewesen.

Der Mann in der U-Bahn war der Botschafter.

Und der Botschafter war der Schatten.

Sie waren ein und derselbe Mann. Es gab nur einen Mann. Und Ruben war der einzige Mensch auf der Welt, der das wusste.

Bis die Stimme des Botschafters auf der anderen Seite der Tür zu hören war, hatte sich Ruben einige Dinge zusammengereimt. Der Botschafter – der Schatten – verschaffte sich durch einen geheimen Eingang Zutritt zu seinem Büro. Er ließ seine Besucher absichtlich allein und versuchte ihnen weiszumachen, dass sie vollkommen ungestört waren. Dann schlich er sich mithilfe der Uhr in den Raum und belauschte sie in der Hoffnung, dass sie jemanden anrufen oder mit sich selbst sprechen würden. Falls sie dies tatsächlich taten, schnappte er eventuell Informationen auf, die er gegen sie verwenden konnte.

Aber das war noch nicht alles. Denn auch wenn die Unglücksraben, die er zu sich zitiert hatte, keinerlei Geheimnisse preisgaben, konnte er bei seiner Rückkehr in Gestalt des Botschafters immer noch sagen: »Mein Arbeitgeber hat mich darüber informiert, dass Sie die Kuckucksuhr bewundern«, und ihnen damit einen gehörigen Schrecken einjagen, denn sie hatten in Abwesenheit des Botschafters nicht nur tatsächlich die Kuckucksuhr betrachtet, sondern auch das zutiefst verstörende Gefühl gehabt, dass eine andere, unsichtbare Präsenz mit ihnen im Raum gewesen war.

Die Geschichten über den Schatten als ein Phantom, ein geisterhaftes Wesen, kursierten nicht umsonst.

In Rubens Kopf drängten die Erklärungen nach vorn, sie brandeten eine nach der anderen heran wie Wellen an einen Strand. Er hatte schreckliche Angst gehabt, als ihm klar wurde, dass sich der Schatten mit ihm in einem Raum befand. Er hatte angenommen, dass *er* der Grund dafür sei. Aber in Wahrheit hatte der Schatten Jack ausspionieren wollen. Da er unsichtbar gewesen war, war er auch blind gewesen, wodurch er sich sehr auf Jacks und seine eigenen Bewegungen konzentrieren musste. Höchstwahrscheinlich hatte er also keine Ahnung, dass Ruben ebenfalls im Raum gewesen war, hatte nichts von dem unter dem Schrank kauernden Jungen bemerkt, sein leises Keuchen nicht gehört.

Höchstwahrscheinlich. An diese Hoffnung klammerte Ruben sich zumindest. Als die Tür knarrend geöffnet wurde, zog er mit wild pochendem Herzen am Schlüssel und verschwand.

Die Späher nahmen ihre Positionen ein. Hustend setzte sich der Schatten wieder auf seinen Stuhl. Ruben begriff, dass die »Allergien« nur gespielt waren, dass sie zur List des Mannes gehörten. Als Botschafter benahm er sich unfassbar laut – hustend, schniefend, räuspernd – und als der Schatten schlich er vollkommen lautlos zurück in den Raum. Die heisere Stimme gehörte ebenfalls zu seiner Tarnung. Deswegen hatte Ruben sie auch nicht erkannt.

Schließlich räusperte sich der Botschafter – der Schatten – und sagte: »Ich wurde befugt, Ihnen die Belohnung zu geben, aber nicht gemäß Ihren Bedingungen. Meine Männer und ich werden Sie zu Ihrem Treffen begleiten und Ihr Partner wird mir die Uhr vor Ort aushändigen.«

»Das ist vollkommen ausgeschlossen«, entgegnete Jack. »Mein

Kontaktmann hat die Uhr gar nicht bei sich. Ich soll seinen Anteil der Belohnung an einem bestimmten Ort deponieren. Nachdem er sie abgeholt hat, kontaktiert er mich und teilt mir mit, wo die Uhr versteckt ist. Diese Information leite ich dann an Sie weiter. Auf etwas anderes wird er sich nicht einlassen.«

»Sie haben gesagt, dass Sie auf dem Weg zu einem Treffen mit ihm sind«, sagte der Schatten. »Sie sagten, dass er verschwinden würde, wenn Sie nicht pünktlich sind.«

»Ich meinte, dass er verschwindet, wenn ich das Geld nicht pünktlich abliefere. Wir haben ein System.«

»Aber er muss hinkommen, um das Geld abzuholen.«

»Er taucht erst auf, wenn ich gegangen bin. In Wahrheit habe ich ihn noch nie zu Gesicht bekommen. Wie ich schon sagte, er ist sehr scheu. Wenn Sie mit mir mitkommen und versuchen, mit ihm zu sprechen, dann garantiere ich Ihnen, dass er sich heimlich davonmacht. Und wenn er *das* tut, wünsche ich Ihnen viel Erfolg dabei, an die Uhr zu kommen. Er würde mir nicht mehr vertrauen. Ich würde nie wieder von ihm hören.«

»Machen Sie sich darum keine Sorgen«, sagte der Schatten. »Ich gebe Ihnen das Geld und Sie werden es an dem vereinbarten Ort abliefern. Ihr Partner wird denken, dass Sie allein sind. Er wird keinen Verdacht schöpfen.«

»Was meinen Sie damit, dass mein Partner ›denken‹ wird, ich sei allein?«, fragte Jack. »Bin ich nun allein oder nicht?«

»Um solche Fragen müssen Sie sich keine Gedanken machen«, erwiderte der Schatten.

»Ich muss auch ein bisschen auf mich selbst aufpassen. Also lassen Sie mich eins klarstellen: Mit Ihnen gehe ich nirgendwo hin.«

Der Schatten lachte sein raues Lachen. »Sie scheinen zu glauben, dass Sie die Situation unter Kontrolle haben. Also lassen Sie *mich* auch etwas klarstellen, junger Mann: In wenigen Augenblicken werden meine Männer Sie zu meiner Limousine eskortieren. Sie werden dem Fahrer den genauen Treffpunkt mitteilen und dann fahren wir zusammen dorthin.«

»Ich will nicht unhöflich sein, Mr Faug, aber Sie müssen verrückt sein, wenn Sie glauben, dass ich das tue.«

»Und Sie sind ein Narr«, schnarrte der Schatten, »wenn Sie glauben, dass Sie eine Wahl haben. Meine Herren!«

Es entstand hektische Bewegung, als die Späher alle gleichzeitig auf Jacks Stuhl zutraten.

»Warten Sie!«, rief Jack. »Okay, okay! Ich mache es. Ich bringe Sie hin. Aber Sie müssen mich in meinem eigenen Auto fahren lassen – so weiß er, dass ich da gewesen bin. Er hält nach meinem Auto Ausschau. Wenn er es nicht sieht, dann taucht er auch nicht auf. Glauben Sie mir. Wir kriegen das schon so gedeichselt, dass alle glücklich sind!«

Nach einer Pause sagte der Schatten: »Na schön, ich glaube Ihnen. Morrison und Clark, Sie werden mich in dem Auto dieses Mannes begleiten. Edwards, Sie und Quigley folgen uns mit einigem Abstand in der Limousine.«

»Wir sollen getrennt voneinander fahren?«, fragte einer der Männer.

»Sie werden es überleben, Quigley«, erwiderte der Schatten.

»Natürlich, Sir. Ich bin es nur nicht gewohnt, das ist alles.«

»Großartig«, sagte Jack. »Wirklich großartig. Ich bin froh, dass wir das zusammen ausbaldowert haben. Das einzige Problem ist jetzt nur noch, wenn mein Kontaktmann jemanden mit mir im Auto sieht –«

»Die Scheiben Ihres Autos sind getönt«, unterbrach ihn der Schatten.

»Tja, das stimmt«, gab Jack zu. »Daran hab ich nicht gedacht. Lustig, mir war gar nicht klar, dass Sie wissen, wie mein Auto aussieht.«

»Ihnen ist eine ganze Menge nicht klar. Und jetzt sagen Sie mir, wo der Treffpunkt ist.«

»Burlington Plaza«, erwiderte Jack, ohne zu zögern. Er musste die Frage erwartet haben. »In dem kleinen Park direkt daneben. Ich weiß nicht, ob Sie die Gegend kennen, aber –«

»Ich kenne sie«, erwiderte der Schatten. »Sie befindet sich am anderen Ende der Stadt.«

»Jep, deswegen bin ich auch so in Eile. Ich hoffe, es stört Sie nicht, wenn ich schnell fahre.«

»Bringt ihn nach draußen und wartet dort auf mich«, befahl der Schatten. »Lasst ihn nicht in die Nähe seines Autos, bis ich bei euch bin.«

»Sachte, sachte«, sagte Jack, als die Männer ihn nach draußen schubsten. »Ich bin zerbrechlich, Jungs. Vergessen Sie das Geld nicht, Mr Faug!« Die Tür schloss sich hinter ihnen.

Der Schatten griff zum Telefon. »Ich will, dass alle Gruppen sofort nach Burlington abgezogen werden. Ja, alle Gruppen. Sie sollen die Gegend um Burlington Plaza weiträumig umstellen. Und halten Sie sich bereit, schnell auf weitere Anweisungen zu reagieren.« Er knallte den Hörer wieder auf die Gabel.

»Heiliger Strohsack!«, sagte der Schatten und ließ ein albernes, kindisches Kichern erklingen. »Was sagt man dazu!«

Die gegenüberliegende Tür des Raumes öffnete sich mit dem verräterischen Knarren, und kurz darauf hörte Ruben ein weiteres Quietschen von einer Tür irgendwo dahinter. Er drückte den Schlüssel in die Uhr und wurde wieder sichtbar.

Die Tür stand offen. Ruben kroch unter dem Schrank hervor

und trat leise zu ihr hinüber, um durch den schmalen Spalt auf der Seite mit den Türangeln zu spähen. Hinter der Tür lag ein einfaches Zimmer mit vier Stühlen und einem Couchtisch. Am anderen Ende befand sich eine weitere offen stehende Tür, durch die ein langer dämmeriger Flur zu sehen war, mit einem Holzfußboden und Kerzenhaltern an den Wänden. Ein schmaler Beistelltisch ragte bis weit in den Flur hinein, auf dem jedoch nur eine Vase als Dekoration stand. Am vorderen Ende des Tisches kniete der Schatten mit dem Rücken zu Ruben und band sich den Schuh.

Plötzlich sprang der Mann auf und kletterte – eigenartigerweise – auf den Tisch. Dann ging er auf ihm entlang zum hinteren Ende des Flures, wich geschickt der Vase in der Mitte aus und stützte sich kurz an einem der Kerzenhalter ab, um das Gleichgewicht zu halten. All das tat er vollkommen geräuschlos. Seine Schuhe mussten spezielle Sohlen haben, dachte Ruben. Am Ende des Tisches sprang der Schatten herab und öffnete einen alten Wandschrank. Er nahm einen Aktenkoffer heraus – in dem sich wahrscheinlich das Geld befand – und etwas, das wie ein winziger Baseballschläger aussah und das er in den Ärmel seines Anzugs schob. Dann schloss er den Schrank und kletterte zurück auf den Tisch.

Ruben machte sich unsichtbar und zog sich in die Ecke am Kamin zurück. Er hörte, wie zuerst die Tür zum Nebenraum geschlossen wurde, danach die Tür zum Büro. Der Schatten durchquerte heftig atmend den Raum und trat in die Eingangshalle. Ruben lauschte. Die Eingangstür der Villa fiel krachend ins Schloss. Kurz darauf erklang das vertraute Geräusch von Jacks aufgemotztem Motor. Dann wurde ein zweiter Motor gestartet, wenn auch deutlich weniger dramatisch.

Als die Geräusche verebbten, wurde Ruben wieder sichtbar. Er rannte durch die große Eingangshalle und spähte durch ein staubiges Fenster neben der Eingangstür. Jacks Auto verschwand bereits in der Ferne, gefolgt von der Limousine. Das Tor des Anwesens war geschlossen und es waren weit und breit keine Späher zu sehen.

Er war allein.

Ruben sank auf die Knie. Er fuhr sich mit einer Hand durch die vom Schweiß feuchten Haare und wischte sich die Handfläche an seiner Hose ab. Dann atmete er ein paarmal tief durch. Schließlich zog er ein in eine Serviette eingewickeltes Stück Käse aus der Hosentasche – es war der leiseste Snack, der ihm eingefallen war – und verdrückte es mit zittrigen Fingern. Er versuchte angestrengt nachzudenken. Es war so viel in so kurzer Zeit geschehen, dass sein Verstand Mühe hatte hinterherzukommen.

Jack hingegen hatte schnell geschaltet. Laut Plan sollte er die Villa eigentlich alleine verlassen, aber unter den Umständen hatte er das Beste rausgeholt – indem er sein eigenes Auto fuhr, hatte er immerhin ein wenig Kontrolle über die Situation und fand vielleicht einen Weg zu entkommen. Außerdem war er ganz schön gewieft, viel gewiefter, als Ruben gedacht hätte. Allerdings wusste Jack nichts von dem kleinen schwarzen Schlagstock, der im Ärmel des Schattens versteckt war, und Ruben hatte keine Möglichkeit, ihn zu warnen.

*Sei vorsichtig, Jack.*

Doch der Schatten war ebenfalls vorsichtig. Er würde niemals seine Chance aufs Spiel setzen, endlich die zweite Uhr in die Hände zu bekommen. Momentan repräsentierte Jack diese Chance, und das würde auch so bleiben, solange der Schatten an den Kontaktmann glaubte. Jack musste einfach seine Karten richtig ausspielen. Was hatte Penny gesagt? Die Meyers wären unvergleichliche Pokerspieler, wenn sie denn spielen würden. Tja, Jack spielte gerade ziemlich gut. Ruben konnte nur hoffen, dass er auch gut genug war.

Er stand auf. Sein Herzschlag hatte sich wieder normalisiert. Er war jetzt viel ruhiger. Es machte ihn nicht nervös, ganz allein in der großen leeren Villa des Schattens zu sein. Im Gegenteil, es fühlte sich beinahe vertraut an. Wie viele Stunden hatte er verlassene Häuser in den Lower Downs ausgekundschaftet? Mehr, als er zählen konnte. Und jetzt hatte er das seltsame Gefühl, dass all die Stunden in all den Gebäuden Training gewesen waren.

Je mehr er darüber nachdachte, desto aufgeregter wurde er. Er war in der Hoffnung hierhergekommen, einen Hinweis auf den Schatten zu finden. Und was war geschehen? Er hatte die List des Schattens durchschaut! Die gefürchtetste Person in ganz New Umbra war am Ende nur ein Mann mit ein paar Geheimnissen, ein Mann, der andere zum Narren hielt, ohne dass sie es bemerkten. Ruben war der Einzige, der davon wusste. Und ausgerechnet Ruben kannte einen Weg, um ihn aufzuhalten.

Der gigantische Kamin war makellos sauber gewischt worden. Nicht die geringsten Aschenreste knirschten unter Rubens Schuhen, als er über das Kamingitter auf den steinernen Boden trat. Er sah mit grimmiger Genugtuung in das Büro zurück. Die Türen quietschten, die Stühle knarrten, die Kuckucksuhr tickte. Aber der Boden des Kamins war blitzblank und auf dem Boden des Büros lagen Teppiche. Alles, damit der Schatten seine ahnungslosen Besucher besser ausspionieren konnte.

»Schlau«, flüsterte Ruben. Er zog sich in die dunkle Vertiefung des Kamins zurück. In der hinteren rechten Ecke entdeckte er eine Öffnung, groß und breit genug, um seitlich hindurchzuschlüpfen. Und doch war die Öffnung vom Büro aus unmöglich zu erkennen; die Dunkelheit und der Winkel der Wand verhinderten es.

»*Sehr* schlau«, murmelte Ruben und glitt durch den Spalt in einen schmalen Durchgang.

Ein halbes Dutzend Schritte führten ihn zu einem schweren Samtvorhang. In der Schwärze dahinter befand sich eine geschlossene Tür. Er überlegte kurz. Ja. Der Vorhang hing dort, um die Geräusche zu dämpfen und jede mögliche Lichtquelle daran zu hindern, in die Dunkelheit hinter dem Kamin zu dringen, wenn die Tür geöffnet wurde. Ruben drückte die Klinke herunter. Im Gegensatz zu den anderen Türen waren ihre Angeln gut geölt und sie schwang geräuschlos auf. Er betrat den Raum dahinter, ein kleines Arbeitszimmer. Trübes Licht sickerte durch die hohen Fenster, vor denen mottenzerfressene Vorhänge hingen.

Ruben ließ den Blick rasch über den unordentlichen Schreibtisch gleiten, den Polstersessel, den Aktenschrank, das Bücherregal. Doch dann bemerkte er die Wände. Sie waren vom Boden bis zur Decke mit Karten bedeckt – und auf den Karten selbst war jeder Zentimeter mit Bleistiftnotizen beschriftet. Es standen genug Wörter darauf, um ein ganzes Buch zu füllen, vielleicht sogar mehr als eins. Ruben betrachtete eine der Karten genauer. Sie zeigte Westmont, also den Stadtteil, in dem er sich gerade befand. Auf den anderen Karten waren die übrigen Stadtteile New Umbras zu sehen.

Als Ruben begriff, was das zu bedeuten hatte, wandte er den Blick ab. Er wollte es sich nicht mehr ansehen. Das war einfach unfassbar. Es musste Jahre gedauert haben. Jedes gekritzelte *Nein* oder *Das Dach absuchen* oder *Bei Mondschein zurückkehren*, jedes dick hingekrakelte *X*, jedes *Noch mal bei gutem Wetter versuchen*, jedes Datum, jede Uhrzeit war das Ergebnis von zahllosen Stunden, in denen der Schatten die Straßen und Gassen der Stadt abgesucht hatte. Stunden, die zu Tagen geworden waren, zu Wochen, Monaten, Jahren. Und schließlich zu Jahrzehnten.

Der Schatten hatte tatsächlich sein ganzes Leben damit zugebracht, nach der anderen Uhr zu suchen. Ruben konnte es kaum ertragen.

Er trat an den Schreibtisch, auf dem einige lose Briefumschläge verstreut lagen. Die Poststempel stammten alle aus anderen Städten. Einige waren geöffnet worden, die Briefe lagen auseinandergefaltet auf dem Tisch. Ruben beugte sich über sie, musste zum Lesen in dem schummrigen Licht aber die Augen zusammenkneifen. Trotzdem knipste er die Schreibtischlampe nicht an, denn er wollte möglichst vermeiden, irgendetwas anzufassen.

Er überflog Briefkopf und Anrede, bis er zum eigentlichen Text kam:

> Wie üblich, Mr Faug, teile ich Ihnen mit, dass in dieser Saison keine Uhr aufgetaucht ist, die zu Ihrer Beschreibung passt. Des Weiteren sind den Händlern und Sammlern in unserer Stadt auch keinerlei Gerüchte über eine solche Uhr zugetragen worden. Selbstverständlich werde ich mich jedoch weiterhin aufmerksam umhören und bin Ihnen wie immer dankbar für Ihre großzügige Entlohnung.

Die anderen Briefe hatten einen ganz ähnlichen Inhalt. Ruben fragte sich, wie viel Geld der Schatten wohl über die Jahre für die

Suche nach der Uhr ausgegeben hatte. Es mussten riesige Summen sein. Welch eine Verschwendung. Der Schatten hatte zwar vermutet, dass sich die Uhr noch in der Stadt befand, und hatte den Großteil seiner Bemühungen daher auf New Umbra konzentriert. Aber eben nicht nur. Der Mann war der Inbegriff von Gründlichkeit.

Und doch hatte er die Uhr nicht gefunden, im Gegensatz zu Ruben. Mit einem Lächeln griff er in die Tasche seines Pullis und drückte die Uhr sanft.

»Komm schon«, flüsterte er und stellte zu seiner eigenen Überraschung fest, dass er mit der Uhr sprach. Als wäre sie ein kleines Haustier. Oder ein Freund. Es mutete zwar etwas seltsam an, trotzdem verstand Ruben, warum er es tat. Er und die Uhr teilten ein Geheimnis. Sie arbeiteten zusammen. War es da verwunderlich, dass die Uhr für ihn eine Art Partner darstellte?

»Na ja, ein bisschen merkwürdig ist es schon«, sagte er und musste dann zugeben, dass Selbstgespräche auch nicht viel besser waren. Er beschloss, einfach mit beidem aufzuhören.

Durch eine zweite Tür gelangte man von dem Arbeitszimmer in den Wartebereich mit den vier Stühlen und dem Couchtisch, den Ruben bereits vorhin gesehen hatte. In einer Ecke stand eine altmodische Lampe. Zu seiner Linken befand sich die Tür, die auf den Flur mit dem langen Tisch führte, zu seiner Rechten die Bürotür, durch die er den Schatten beobachtet hatte. An der gegenüberliegenden Wand erkannte Ruben durch eine weitere, halb geöffnete Tür eine Gästetoilette, was ihn daran erinnerte, dass er sie benutzen musste.

Er erledigte alles so schnell wie möglich, wusch dann seine Hände und trank durstig aus dem Wasserhahn. Er benutzte das schmuddelige Gästehandtuch, um das Waschbecken trocken zu reiben, und hängte es anschließend in die exakt gleiche Position zurück. Beim Hinausgehen ließ er die Tür wieder halb offen stehen.

Im Wartebereich gab es nicht viel zu sehen. Er diente lediglich als Durchgangszimmer, in dem sich die Späher die Zeit vertrieben, während ihr Boss – ohne ihr Wissen – durch die Hintertür seines Arbeitszimmers schlüpfte, sich unsichtbar in den Kamin schlich und seine Besucher ausspionierte. Ruben warf einen Blick auf die Zeitschriften auf dem Tisch und fragte sich, ob den Spähern manchmal langweilig wurde oder ob die Tatsache, dass sie für den exzentrischen Repräsentanten des Schattens arbeiteten, sie zu nervös machte, um Langeweile aufkommen zu lassen. So oder so, es schien ein mieser Job zu sein.

Ruben öffnete die Tür zum Flur und verharrte unschlüssig auf der Schwelle. Schwaches Licht flackerte in den Kerzenhaltern, in denen keine echten Wachskerzen steckten, sondern Glühbirnen in Flammenform. Er trat einen Schritt in den Flur und blieb erneut stehen. Warum war der Schatten über den Tisch gelaufen? Er musterte den dunklen Holzboden. Soweit er das beurteilen konnte, wirkte er vollkommen stabil.

Ruben kletterte auf den Tisch. Er schwankte oder kippelte nicht, wie Ruben erwartet hätte, kein bisschen. Er war schon auf genug Tische geklettert, um das merkwürdig zu finden. Der Tisch musste an der Wand oder auf dem Boden befestigt sein. Aber warum? Er ging vorsichtig über den Tisch, den Blick nach unten gerichtet. Das Holz unter seinen Füßen war abgenutzt und deutlich heller als die dunklen Ränder des Tisches. Als er zu der Vase kam, sah er, dass die helle Spur genau in der Linie um die Vase herumführte, die der Schatten gegangen war.

Plötzlich begriff Ruben. Er folgte einem Pfad, dem Ergebnis

von Hunderten, wenn nicht Tausenden von Übergängen. Der Schatten durchquerte den Flur *immer* auf dem Tisch. Deswegen hatte er ihn auch so sorgfältig befestigt.

Augenblicklich hatte Ruben Angst, das Gleichgewicht zu verlieren. Er hätte genauso gut auf dem Sims hoch über der Gasse balancieren können wie über einen hüfthohen Tisch in einem Flur. Was stimmte nicht mit dem Boden? Hatte der Schatten eine Art Phobie? Oder würde etwas wirklich Schlimmes geschehen, wenn Ruben von dem Tisch herunterfiel?

Er trat vorsichtig auf, ohne sich an einem der Kerzenhalter festzuhalten, wie es der Schatten getan hatte. Er hatte sich in großer Eile fortbewegt, aber auch mit der Leichtigkeit jahrelanger Gewohnheit. Ruben betrachtete den Kerzenhalter oberhalb der Vase. Er war aus dunklem Eisen geschmiedet und fest in der Wand verschraubt. Ruben zog kräftig daran. Bombenfest, genau wie der Tisch.

Er ging bis zum Ende des Tisches und sprang genau an der gleichen Stelle hinab wie der Schatten. Er kniete sich hin, den Blick in die Richtung, aus der er gekommen war, und musterte aufmerksam den Boden. Er wirkte vollkommen normal, mit großen Fugen zwischen den Dielenbrettern und in regelmäßigen Abständen eingeschlagenen Nägeln. Ihm fiel auf, dass er die Uhr in der Hand hatte und sie wie eine Kerze vor sich hielt, als würde das Licht dadurch besser werden. In seiner Nervosität hatte er sie, ohne nachzudenken, herausgeholt.

Kniend rutschte er noch ein Stück weiter und drückte seine Hand auf den Boden, vorsichtig zunächst, dann mit mehr Kraft. Wieder nichts. Ruben verspürte erste Anzeichen von Erleichterung. Vielleicht hatte der Schatten tatsächlich eine Phobie. Etwas, das mit lang gezogenen Fluren zu tun hatte oder mit Tischen, die auf ihn fielen, wenn er an ihnen vorbeiging. Ruben rückte noch ein wenig vor und drückte abermals auf den Boden.

Das Brett unter seiner Hand gab so widerstandslos nach, als versuche er, sich auf einer Wasseroberfläche abzustützen. Er kippte nach vorn. Seine Ellbogen schrammten über die Kante, wo fester Boden und das schwarze Nichts aufeinandertrafen. Sein Bauch und seine Brust knallten auf die Dielenbretter. Mit einem erschrockenen Aufschrei schlängelte Ruben sich rückwärts und zog seine Ellbogen wieder aus dem Loch. In dem Moment spürte er, dass etwas von unten heraufschoss.

Später würde er verstehen, dass die Falltür ein rechteckiges Stück Boden war, das um einen zentralen Punkt rotierte, wie ein Wasserrad. Doch jetzt wusste er nur, dass sich ungefähr einen halben Meter entfernt von ihm etwas aufgebäumt hatte und nun auf ihn zustürzte. Er wand sich schnell genug zurück, um zu verhindern, dass die sich drehende Planke ihn am Kopf traf. Aber seine Hände befanden sich immer noch ausgestreckt über dem dunklen Nichts, und die herabsausende Planke schlug mit voller Wucht auf seine Handgelenke.

Ruben schrie auf, dieses Mal vor Schmerz, und spürte, wie er die Uhr losließ. Er hörte, wie sie auf Metall traf und dann mit einem schabenden Geräusch eine Art Röhre hinabschlitterte, in die Tiefen unterhalb des Bodens. Das Geräusch wurde schnell leiser und verebbte schließlich ganz. Wimmernd kam Ruben auf die Knie. Die Planke war von seinen Handgelenken abgeprallt und erhob sich nun langsam vor ihm wie das Ende einer Wippe. Er griff nach der Kante, hielt sie fest und spähte in die Dunkelheit darunter, konnte jedoch nichts erkennen.

Er setzte sich wieder auf seine Fersen und ließ das Holz los. Die Planke schwang herab, verharrte kurz ein Stück unterhalb des Bodenniveaus, schwang wieder ein Stück noch oben und pendelte sich schließlich auf exakt der gleichen Höhe des restlichen Bodens ein – wie eine horizontale Schwingtür. Stille senkte sich über die Villa. Alles sah wieder genauso aus wie zuvor.

Ruben presste seine pochenden Hände, starrte auf den Boden und versuchte, nicht zu schreien. Das Haus des Schattens hatte ihn gebissen, dachte er. Es hatte ihn gebissen und seine Uhr verschluckt.

## FALLEN UND NOCH MEHR FALLEN

Augenblicklich machte sich Ruben auf die Suche nach einer Treppe. Am Schrank vorbei gelangte man zu einer großen Flügeltür aus Eiche, hinter der sich der Flur weiter nach rechts erstreckte. Ruben betätigte einen Lichtschalter, in seiner Verzweiflung jetzt weniger vorsichtig, und eine weitere Reihe künstlicher Kerzen flammte auf. Er ging den zweiten Flur entlang und überprüfte dabei vor jedem Schritt den Boden, indem er zaghaft mit den Zehen darauf drückte, als prüfe er die Temperatur von Badewasser.

Er versuchte angestrengt, seine Lage in der Villa zu verorten. Er dachte an die einstmals prachtvolle Treppe in der Eingangshalle, deren Geländer inzwischen mit Spinnweben drapiert war, als seien es Gazevorhänge, und nahm an, dass er sich gerade irgendwo dahinter befand. Und tatsächlich stieß er kurz darauf auf eine enge Dienstbotentreppe. Er suchte nach dem Lichtschalter, hielt sich an dem staubigen Geländer fest und begann die ebenso staubigen Stufen hinabzusteigen.

Es hatte kein Geräusch eines Aufpralls gegeben, nachdem die Uhr schlitternd in die Tiefe gerauscht war. Ruben stellte sich vor, wie sie in einem Haufen alter Wäsche gelandet war, vielleicht weil die einzigen Schächte, von denen er jemals in Häusern gehört hatte, Wäscheschächte waren. Außerdem wünschte er sich sehnlichst, dass die Uhr weich gelandet war. Was, wenn sie zerbrochen oder für immer verschwunden war?

»So darfst du nicht denken!«, flüsterte er leise und erinnerte sich prompt, dass er aufhören wollte, Selbstgespräche zu führen. Er dachte daran, wie der Schatten gekichert und dann gemurmelt hatte: »Heiliger Strohsack. Was sagt man dazu.« Es hätte ganz schön albern wirken können, wenn es nicht so unheimlich gewesen wäre.

Am Ende der Treppe befand sich eine Tür. Es war immer eine nervenaufreibende Sache, geschlossene Türen zu öffnen. Aber als diese aufschwang, offenbarte sie nichts Beängstigenderes als einen dunklen, modrigen Raum, in dem sich ein Heizkessel, ein Heißwassertank und ein Verteilerkasten befanden. Von der Decke baumelte eine Kette, mit deren Hilfe Ruben eine Glühbirne anknipste.

Jetzt erkannte er, dass sich in der gegenüberliegenden Wand eine weitere Tür befand.

Was Ruben hinter dieser Tür entdeckte, ergab für ihn zunächst keinen Sinn. Doch als er es schließlich verstand, erschlossen sich mit einem Mal auch andere Dinge. Ein Mann wie der Schatten – einer der beiden Jäger – suchte nicht nur sein ganzes Leben lang nach der zweiten Uhr. Er hatte auch sein ganzes Leben lang Angst davor, dass der andere Jäger ihm auflauerte. War es unter den Umständen wirklich verwunderlich, dass die ständige Spannung zwischen Verlangen und Angst so merkwürdige Konsequenzen hatte?

Der Schatten hatte eine Menge Mühe und Geld investiert. Ruben war noch nie in einem Gefängnis gewesen, aber er hatte schon viele in alten Western gesehen. Er fragte sich, ob der Schatten sich von diesen Filmen inspirieren hatte lassen. Die eisernen Stäbe gingen vom Boden bis zur Decke. Er umfasste zwei der Stäbe mit den Händen und zog daran. Sie waren fest verankert. Wahrscheinlich brauchte man einen Bulldozer dafür.

Das selbst gebaute Gefängnis war um ein Vielfaches größer als das in den Filmen – es umfasste fast den ganzen Keller. In seinem Inneren befand sich etwas höchst Bizarres: Etwa einen Meter über dem Boden war ein dünnes schwarzes Netz gespannt, in der Art, wie es Seiltänzer benutzten. Es war an den Wänden und den Gitterstäben befestigt und füllte die Zelle vollständig aus.

Und in der Mitte des Netzes lag Rubens Uhr. Bei ihrem Anblick zitterte er. Er hielt sich an den Gitterstäben fest, um nicht umzukippen. Ihm fiel auf, dass er, seitdem er die Uhr auf dem Sims gefunden hatte, nie mehr als nur ein paar Meter von ihr getrennt gewesen war.

Ruben begann systematisch die Gitterstäbe zu überprüfen, indem er an jedem einzelnen rüttelte. Er überlegte, ob er beunruhigt sein sollte. Aus seiner Sicht handelte der Schatten vollkommen logisch. Falls der andere Jäger die Villa betrat, um die Uhr des Schattens zu stehlen, gab er dem Schatten ebenso Gelegenheit, *seine* Uhr zu stehlen. Selbst wenn der Eindringling die Uhr nicht bei sich hatte, sondern nur im Auftrag des Besitzers handelte, konnte er Informationen haben, die den Schatten zu der anderen Uhr führten. Das war der Grund für das Netz – der Eindringling sollte sich nicht verletzen, wenn er durch den Schacht in die Gefängniszelle fiel. Schließlich wollte der Schatten ihn befragen. Ihn bestechen, bedrohen, austricksen – was auch immer nötig war.

Sämtliche Gitterstäbe waren solide. Ruben sah sich nach einem Schlüssel für die Metalltür um. Vielleicht hing er irgendwo an einem Haken in der Nähe. Er fand jedoch nichts, woraufhin er an der Tür rüttelte. Sie klapperte in den Angeln, gab aber nicht nach. Mit kritischem Blick nahm er erneut die Gitterstäbe ins Visier. Dann drehte er sich prüfend zur Seite. Der Schatten schien an alles gedacht zu haben – außer, dass der Jäger ein Kind sein könnte.

Das würde wehtun, dachte Ruben. Trotzdem musste er es versuchen.

Sein kleiner Körper quetschte sich ohne große Probleme zwischen den Stäben hindurch. Sein Kopf hingegen war eine ganz andere Sache. Es fühlte sich an, als würden seine Ohren abgerissen. Doch dann war er plötzlich drin. Einfach so. Er griff nach dem Ende des gespannten Netzes und zog sich hinauf. Mit angelegten Armen rollte er sich bis zur Mitte des Netzes, das unter seinem Gewicht nur ganz leicht durchsackte, und schnappte sich die Uhr.

Er blieb auf dem Rücken liegen und untersuchte sie aufmerksam. Das Metall fühlte sich fettig an, hatte aber keinen einzigen Kratzer abbekommen. Sie war absolut intakt, inklusive des Schlüssels, der immer noch steckte. Er wischte die Uhr mit seinem Pulli sauber, hielt den Atem an und zog am Schlüssel. Der Raum wurde schwarz. Noch nie war er so dankbar für diese Dunkelheit gewesen. Alles war in Ordnung.

Ruben drückte den Schlüssel in die Uhr und die Kellerdecke über ihm erschien wieder. Jetzt fiel ihm etwas auf, das er in seiner Hast bisher übersehen hatte. Es gab nicht nur eine Öffnung in der Decke, sondern mehrere. Mindestens ein Dutzend. Ein Dutzend Öffnungen, ein Dutzend Schächte. Die Falltür im Flur war nur der Anfang. Die *ganze Villa* war eine Falle, entworfen, um jeden gefangen zu setzen, der sie unbefugt betrat.

Ruben dachte an all die Traumhäuser, die er sich mit seiner Mom ausgedacht hatte. Der Schatten hatte sein eigenes Traumhaus Realität werden lassen. Nur dass sein Traum in Wahrheit ein Albtraum war.

Ruben kroch zurück zu den Gitterstäben und kletterte vom Netz herunter. Er versuchte, nicht über den Schmerz nachzudenken, sondern quetschte sich geradewegs durch die Stäbe. Hinterher fühlte er zwei Mal nach seinen Ohren, um zu überprüfen, ob sie bluteten. Doch selbst das hätte seine Stimmung nicht trüben können.

Er hatte seine Uhr zurück. Er war der ersten Falle ausgewichen und er wusste von den anderen. Er wusste auch, dass der Schatten sein Gefängnis für einen Erwachsenen gebaut hatte, nicht für ein Kind.

Ruben lächelte, während er das Licht ausschaltete und die Treppe nach oben lief. Jetzt war er im Vorteil. Der Schatten würde sein blaues Wunder erleben.

Ruben suchte nach zwei Dingen. Das erste war ein Safe. Menschen, die in Villen wohnten, besaßen immer einen Safe, zumindest in Filmen. Und was für einen besseren Ort gäbe es, um die Uhr aufzubewahren? Wenn Ruben den Safe gefunden hatte, fand er vielleicht auch ein Versteck in der Nähe, von dem aus er erkennen konnte, welche Kombination der Schatten in das Schloss eingab.

Das andere, wonach Ruben Ausschau hielt, war eine Badewanne. Sicherlich bewahrte der Schatten die Uhr an einem sicheren, trockenen Platz auf, wenn er ein Bad nahm. War es zu vermessen, auf ein Vorzimmer zu hoffen, ein kleines Zimmer vor dem eigentlichen Bad, wo der Schatten die Uhr eine Zeit lang unbeaufsichtigt ließ?

Ruben begann mit dem Schrank im ersten Flur. Er enthielt keinen Safe, sondern ein sehr altes Paar schwarzer Schuhe mit weichen Sohlen und einen abgetragenen schwarzen Mantel. An einem Haken hing ein winziger Schlagstock, eingewickelt in schwarzes Isolierband, genau wie der, den der Schatten in seinem Ärmel hatte verschwinden lassen. Er fragte sich, wie viele Nachtwächter mit einer Beule am Hinterkopf zu sich gekommen waren, nur um festzustellen, dass der Tresorraum der Bank leer oder das Juweliergeschäft ausgeräumt worden war. Oder wie viele vermeintliche Feinde des Schattens eine Warnung erhalten hatten, indem sie mysteriöserweise in ihrem eigenen Haus eins über den Schädel bekommen hatten.

Aber diese Dinge waren schon lange her, dachte Ruben. Der Schatten hatte die Stadt seit vielen Jahren in seiner Gewalt. Er musste keine Gemälde aus Museen stehlen oder sich in die Häuser seiner Feinde schleichen. Er musste lediglich seine seltsame Scharade als Botschafter aufrechterhalten. Er konnte seine Zeit dafür verwenden, nach der anderen Uhr zu suchen. Und nach dem anderen Jäger.

Die Türen des Schrankes waren nicht vollständig geschlossen gewesen. Ruben achtete sorgsam darauf, sie genauso zu hinterlassen, wie er sie vorgefunden hatte. Der Schrank war ein ziemlich unwahrscheinlicher Ort für einen Safe. Wo würde er einen Safe haben wollen? Irgendwo in seiner Nähe. In einem Raum, in dem er die meiste Zeit verbrachte. In seinem Schlafzimmer.

Das war der Ort, an dem er seine Suche beginnen sollte. Das Schlafzimmer des Schattens. Ruben hatte keine Zeit, jeden Winkel der riesigen Villa abzusuchen. Er musste schlau vorgehen und zuerst an den wahrscheinlichsten Orten nachsehen.

Die großen Eichentüren am Ende des zweiten Flures öffneten sich zu einem langen, schmalen Esszimmer. Gemälde säumten die Wände. In einer Ecke stand eine verstaubte Standuhr, die nicht mehr funktionierte. Der wunderschöne alte Tisch, so staubig wie alles andere, wurde von wunderschönen Stühlen eingerahmt. In dem fahlen Licht konnte Ruben keine weiteren Einzelheiten erkennen. Sollte er den Raum auf dem Tisch durchqueren? Oder war der Boden sicher? Er benötigte helleres Licht, um die Dielenbretter besser inspizieren zu können.

Der Lichtschalter befand sich nicht neben der Tür, wo er ihn erwartet hätte, sondern ein paar Schritte entfernt an der Wand. Beinahe hätte er sich nichts dabei gedacht. Doch dann begann er auf alles zu achten, das ihm irgendwie ungewöhnlich erschien. Er überprüfte den Boden. Dann musterte er die Wand und entdeckte einen verfärbten Fleck auf dem Putz, genau an der Stelle, an der er den Lichtschalter vermutet hatte. War der ursprüngliche Schalter versetzt worden?

Ruben hielt sich am Türrahmen fest und lehnte sich mit ausgestrecktem Arm in den Raum. Er betätigte den Lichtschalter und zog sich schnell wieder zurück. In dem Kronleuchter über dem Tisch erwachten flackernd einige Lichter zum Leben. Ansonsten geschah nichts. Er wollte gerade den Raum betreten, als er ein kaum hörbares, sirrendes Geräusch wahrnahm, begleitet von einem unregelmäßigen Klicken, als würden Käfer unter den Dielen krabbeln.

Plötzlich öffnete sich direkt unterhalb des Lichtschalters eine Falltür mit einem lauten Knall. Ruben starrte auf die Öffnung im Boden. Sein Herz pochte wie verrückt. Dann schüttelte er den Kopf, zunächst voller Verwunderung, dann mit einem immer stärker werdenden Gefühl von – tja, was genau fühlte er eigentlich? Freude? Wenn nicht Freude, dann zumindest etwas sehr Ähnliches. Eine Art vergnügte Anspannung. Das hier war wie ein

Spiel und der Schatten war gerade dabei zu verlieren. Die Falltür musste dringend gewartet werden. Es hätte keinerlei Verzögerung zwischen dem Betätigen des Schalters und dem Öffnen der Falltür geben dürfen.

Doch selbst wenn Ruben in die Falle gegangen wäre, hätte er sich ganz einfach wieder befreien können, indem er sich durch die Gitterstäbe quetschte. Die Falltüren waren unheimlich, aber sie stellten keine ernsthafte Gefahr für ihn dar. Ob das Rutschen durch einen der Schächte nicht sogar ganz lustig sein könnte?

Er lehnte sich in den Raum und drückte erneut auf den Lichtschalter. Ein Getriebe ratterte lautstark, während die Falltür wieder zurück in die Ausgangsposition klappte. Nein, das Einzige, worum sich Ruben Sorgen machen musste, war die Zeit. Die Villa war riesig und seine vorsichtige Erkundung würde Zeit kosten. Er sollte also besser keine verschwenden.

Hinter dem Esszimmer befand sich ein weiterer von künstlichen Kerzen erleuchteter Flur. Er hatte schon zuvor festgestellt, dass das flackernde Licht der Lampen dabei half, Unregelmäßigkeiten in den Bodendielen zu verbergen. Aber in diesem Flur war ohnehin kaum etwas von den Dielen sichtbar. Ein verblichener Teppich, auf dem eine englische Fuchsjagd abgebildet war, erstreckte sich beinahe den ganzen Flur entlang bis zu einer weiteren beeindruckenden Flügeltür. Außerdem gingen einige Türen nach links und rechts ab. Anstelle eines Tisches befanden sich nur ein paar seltsame Möbelstücke hier und da – ein einfacher Holzstuhl; ein niedriges Regal, auf dem Porzellanteller ausgestellt waren; ein etwas größerer Stuhl mit Polsterung und ein Hocker, der so aussah, als gehöre er zu dem Polsterstuhl.

Ruben traute dem Teppich nicht. Unter ihm konnte viel zu einfach ein Loch verborgen sein. Doch rechts oder links davon zu laufen, würde schwierig werden wegen der Möbel. Er überprüfte den Boden nah an der Tür, fand ihn solide und bewegte sich vorsichtig bis zu dem schlichten Holzstuhl. Dessen Sitzfläche war abgenutzt und zerkratzt. Er versuchte, ihn zu verrücken. Der Stuhl bewegte sich nicht. Offenbar war er am Boden festgeschraubt worden.

Sobald er auf dem Stuhl stand, glaubte Ruben, verstanden zu haben. Das Regal mit den Porzellantellern war nicht mehr weit entfernt. Die Teller standen alle auf den unteren Brettern. Die oberen Bretter waren leer und nur wenig höher als der Stuhl. Mit einem Sprung könnte er das Regal problemlos erreichen. Aber was, wenn einer der Teller herabfiel und zerbrach? Die Scherben zu verstecken würde nichts bringen, denn dem Schatten würde sicherlich auffallen, dass ein Teller fehlte. Sie waren ein getarntes Warnsystem, dachte Ruben, eine Möglichkeit herauszufinden, ob ein Eindringling diesen Flur passiert hatte.

Wie sollte er weiter vorgehen? Er suchte nach einer anderen Möglichkeit und dachte dann: *Die Teller sollen dich ablenken, sollen dich dazu bringen, einen anderen Weg zu gehen.* Verrückt, aber es war das einzig Mögliche.

Er sprang.

Und landete so sanft wie möglich auf dem Regal. Doch eine plumpere Landung hätte keinen Unterschied gemacht: Das Regal bewegte sich keinen Zentimeter. Genauso wenig wie die Porzellanteller. Er kniete sich hin, um die Teller genauer zu inspizieren, versuchte sogar, einen von seinem Ständer zu nehmen, jedoch ohne Erfolg. Die Teller waren alle befestigt, und die Ständer an den Regalbrettern. Ruben musste zugeben, dass die Idee ziemlich clever war.

Trotzdem hätte er die Teller nicht anfassen sollen. Was, wenn er falschgelegen hätte? Er war so sicher gewesen und ein unnötiges Risiko eingegangen. Das nächste Mal würde er vorsichtiger sein.

Von dem Regal sprang Ruben quer über den Teppich zu dem großen Polsterstuhl, dessen Sprungfedern unter seinem Gewicht quietschten. Von dort aus konnte er durch eine offene Tür einen Teil der Küche sehen, mit einem Kühlschrank, einer Spüle und einem Stück Arbeitsfläche. Als Nächstes sprang er auf den Fußhocker, der mit ziemlicher Sicherheit umgekippt wäre, wenn er nicht am Boden befestigt worden wäre. Jetzt befand er sich gegenüber der zweiten Tür, durch die man in eine Bibliothek voller Sessel und Beistelltische und in die Wand eingebauter Regale sehen konnte. Er hätte gern gewusst, welche Bücher er dort vorfinden würde, aber er widerstand der Versuchung. Der Raum roch förmlich nach Falltüren. Bloß nicht.

Ruben kletterte von dem Hocker. Er ging am Rand des Teppichs entlang und überprüfte bei jedem Schritt den Boden. Auf diese Weise arbeitete er sich bis zu den großen Flügeltüren am Ende des Flures vor. Sie waren aus dunklem, fast schwarzem Holz. Die Messinggriffe waren angelaufen und ebenfalls beinahe schwarz. Er spähte durch das Schlüsselloch. Er konnte nur eine große, offene Fläche erahnen, schwach erleuchtet wie von Sonnenlicht.

Er drehte an einem der Griffe und drückte vorsichtig gegen die Tür. Sie schwang auf. Ruben blieb wie angewurzelt stehen und musste den Anblick erst einmal auf sich wirken lassen.

Der Ballsaal war mit Abstand der größte Raum, den er jemals gesehen hatte, sogar größer als die Turnhalle seiner Schule. Lichtstrahlen fielen schräg durch die hohen Fenster und strahlten Staubpartikel an, die Ruben mit dem Öffnen der Tür aufgewirbelt hatte. Zwei gewaltige Kronleuchter hingen von der Decke, die von breiten Streifen abblätternder Farbe entstellt wurde. Am anderen Ende des Ballsaals stand ein ausrangierter Konzertflügel. In der Ecke zu Rubens Linken befand sich eine Bar, von der aus einmal Drinks serviert worden waren. In den hohen Regalen dahinter stand sogar noch eine Reihe von Flaschen, die, obwohl sie vollkommen unterschiedliche Größen und Formen aufwiesen, doch alle gleichförmig grau wirkten, das Ergebnis einer dicken Staubschicht. An der rechten Wand ragte ein Balkon hervor, von dem einst die erlauchten Gäste auf die Tänzer herabgeblickt hatten.

All das wirkte recht normal. Was jedoch eindeutig aus dem Rahmen fiel, war die Feuerwehrstange. Sie führte von der Decke knapp neben dem Balkon vorbei und endete in einem Haufen schmuddeliger Kissen auf dem Boden. Ruben betrachtete die Stange ehrfürchtig. Er hatte immer davon geträumt, einmal eine Feuerwehrstange zu besitzen, und hatte fast immer eine in seine Traumhäuser eingebaut.

Ruben näherte sich der Stange, wobei er weiterhin vor jedem Schritt den Boden überprüfte, der aus einem dunklen Holz bestand, das immer noch ziemlich gut in Schuss zu sein schien. Der Boden war noch nicht einmal staubig, fiel ihm auf, und nach kurzem Suchen entdeckte er tatsächlich einen Besen in dem Schatten unter dem Balkon. Um den Besen herum war die Wand gesäumt von Dreck und abgebröckeltem Putz. Offenbar hegte der Schatten zwar das Bedürfnis, den Boden zu fegen, nicht jedoch, einen Handfeger zu benutzen. Ruben hatte vollstes Verständnis dafür. Wer benutzte schon gerne einen Handfeger? Warum der Schatten sich überhaupt die Mühe machte, hier zu fegen? Die Verschrobenheiten dieses Mannes schienen keine Grenzen zu kennen.

Es lagen mindestens zwanzig Kissen um die Feuerwehrstange herum und sie waren wild zusammengewürfelt – große, kleine, mit Bezügen und ohne. Ganz zuunterst lagen sogar einige große Sofakissen. Ruben sah zum Balkon hinauf. Er stellte sich vor, über das niedrige Eisengeländer des Balkons zu klettern. Von dort aus wäre es nur noch ein kleiner Sprung bis zur Stange. Der Balkon war nur ungefähr vier Meter vom Boden entfernt; die Kissen schienen nicht unbedingt nötig zu sein. Andererseits war man wahrscheinlich froh um sie, falls man den Halt an der Stange verlor. Vielleicht hatte der Schatten das auf die harte Tour gelernt.

Ruben trat auf eines der Sofakissen und balancierte über den Kissenstapel zur Stange. Das Metall war von einer dünnen Fettschicht umgeben. Eigentlich hatte er vorgehabt, an der Stange hochzuklettern und auszuprobieren, ob er es bis zum Balkon schaffen würde. So viel dazu. An der Stange konnte man nicht hochklettern, sie war eine Einbahnstraße.

Vorsichtig balancierte er über das Sofakissen wieder zurück auf den Boden, darauf bedacht, die Anordnung der Kissen nicht zu zerstören. In diesem Moment bemerkte er die Strickleiter. Von der Tür aus hatten die Seile so ausgesehen, als gehörten sie zu der dekorativen Riffelung an einem der Stützpfeiler des Balkons. Ruben runzelte die Stirn, verärgert darüber, dass ihm die Leiter nicht schon früher aufgefallen war. Er hätte gern das dämmrige Licht dafür verantwortlich gemacht, aber er wusste, dass er viel zu sehr von der Feuerwehrstange abgelenkt gewesen war.

Warum ging der Schatten nicht einfach die Treppe hoch? Im ersten Stock musste es einen Eingang zum Balkon geben, also warum benutzte er ihn nicht?

*Weil man keine Treppen hochsteigen und sie dann hinter sich hochziehen kann*, dachte Ruben und wusste sofort, dass er ins Schwarze getroffen hatte. Wenn man die Strickleiter hinter sich hochzog, die Treppe mit Falltüren ausstattete und die Türen des Balkons verbarrikadierte, dann war man auf dem Balkon so sicher wie ein Vogel in seinem Nest und definitiv außer Reichweite von heimlichen Eindringlingen.

In dieser riesigen Villa hatte der Schatten seinen Rückzugsort auf dem Balkon eines verlassenen Ballsaals eingerichtet. Hier lebte er.

Ruben begann vor Aufregung zu zittern. Er war nahe dran. Sehr nahe. Schritt für Schritt arbeitete er sich vorwärts. Als er die Leiter erreicht hatte, knarzte der Boden plötzlich unter seinem Fuß. Er erstarrte.

Es musste nichts bedeuten. Tatsächlich, dachte Ruben, bedeutete es sogar ziemlich sicher nichts. Der Schatten trat seit Jahren auf diesen Teil des Bodens. Kein Wunder, wenn sich eines der Dielenbretter gelöst hatte. Und der Boden hatte sein Gewicht schließlich getragen, oder nicht? Er wartete, lauschte nach ungewöhnlichen Geräuschen und trat dann erneut vorsichtig nach vorn. Wieder ertönte das Knarzen. Aber der Boden hielt. Es war nichts.

Ruben sah an der Leiter hinauf. Die Seile schienen in einem guten Zustand zu sein. Warum fühlte er sich dann so unwohl? Anders als bei den Falltüren gab es bei der Strickleiter nichts Verborgenes oder Hintergründiges. Im Gegenteil, sie lenkte die Aufmerksamkeit geradezu auf sich. Sie war kein Geheimnis. Sie war schlicht die Art, wie der Schatten auf den Balkon hinaufkam. Einige Dinge konnten einfach nicht versteckt werden.

Ruben griff nach einer der Sprossen. Seine Hand zögerte kurz. Hätte die Strickleiter wirklich nicht besser getarnt werden können? Zumindest zum Teil? Er dachte an die Jalousien in seinem

Zimmer, die man mithilfe einer Schnur öffnen oder schließen konnte. Anstelle des Schattens hätte er etwas in der Art für die Strickleiter gebastelt. Eine einzelne herabhängende Schnur, besonders wenn sie durchsichtig war wie zum Beispiel eine Angelschnur, würde wahrscheinlich vollkommen unbemerkt bleiben. Ruben ließ die Hand wieder sinken. Irgendetwas stimmte nicht.

Wenn der Schatten die Strickleiter benutzte, wozu brauchte er dann noch die Feuerwehrstange? Weil es schneller war? Weil es mehr Spaß machte? Vielleicht. Aber vielleicht gab es noch einen anderen Grund.

Ruben trat von der Leiter zurück. Er wollte einen besseren Blick auf den Balkon bekommen. Doch nachdem er sich umgedreht und die ersten Schritte Richtung Ballsaalmitte gemacht hatte, war es der Boden, der seine Bedenken bestätigte.

Seitlich neben der Strickleiter führte ein schmaler, beinahe rechteckiger Streifen zerkratzten Bodens bis zu der Stelle, an der Ruben stehen geblieben war. Es wirkte fast wie der Pfad, dem er über den Tisch gefolgt war, aber hier war das Holz nicht einfach nur abgenutzt, sondern vollständig ruiniert – die oberste Lackschicht war abgeplatzt, die Maserung darunter gesplittert und zerkratzt. Es sah aus, als hätte jemand mit dem Hammer darauf eingeschlagen. Der übrige Boden wirkte im Vergleich dazu makellos. Ruben hatte keine Ahnung, was er davon halten sollte.

Er sah sich sehr genau im Ballsaal um. Riesige verblichene Wandteppiche hingen unterhalb der hohen Fenster und verdeckten den Großteil der Wand. Einer von ihnen, in der Nähe der Bar, schien nicht ganz flach an der Wand anzuliegen. Ruben ging hin, um ihn sich genauer anzusehen. Hinter dem Teppich verbarg sich eine lange Leiter aus Metall. Um eine der unteren Sprossen hing ausgerechnet ein blauer Bademantel.

Ruben hielt den Bademantel prüfend in die Höhe. Der Stoff fühlte sich merkwürdig schmierig an. Er ließ den Mantel wieder sinken und sah durch den Saal hinüber zur Feuerwehrstange – und plötzlich passten alle Puzzleteile zusammen. Jetzt verstand er.

Jeden Abend kletterte der Schatten mithilfe der Leiter auf den Balkon. Dann trat er sie vom Geländer weg, damit sich niemand zu ihm hinaufschleichen konnte. Die auf den Boden knallende Leiter war der Grund für die ramponierten Holzdielen. Natürlich könnte ein Eindringling die Leiter einfach wieder aufstellen. Dabei würde er jedoch beträchtlichen Lärm verursachen und den Schatten frühzeitig warnen.

Also musste die Strickleiter eine Falle sein. Und bezüglich des Bademantels – Ruben besah sich erneut den schmierigen Stoff. Genau. Jeden Morgen zog der Schatten den Bademantel über, bevor er die Feuerwehrstange hinunterrutschte. Unten angekommen, legte er die Kissen zurück auf ihren Platz, zog den Bademantel aus und versteckte ihn zusammen mit der Leiter hinter dem Wandteppich. Auf diese Weise würde jeder Eindringling, der sich tagsüber Zugang zum Ballsaal verschaffte, automatisch auf die Strickleiter aufmerksam werden und direkt in die Falle des Schattens tappen.

Nur Ruben nicht. Er grinste übers ganze Gesicht. Er hatte alle Puzzleteile zusammengefügt.

Die Leiter war mit einer Kette an einer Halterung an der Wand befestigt und mit einem Vorhängeschloss gesichert, aber das entmutigte Ruben nicht. Ganz im Gegenteil, er war froh. Da sein Feind die Leiter nicht benutzen konnte, hatte der Schatten umso mehr Grund, sich sicher zu fühlen. Diese Sicherheit war jedoch trügerisch, denn Ruben wusste, wie er auf den Balkon gelangen konnte, und er hatte bereits einen Plan.

## RUBEN, DER DIEB

Der erste Teil des Plans war sogar noch einfacher, als Ruben gedacht hatte. Der Abstand zwischen der Wand unterhalb des Balkons und dem nächstgelegenen Stützpfeiler war nahezu perfekt. Mit den Füßen an der Wand und den Händen gegen den Pfeiler gepresst, begann er sich Stück für Stück nach oben zu arbeiten. Rechte Hand, linke Hand. Rechter Fuß, linker Fuß. Zentimeter für Zentimeter. Er bewegte sich vorsichtig, aber ohne Pause, weil er sich daran erinnerte, wie schnell ihn in der Gasse die Kräfte verlassen hatten. Auf merkwürdige Art schien es passend, dass er an die zweite Uhr auf dieselbe Weise gelangen würde wie an die erste. Mehr als passend – geradezu schicksalhaft.

Schicksal oder nicht, der nächste Teil des Aufstiegs war kniffig. Am oberen Ende des Pfeilers ging der Marmor in einen dekorativen Schnörkel über, an dem Ruben nur schwer Halt fand. Als er es endlich geschafft hatte, sich in Position zu bringen – mit dem Rücken an der Unterseite der Balkonecke –, schwitzte er heftig. Er musste versuchen, eine Hand nach oben zu schwingen, um die unterste Sprosse des eisernen Geländers über ihm zu erwischen. Wenn er die Sprosse verpasste, würde er runterfallen, ganz einfach.

Aber je länger er zögerte, desto schwächer würde er werden.

Und so griff er mit einem geflüsterten »Eins, zwei, *drei!*« so hoch nach oben, wie er konnte – und spürte genau in dem Augenblick, in dem seine andere Hand vom Pfeiler abrutschte, wie seine Finger Metall berührten.

Im nächsten Moment baumelten seine Beine unter ihm, während er sich am Ende des Geländers festklammerte. Er nutzte den Schwung zu seinem Vorteil, schwang die Beine weiter vor und zurück wie ein Pendel in einer Standuhr, bis er schließlich mit einem weit ausgestreckten Bein den Boden des Balkons erreichte. Ein paar Sekunden später war er über das Geländer geklettert und stand heftig atmend, aber sicher, auf dem Balkon.

Ruben überprüfte seine Uhr, steckte sie wieder weg und sah sich um. Wie er vermutet hatte, waren die Türen des Balkons mit Brettern zugenagelt worden. An der hinteren Wand befand sich ein schmales, nachlässig gemachtes Bett. Daneben stand ein Nachttisch. Außerdem gab es noch einen alten Kleiderschrank, einen Frisiertisch und eine Kommode.

Trotz der Möbel wirkte der persönliche Rückzugsort des Schattens leer. Er brauchte einen Moment, um zu verstehen, warum: Es gab keine Bilder. Es hingen weder Fotografien an der Wand noch standen sie in Rahmen auf der Kommode. Ob der Schatten niemals irgendjemanden gehabt hatte, der ihm wichtig gewesen war? Er schien das einsamste Leben zu führen, das man sich vorstellen konnte.

Ruben dachte automatisch an Leute, die ihm wichtig waren – seine Mom, Mrs Genevieve, Penny und Jack –, und stellte sich vor, wie sein Leben ohne sie aussehen würde. Ein Leben ohne irgendjemanden. Allein der Gedanke daran war grauenvoll.

Er kniete sich hin, um die Strickleiter zu inspizieren. Die Enden der Seile waren nicht am Geländer festgebunden, sondern an den Hebeln eines Schaltkastens befestigt, die schwarz gestrichen worden waren, damit sie aussahen wie das Eisengeländer. Kabel führten aus dem Kasten heraus über den Fußboden des Balkons und verschwanden in einem eigens dafür gebohrten Loch in der Wand. Ohne Zweifel waren sie mit einem Auslösemechanismus unter dem Boden des Ballsaals verbunden. Wenn Ruben auch nur das geringste Gewicht auf die Leiter verlagert hätte, wären die Hebel ausgelöst und damit die Falltür unter ihm geöffnet worden.

Ruben überlegte, ob der Schatten in seinem früheren Leben – in der Zeit vor der Uhr – ein Handwerker gewesen war. Oder hatte er sich diese Dinge beigebracht? Unvorstellbar, wie viel Arbeit er in den Entwurf und den Bau der Falltüren, der Schächte und der Gefängniszelle gesteckt haben musste.

Ruben bückte sich, um unter dem Bett nachzusehen. Nichts außer Wollmäusen. Als er anschließend den Nachttisch genauer in Augenschein nahm, fand er, wonach er suchte. Er hatte zwar nicht genau gewusst, wie es aussehen würde, aber das hier war es ganz sicher: ein Sockel mit einem roten Samtkissen. In der Mitte des Kissens hatte sich eine Kuhle gebildet, die zweifellos in den vielen Nächten entstanden war, in denen das Kissen den wertvollsten Besitz des Schattens getragen hatte.

Natürlich. Der Sockel machte mehr Sinn als ein Safe. Der Schatten wollte die Uhr schließlich schnell zur Hand haben. Er musste in der Lage sein, sie innerhalb kürzester Zeit zu benutzen, ohne sich vorher an einem Zahlenschloss abzumühen. Falls der Schatten durch die Geräusche eines Eindringlings erwachte, konnte er blitzschnell nach der Uhr greifen und verschwinden.

Genau das hätte Ruben selbst getan. Er nahm die Uhr aus der Tasche und legte sie vorsichtig in die Einbuchtung auf dem Kissen. Sie passte perfekt. Und sie sah wunderschön aus, wie ein ausgestelltes Juwel. Neben dem Sockel stand eine Lampe, und Ruben konnte förmlich sehen, wie der Schatten unzählige Abende auf seinem Bett lag und im Schein der Lampe seine glänzende Uhr bewunderte.

Als er die Uhr wieder hochhob, so behutsam, dass er nicht das geringste Geräusch verursachte, stellte Ruben sich vor, nicht seine eigene Uhr in der Hand zu halten, sondern die des Schattens. Bei dem Gedanken durchflutete ihn eine Welle der Erregung. Er steckte die Uhr wieder ein.

Bisher hatte er mit allem recht gehabt. Er hatte gewusst, dass der Schatten sich auf dem Balkon eingerichtet hatte. Er hatte gewusst, dass die Strickleiter eine Falle war. Und dass die Türen, die auf den Balkon führten, verbarrikadiert worden waren. Der Schatten ging kein Risiko ein. Es war unmöglich, sich heimlich Zugang zum Balkon zu verschaffen, während er dort schlief.

Aber das musste Ruben gar nicht. Wenn der Schatten auf den Balkon kletterte und die Leiter wegtrat, würde Ruben bereits auf ihn warten.

Im Grunde war es ganz einfach: Ruben würde sich so lange unter dem Bett verstecken – unsichtbar, falls nötig –, bis der Schatten eingeschlafen war. Dann würde er hervorkrabbeln und die Uhr stehlen. Anschließend würde er lautlos zum Geländer schleichen und ebenso lautlos hinunterklettern. Falls irgendetwas schiefging und der Schatten aufwachte, würde Ruben einfach losrennen. In jedem Fall würde der Schatten ihn vermutlich spätestens hören, wenn er an die Feuerwehrstange sprang.

Zu diesem Zeitpunkt würde Ruben beide Uhren haben. Der Schatten konnte nur noch auf seinen Heimvorteil hoffen. Er kannte den schnellsten Weg nach draußen, und er hatte jahrelange

Übung darin, den Fallen auszuweichen. Ruben musste also einen anderen Weg finden, einen Weg, den der Schatten nicht erwartete. Sollte der arme verzweifelte Bösewicht ihm ruhig in der falschen Richtung hinterherjagen, während er längst auf und davon war.

Bevor er den Balkon verließ, übte Ruben, unter dem Bett hervorzukriechen, die Uhr zu stehlen und zum Geländer zu schleichen. Nach einigen Malen gelang es ihm beinahe lautlos. Zufrieden ging er dazu über, sich mit dem Sprung an die Feuerwehrstange auseinanderzusetzen. Mit den Uhren in der Hand funktionierte das natürlich nicht, und in seiner Bauchtasche würden sie gegen die Stange schlagen. Ruben glitt mit den Armen aus den Ärmeln seines Pullis und drehte ihn herum, bis sich die Bauchtasche auf dem Rücken befand. Ja, so könnte es klappen. Er kletterte über das Geländer und spürte, wie sich die Uhr dabei wohlig an seinen Rücken schmiegte.

Die Stange hinabzurutschen war genauso großartig, wie Ruben es sich vorgestellt hatte. Da nur die untere Hälfte eingefettet war, bekam er die Stange nach dem Sprung gut zu fassen und umarmte sie wie ein Koalabär den Stamm eines Eukalyptusbaums. Zunächst glitt er nur langsam nach unten, doch als er zum eingefetteten Teil kam, schoss er wie der Blitz Richtung Kissen. Unten achtete er penibel darauf, die Kissen wieder richtig hinzulegen. Ein weiterer Vorteil seines gut trainierten Gedächtnisses.

Nun hieß es, einen anderen Ausgang zu finden.

Während Ruben nachdachte, knabberte er den Rest Käse auf. Im Erdgeschoss wimmelte es von Falltüren. Aber was war mit dem 1. Stock? Da es ziemlich unwahrscheinlich anmutete, dass jemand durch ein Fenster im 1. Stock einbrach, hatte der Schatten oben möglicherweise nicht so viele Vorkehrungen getroffen. Und um die Uhr des Schattens an sich zu nehmen, musste der

Eindringling so oder so durch das Erdgeschoss kommen, wo sich die Fallen befanden.

Einen Fluchtweg, ein Fenster, einen Weg nach unten – das musste Ruben finden, und zwar schnell. Es war unmöglich vorherzusagen, wann der Schatten zurückkommen würde. Jack würde versuchen, ihn möglichst lange hinzuhalten. Aber er musste sich auch darum kümmern, selbst unbeschadet zu verschwinden. Wer wusste schon, was danach geschehen würde?

Ruben beeilte sich. Nach kurzer Suche fand er die Treppe, die zum Balkon führte, und begann mit der Erkundung des 1. Stocks – einem Ödland aus mit Spinnweben verhangenen Räumen. Verblichene Bilder hingen an den Wänden. Mäuse huschten unter einstmals schönen alten Möbeln hervor und verschwanden in dunklen Ecken. Die meisten Lampen waren schon vor langer Zeit kaputtgegangen.

In einem Zimmer entdeckte Ruben Reste von Baumaterial, die über den Boden und die Möbel verstreut lagen – Wellblech, Bauholz, Drähte, Kabel und Seile, Eimer voller Schrauben und Muttern, Nägel und Kugellager. Es waren die Zeugnisse vom Einbau der Falltüren, mit Staub überzogen und in Vergessenheit geraten. Ruben legte sich eine Rolle Seil über die Schulter und verließ kopfschüttelnd den Raum.

Eines der Zimmer war vollkommen leer, und zwar dasjenige, das dem Balkon am nächsten lag. Aus diesem Raum hatte der Schatten seine Möbel bezogen: Auf dem Holzboden waren tiefe Kratzer zu sehen, die Spuren von schweren Gegenständen, die über den Boden gezogen worden waren. Der Mann war nicht zimperlich. Er hatte alles, was er benötigte, einfach aus dem nächstgelegenen Zimmer zum Balkon geschleift. Und dann die Türen zugenagelt.

Was für ein sonderbarer Mann. Ruben rückte das Seil auf den Schultern zurecht und ging weiter, wobei seine Gedanken wieder zu dem kleinen Schlagstock wanderten. Es erschien ihm wie eine halbe Ewigkeit, seit er den Schatten dabei beobachtet hatte, wie er ihn in seinen Ärmel gleiten ließ. Er hatte versucht, nicht darüber nachzudenken, was das für Jack bedeuten konnte. Lieber klammerte er sich an die Vorstellung, dass Jack einen Weg finden würde zu entkommen. Vielleicht hatte er es längst geschafft. Vielleicht redete er genau in diesem Moment mit Penny und Mrs Genevieve und sie machten sich alle Sorgen um Ruben und warteten auf seine Rückkehr.

Das letzte Zimmer im Flur hatte ein Fenster, von dem aus man in den Garten hinter der Villa blickte, und in der Mauer, die das Anwesen umgab, erkannte Ruben eine der Lücken, die ihm schon zuvor aufgefallen waren. Im Gegensatz zu den anderen war diese hier jedoch nicht vollkommen mit Brombeersträuchern verstopft, sondern lag halb hinter wuchernden Rosenbüschen. Vom Haus waren es nur ein paar Meter bis zur Mauer. Das sollte kein Problem für Ruben darstellen, selbst unsichtbar nicht.

Er musste nur noch irgendwie nach unten kommen. Mit etwas Mühe schaffte er es, das Fenster nach oben zu schieben. Das helle Sonnenlicht ließ ihn blinzeln. In einiger Entfernung erkannte er ein paar Häuserdächer, die zwischen den Baumwipfeln hervorguckten, und die Kirchturmspitze, die ihm anzeigte, in welcher Richtung sich der Park befand. Es war keine Menschenseele zu sehen. Er sah zum Boden hinab, der etwa vier Meter tief unter ihm lag. Nach einigem Suchen fand er eine Stelle, an der das Blattwerk so dünn war, dass er sich hindurchquetschen konnte.

Jep, das war der perfekte Fluchtweg. Die Tatsache, dass es sich um das letzte Zimmer des Flurs handelte, vereinfachte die Sache noch. So musste er in der Dunkelheit nicht die Türen zählen, würde nicht aus Versehen in das falsche Zimmer rennen. Bloß auf geradem Wege bis zum Ende des Flurs, und schon war er da. Ruben nahm an, dass er von der Feuerwehrstange bis hierher nicht mehr als dreißig Sekunden benötigen würde. Vielleicht sogar noch weniger. Vielleicht rieb sich der Schatten immer noch seine verschlafenen Augen und tastete nach dem Schalter der Nachttischlampe, während Ruben schon längst über alle Berge war.

Er band ein Ende des Seils an einem Bein des Himmelbetts fest und versteckte die Rolle unter dem Bettvolant. Dann trat er zurück in den Flur und ging nach unten ins Erdgeschoss.

Die ganze Zeit hatte Ruben sich nicht erlaubt, über die letzte verbliebene Frage nachzudenken. Er redete sich ein, dass er sich auf die vor ihm liegende Aufgabe konzentrieren musste. Aber nachdem er nun den Plan geschmiedet und den Fluchtweg gefunden hatte, musste die Frage wohl oder übel beantwortet werden: *Wann* würde er es machen? Und jetzt verstand Ruben auch, warum er der Frage die ganze Zeit über ausgewichen war.

Denn die Antwort lautete: heute. Sofort.

Ruben brach in Schweiß aus.

Niemals wieder würde sich eine derartig perfekte Möglichkeit bieten. Er war bereits in der Villa, und der Schatten glaubte, die andere Uhr sei im Besitz eines Mannes, der ihr Geheimnis nicht kannte, sondern lediglich ein gutes Geschäft machen wollte. Seine Vorsicht und sein Argwohn, seine Angst vor dem Jäger in der Nacht, würden nie wieder so gering sein.

Rubens Magen verkrampfte sich. Ja, er musste die Sache sofort durchziehen. Wenn der Schatten zurückkehrte, musste Ruben schnell handeln. Er würde vor einem der Fenster in der Eingangshalle warten, und sobald die Limousine in Sicht kam, würde er zum Balkon zurücksprinten und es sich dort für eine längere Zeit bequem machen.

Ruben stand im Ballsaal und sah mit ängstlicher Entschlossenheit zum Balkon hinauf. Es gab kein Zurück mehr. Die Zeit war gekommen, um seinen Plan in die Tat umzusetzen. War er bereit dafür? Er musste es sein. *Du bist der Experte,* dachte er.

Plötzlich explodierten sämtliche Probleme wie Feuerwerkskörper in seinem Kopf.

Er konnte doch nicht einfach dort oben warten, bis der Schatten ins Bett gegangen war. Er musste seine Mom anrufen! Und was war mit Penny und Mrs Genevieve? Sie würden umkommen vor Sorge. Und Jack? Was, wenn er nicht hatte fliehen können?

Ruben stand wie erstarrt da. Er griff hinter sich und nahm die Uhr aus der Tasche des Pullis. Nachdem er sie einen Moment lang betrachtet hatte, wurde er langsam wieder ruhig. Die Tatsache, dass er sich unsichtbar machen konnte, wenn irgendetwas schiefging, war erstaunlich ermutigend.

Er würde kurz bei Mrs Genevieve anrufen. Vielleicht war Jack bereits dort. Vielleicht konnte er ihn bitten, seine Mom anzurufen und sie genauso zu beschwichtigen wie Mrs Genevieve. Und er konnte mit Penny sprechen. Ihre Stimme zu hören würde seine Entschlossenheit stärken.

Ruben eilte zum Ausgang des Ballsaals, hüpfte im ersten Flur über die Möbel, durchquerte rennend das Esszimmer, hastete im zweiten Flur über den langen Tisch und erreichte schließlich den Wartebereich. Er lauschte kurz, huschte dann ins Büro und ging sofort zum Schreibtisch. Er legte eine Hand auf den Telefonhörer – und zögerte, weil ihm plötzlich neue Zweifel kamen.

Es war ein altmodisches Telefon ohne digitale Tasten, aber

vielleicht war genau das ja eine weitere List. Bestimmt gab es einen Trick, mit dem der Schatten erkennen konnte, dass jemand anderes es benutzt hatte. Wahrscheinlich konnte er die Anrufe zurückverfolgen, die darauf getätigt wurden. Immerhin wusste er ja auch, *woher* die Leute ihn anriefen, so wie bei Jack und der Telefonzelle. Plötzlich verstand Ruben auch, woher der Schatten wusste, dass er seine Suche auf die Lower Downs konzentrieren musste: Ruben hatte ihn von einem Telefon in der dortigen Bibliothek aus angerufen.

Ruben starrte unschlüssig auf das Telefon und überlegte fieberhaft. Sollte er es riskieren? Was hatte er für eine Wahl?

»Du blödes Telefon!«, flüsterte er und legte beide Hände an den Kopf.

Genau in diesem Moment, als würde es auf seine Beleidigung reagieren, begann das Telefon zu klingeln – ein lautes, schrilles Klingeln, das Ruben vor Schreck zurückspringen ließ. Seine Nerven flatterten im Gleichklang mit dem Klingelton. »Oh Mann«, murmelte er kopfschüttelnd. Das Telefon klingelte wütend weiter.

Ruben wischte sich mit dem Ärmel seines Pullis über die Stirn. Er dachte daran, wie Jack vor der Kuckucksuhr zusammengefahren war und anschließend in sich hineingekichert hatte. Er würde Jack davon erzählen, wenn die ganze Sache vorbei war und sie alles wohlbehalten überstanden hatten. Dann würden sie gemeinsam darüber lachen. Zuerst die Kuckucksuhr, dann das Telefon. Was kommt als Nächstes?, dachte er, während das Telefon klingelte und klingelte. Welches vollkommen alltägliche Geräusch würde ihn als Nächstes zu Tode erschrecken?

Er hatte den Gedanken noch nicht zu Ende gedacht, als er hörte, wie die Haustüre zuschlug.

# KATZ UND MAUS

Auf das Geräusch der zuschlagenden Tür folgte das eines Mannes, der durch die Eingangshalle rannte – nicht ging, sondern *rannte.* In seiner Panik griff Ruben instinktiv in Richtung Bauch, und seine Hände tasteten blind nach der Tasche, die nicht mehr dort war. Das Telefon klingelte erneut, als schlüge es Alarm. Er stürzte zum Schrank und quetschte sich genau in dem Moment darunter, in dem die Bürotür aufflog. Die Schuhe des Schattens huschten an ihm vorbei, während Ruben auf dem Rücken nach der Uhr fummelte. Endlich fand er den Schlüssel und verschwand. Das Klingeln brach mittendrin ab, als der Schatten den Hörer abnahm.

»Habt ihr ihn gefunden?«, schnarrte seine Stimme in die Dunkelheit.

Natürlich, deswegen war er so gerannt – um rechtzeitig ans Telefon zu gehen, bevor es aufhörte zu klingeln. Trotz der Alarmglocken in Rubens Kopf schaffte es ein wundervoller Gedanke durchzudringen: *Jack war entkommen!*

Der Schatten lauschte schwer atmend der Person am anderen Ende der Leitung. »Ich verstehe«, sagte er nach einer Weile. Seine Stimme klang erleichtert. »Gut. Nein, noch nicht. Sind Sie sicher, dass er nichts gemerkt hat? Absolut sicher? Dann nein. Beobachten Sie, wo er hingeht, und dann rufen Sie mich wieder an. Falls er Sie doch bemerkt, setzen Sie ihn fest. Riskieren Sie nicht, dass er noch mal entkommt.«

Rubens Erleichterung löste sich in Luft auf und wurde von blankem Entsetzen abgelöst. Diese Möglichkeit war ihm gar nicht in den Sinn gekommen – dass Jack verfolgt wurde, ohne es zu merken. Was, wenn er auf dem Weg zu Mrs Genevieves Laden war? Sie hatten sich eigentlich im Park treffen wollen, aber wenn etwas schieflief, würden sie direkt in den Laden gehen.

Und offenbar war etwas schiefgelaufen.

Der Schatten seufzte ungeduldig. »Unser Arbeitgeber weiß bereits, wer seinen Pflichten nachgekommen ist«, sagte er. Natürlich, er sprach ja in seiner Rolle als Botschafter. »Falls Sie erfolgreich sind, werde ich Sie lobend erwähnen. Bedenken Sie jedoch, dass ich im Falle Ihres Versagens nur wenig ausrichten kann. Haben Sie verstanden? Ja, ja, ich habe keine Zweifel daran, dass Sie sich die größte Mühe geben. Das müssen Sie nicht extra erwähnen. Vermasseln Sie es nicht. Einen anderen Rat kann ich Ihnen nicht geben.« Das Telefon wurde zurück auf die Gabel geknallt. »Idiot«, knurrte der Schatten.

Rubens Haut prickelte schmerzhaft, als würde er am ganzen Körper von Ameisen gebissen. Von einer Sekunde auf die andere hatte sich alles geändert. Er würde sein Vorhaben verschieben müssen. Er hatte keine andere Wahl. Jetzt musste er erst einmal hier raus, musste Penny und Mrs Genevieve warnen. Alles andere musste warten.

Der Schatten riss die Tür zum Wartebereich auf und stapfte hinaus. In seiner Eile hatte er vorhin die Tür zur Eingangshalle offen stehen lassen. Ruben nutzte seine Chance, kroch unter dem Schrank hervor und tastete sich nach draußen.

Während er unsichtbar durch die Eingangshalle schlich, hörte er plötzlich, wie die Haustür aufgerissen wurde, die Späher hereinplatzten und die Tür wieder ins Schloss fiel. Die Männer kamen direkt auf ihn zu und diskutierten leise miteinander. Ruben drückte sich flach an die Wand. Sehr gut. Sobald die Männer im Büro waren, würde er problemlos von hier verschwinden können.

Doch dann ertönte die Stimme des Schattens aus dem Büro. »Morrison, auf ein Wort.«

»O nein«, flüsterte eine besorgte Stimme, vermutlich die von Morrison.

»Viel Glück«, murmelte einer der anderen Männer.

Morrison betrat das Büro und schloss die Tür hinter sich.

»Besser er als ich«, sagte einer der Späher.

»Das ist wirklich großherzig von dir, Quigley.«

»Tja, ich war nicht derjenige, der den Typen hat entkommen lassen.«

»Du hättest ihn ebenfalls laufen lassen, wenn du derart eins über den Schädel bekommen hättest.«

»Erklär mir noch mal, warum *du* ihn eigentlich nicht aufgehalten hast, Clark.«

Clark klang nervös. »Ich war – ich war zu weit weg. Der Typ war schnell. Und Morrison stand mir im Weg.«

»Morrison sollte besser hoffen, dass sie den Typen erwischen.«

»Das werden sie. Sie verfolgen sein Auto.«

Ruben konnte nicht nach draußen. Den Männern würde definitiv auffallen, wenn sich eine Tür von allein öffnete. Möglicherweise würde er zwar entkommen, aber wenn der Schatten herausfand, dass er hier gewesen war, hätte er keine zweite Chance, seinen Plan auszuführen. Sollte er es wagen zu warten, bis die

Männer gegangen waren? Besser nicht. Wie er die Situation einschätzte, zählte jede Minute.

Ruben schlich zur großen Treppe und begann die Stufen hinaufzusteigen. Einige knarrten zwar unter seinem Gewicht, aber die Männer unterhielten sich noch immer und schienen es nicht zu bemerken. Oben angelangt, tastete er sich bis in den Flur, wo er außer Sichtweite der Späher war. Sofort wurde er wieder sichtbar, orientierte sich kurz und lief weiter. Wenig später öffnete er bereits das Fenster im letzten Zimmer. Er ließ das schwere Seil hinter die Büsche fallen und kletterte hinaus.

Er kniete auf den Fenstersims und versuchte, das Fenster so weit wie möglich wieder zu schließen. Es war ein Kampf, der alles andere als geräuschlos über die Bühne ging, aber am Ende hatte er es geschafft. An dem Seil hingegen konnte er nichts ändern. Aus der Ferne würde das Seil vor den Abertausenden Details des riesigen Hauses allerdings kaum auffallen, und es erschien auch eher unwahrscheinlich, dass der Schatten und seine Männer die Rückseite des Hauses kontrollierten, wenn sie von Jack gerade derart auf Trab gehalten wurden. Zumindest hoffte Ruben das. Das Seil würde ihm eine Möglichkeit verschaffen, in das Haus zurückzukehren.

Mit den Füßen gegen die Mauer gestemmt, kletterte er hinab. Das Seil schnitt in seine Hände, aber Ruben bemerkte es kaum, und schon bald kauerte er hinter den Büschen. Er hatte niemanden gesehen, niemanden gehört. Geduckt lief er zu der Stelle, an der die Büsche ein wenig lichter wuchsen, fixierte die Lücke in der Mauer vor seinem inneren Auge und verschwand. Er quetschte sich durch die kratzenden Zweige ins Freie und stapfte unsicher über Beete, die einst mit Blumen bepflanzt gewesen sein mochten. Als seine Hand schmerzhaft einen dornigen Ast umschloss, wusste er, dass die Mauer nicht mehr weit war. Er wurde kurz sichtbar, sah die Lücke zu seiner Linken und verschwand wieder.

Dann huschte er unsichtbar über die Straße und kam hinter einem Baum wieder zum Vorschein. Er fixierte den nächsten Baum, verschwand wieder, eilte hinüber. Auf diese Weise ließ er die Villa rasch hinter sich. Sobald er einigermaßen sicher war, steckte er die Uhr weg und rannte, so schnell er konnte.

Hinter dem Park und der Kirche lag eine Straße mit Geschäften, einer Postfiliale und einer Feuerwehrstation. Er und Jack waren auf ihrem Weg hierher daran vorbeigefahren. Jetzt lief Ruben vollkommen außer Atem den Gehweg entlang, bis er eine alte Telefonzelle fand. An einem Zeitungskiosk bekam er Kleingeld, torkelte in die Telefonzelle – und starrte ungläubig auf ein kleines Schild, das auf dem Telefon klebte: *Außer Betrieb.*

Er trat ein halbes Dutzend Mal wütend gegen die Seitenwand der Telefonzelle. Der Verkäufer im Zeitungskiosk sah Ruben missbilligend an, doch Ruben ignorierte ihn. Er wurde von dem Anblick eines Busses abgelenkt, der gerade um die Straßenecke bog. Er spähte auf die Anzeige, in der verzweifelten Hoffnung, dass *Middleton* daraufstehen würde.

Die Buchstaben rückten ins Blickfeld: *Middleton.*

Ruben blinzelte ungläubig. Er konnte es immer noch schaffen.

Als er zehn Minuten später aus dem Bus stieg, befand er sich nur noch wenige Querstraßen von Mrs Genevieves Laden entfernt. Während er den Gehweg entlangrannte, hielt er Ausschau nach Jacks Auto, entdeckte aber weder den schwarzen Kleinwagen noch irgendwelche Späher. Von der gegenüberliegenden Gasse aus beobachtete er den Laden. Das Schild in der Tür stand immer noch auf *Geschlossen,* was sowohl ein gutes als auch ein schlechtes Zeichen sein konnte. Was sich hinter dem Schaufenster abspielte, konnte Ruben nicht erkennen.

Er verschwand, eilte über die Straße und presste seine Nase an die Fensterscheibe. Dann erschien er wieder, nur für den Bruchteil einer Sekunde, und starrte direkt in Pennys ängstliche grüne Augen, keine fünf Zentimeter entfernt.

Ruben schrie auf und verschwand. Penny schrie ebenfalls auf. Dann hörte er, wie sie zur Tür lief, sie öffnete und seinen Namen flüsterte. »Komm!«, zischte sie. »Die Luft ist rein!«

Er tastete nach ihrem Arm – er zitterte genau wie sein eigener – und ließ sich von ihr in Mrs Genevieves Wohnzimmer führen. »Ruben ist hier«, verkündete sie, während sie die Tür schloss. »Er ist direkt hier bei mir. Er hat mir beinahe einen Herzinfarkt beschert.«

Ruben wurde wieder sichtbar. Vor ihm stand Mrs Genevieve, die genauso fassungslos auf sein plötzliches Erscheinen reagierte wie immer. Nachdem sie sich erholt hatte, fasste sie ihn an den Schultern und drückte sie, als wolle sie ihn wie ein Akkordeon zusammenfalten. Stattdessen küsste sie ihn auf den Kopf. »Ich bin so froh«, flüsterte sie. Dann sank sie überwältigt auf einen Stuhl.

»Wo ist Jack?«, fragte Penny. »Was ist pa –«

»Wir müssen hier weg«, unterbrach Ruben sie. »Sofort. Mrs Genevieve, es tut mir leid, aber bitte stehen Sie wieder auf.«

Mrs Genevieve sah ihn bekümmert an. »Wie meinst du das?«

»Jetzt, Mrs Genevieve. Bitte!« Er wandte sich mit ernster Miene an Penny.

»Jack wird verfolgt, ohne es zu wissen. Wir müssen sofort von hier verschwinden. Er kann jede Minute hier sein.

Penny starrte ihn verständnislos an. »Sie verfolgen ihn? Aber wie –«

»Wir haben keine Zeit für Erklärungen. Wir müssen gehen. Wir –«

Pennys Hand verschwand in ihren Haaren. »Sie *verfolgen* ihn? Wir müssen ihm helfen! Was können wir tun?«

Ruben griff nach ihrem Ellbogen. »Hör mir zu, Penny. Wenn Jack hier auftaucht und wir noch da sind, dann ist es *vorbei.* Verstehst du? Dann sitzen wir in der Falle. Wir müssen hier weg!«

Mrs Genevieve hatte sich zitternd erhoben. Ihr Gesicht war ganz blass geworden. »Und wo sollen wir hingehen?«

»Keine Ahnung«, erwiderte Ruben. »Irgendwohin. Uns fällt schon was ein. Mrs Genevieve, bitte, was machen Sie denn?« Die Uhrmacherin hatte die Tür zum Badezimmer geöffnet. »Mrs Genevieve!«

»Einen Augenblick, bitte«, sagte Mrs Genevieve mit heiserer Stimme. »Ich muss meine Tabletten mitnehmen. Nur einen Moment.« Sie öffnete ihr Medikamentenschränkchen und fummelte nach ihrer Brille. Dann atmete sie tief ein und aus.

Penny hatte angefangen zu weinen. »Können wir ihm nicht irgendwie helfen? Können wir denn nichts tun?«

»Ich schreib ihm einen Zettel«, sagte Ruben und suchte seinen Rucksack. Er durchwühlte ihn nach Stift und Papier. »Wir legen ihn auf die Theke und lassen die Tür unabgeschlossen. Ich schreibe, dass er verfolgt wird. Dann kann er abhauen.«

»Aber wie findet er uns wieder?«

Ruben hatte bereits angefangen zu schreiben. Er hielt inne und sah auf. Die Frage war ihm gar nicht in den Sinn gekommen. »Das … das weiß ich nicht.«

Penny vergrub das Gesicht in den Händen.

»Ich überleg mir was!«, sagte Ruben. Aber ihm fiel nichts ein. Er konnte nur daran denken, dass sie so schnell wie möglich fliehen mussten. Er umklammerte den Stift derart fest, dass seine Finger schmerzten, und versuchte, eine Antwort aus ihm herauszupressen.

Penny schnappte plötzlich nach Luft und sah ihn mit glänzenden Augen an. »Warte! Ich hab's! Wir müssen gar nicht gehen. Wir können einen Zettel in die Tür hängen, auf dem steht: *Geh weiter, du wirst verfolgt.* Wir verstecken uns hinter der Theke und beobachten von dort aus alles. Wenn er die Nachricht liest und weitergeht, renne ich nach vorn und reiß den Zettel wieder ab. Die Späher werden ihn nie zu Gesicht bekommen!«

»Und dann können wir uns hier verstecken«, stimmte Ruben aufgeregt nickend zu, »und Jack kann uns kontaktieren, wenn er in Sicherheit ist. Okay, so machen wir es!« Er riss eine neue Seite vom Notizblock ab und begann zu schreiben.

Mrs Genevieve kam aus dem Badezimmer zurück. »Was sagt ihr da?«

Penny ergriff ihre Hand. »Wir können hierbleiben, aber wir müssen einen Zettel aufhängen, um Jack zu warnen. Haben Sie Tesafilm?«

Mrs Genevieve drückte erleichtert Pennys Hand. »Ja, natürlich!« Sie ging rasch zu ihrer Werkstatt und wollte gerade nach dem Türknauf greifen, als vorne im Laden die Türglocke ertönte.

Jemand hatte den Laden betreten, obwohl auf dem Schild stand, dass er geschlossen war.

Pennys Augen weiteten sich. »Ich habe vergessen, die Tür wieder abzuschließen!«, flüsterte sie. »Glaubt ihr, es ist Jack?«

Die drei sahen sich voller Furcht an. Sie wussten nicht, was sie jetzt tun sollten. Sie wussten nicht einmal, was sie hoffen sollten.

Ein leises Klopfen erklang an der Tür. Dann wurde sie geöffnet und Jack trat lächelnd ins Zimmer. Als er Ruben sah, zog er erstaunt die Augenbrauen hoch. »Du bist schon hier? Hast du was Brauchbares herausgefunden?« Seine Stimme war überraschend sorglos. Er legte eine Handvoll Briefumschläge auf den Beistelltisch. »Die waren in Ihrem Briefkasten, Mrs Genevieve.« Er sah von einem zum anderen. »Was ist denn? Stimmt was nicht? Warum guckt ihr mich alle so traurig an?«

Penny erholte sich als Erste. Sie lief zu ihm und sagte: »Oh Jack! Ruben glaubt, dass du verfolgt wurdest! Wir wollten dich warnen! Aber jetzt denke ich, dass wir so schnell wie möglich weglaufen sollten!« Sie sah über die Schulter zu Ruben. »Stimmt doch, oder?«

»Stimmt!«, bestätigte Ruben, der schlagartig aus seiner Starre erwacht war. »Wir müssen hier weg, Jack! Mrs Genevieve, sind Sie so weit? Gehen wir!«

Jack streckte eine Hand nach Mrs Genevieve aus. »Es ist alles in Ordnung, Mrs Genevieve, wir müssen nirgendwo hingehen.« Er schlang seine Arme um Penny und umarmte sie fest. »Beruhige dich, Rotschopf. Mir ist niemand gefolgt.«

»Aber genau darum geht es!«, rief Ruben. »Sie haben gesagt, du hättest nicht gemerkt, dass sie dir folgen!«

»Kein Wunder, dass sie das gesagt haben«, erwiderte Jack mit einem schiefen Grinsen, »weil sie nämlich nicht gemerkt haben, dass ich es gemerkt habe. Hab ich aber. Sie waren mir den ganzen Weg bis zur Southport Fähre auf den Fersen – wo ich leider mein Auto stehen lassen musste. Aber zumindest bin ich dadurch auch diese Witzbolde losgeworden.«

Jack klang so selbstsicher, dass sich alle sofort entspannten, auch wenn niemand verstand, wovon er redete. Er bat sie, sich hinzusetzen – es mache ihn nervös, sagte er, wenn sie alle so dastanden, als würden sie jeden Moment die Flucht ergreifen wollen.

»Eine Weile lang hab ich versucht, sie abzuschütteln«, erklärte er. Er lehnte mit dem Rücken an der Tür, die Füße überkreuzt, die Hände in den Taschen. »Aber dann ist mir klar geworden, dass mein Auto viel zu auffällig ist. Ich kann es nicht mehr fahren, zumindest so lange nicht, bis das hier alles vorbei ist. Also bin ich zum Hafen runter und bin so lange durch die Gegend gekurvt, bis die nächste Fähre beladen wurde. Dann habe ich mich in die Schlange gestellt und bin zusammen mit etwa hundert anderen Autos auf die Fähre gefahren, und diese Typen sind mir gefolgt.«

»Aber du bist nicht auf der Fähre geblieben«, sagte Ruben.

»Mein *Auto* schon«, erwiderte Jack. »Und die Typen auch. Aber ich, nein. Ich bin klammheimlich runter. Glaubt mir, seitdem hab ich genau aufgepasst. Mir ist niemand hierher gefolgt.«

Die anderen waren so erleichtert, dass die Stimmung auf einen Schlag geradezu ausgelassen wurde. Es gab keine Diskussion darüber, was in der Villa geschehen war oder was noch vor ihnen lag. Stattdessen gingen sie wieder und wieder die letzten Minuten durch, plapperten laut durcheinander und lachten bei jeder Wendung aufs Neue.

»Wir hatten solche Angst!«

»Ich habe so angestrengt darüber nachgedacht, was ich schreiben soll! Aber mir fiel absolut nichts ein! Und dann hat Penny –«

»Oh, Ihr Gesichtsausdruck, Mrs Genevieve, als die Türglocke geklingelt hat!«

»Und deiner erst!«

Jack setzte sich zu Penny aufs Sofa und sah grinsend von einem zum anderen. Nichts von dem, was sie erzählten, konnte ernsthaft lustig für ihn sein – solche Erfahrungen fanden immer nur diejenigen witzig, die sie miteinander geteilt hatten –, aber er war sichtlich amüsiert über ihr aufgeregtes Geplapper und Gelächter.

»Ruben«, sagte Penny plötzlich stirnrunzelnd, »warum um alles in der Welt trägst du deinen Pulli falsch herum? Mit der Kapuze nach *vorne*? Du siehst total albern aus!«

Ruben sah überrascht an sich herab. Er grinste und zog die Kapuze übers Gesicht. »So trag ich das jetzt immer!«, sagte er mit gedämpfter Stimme. »So bleibt meine Nase schön warm!«

Das fanden sie ebenfalls urkomisch und am Ende wischten alle außer Jack Lachtränen aus dem Gesicht. Schließlich versiegte auch das letzte Glucksen und sie wurden langsam ruhig.

»Wow«, sagte Ruben seufzend. Seine Arme hingen schlaff an seinem Körper herab. »Das habe ich gebraucht.«

Es stimmte. Er fühlte sich eine Million Mal besser. Aber es lag nicht nur am Lachen. Die Art, wie Penny und Mrs Genevieve ihn immer wieder ansahen, ließ Ruben ganz warm ums Herz werden. Er hatte versucht, tapfer zu sein bei dem Gedanken, die Uhr des Schattens ganz allein stehlen zu müssen. Doch die Erleichterung machte ihm deutlich, wie viel Angst er in Wahrheit gehabt hatte. Hier in Mrs Genevieves Wohnzimmer, mit seinen Freunden, seiner Uhr in der Tasche und einem Plan im Kopf, schöpfte Ruben wieder Hoffnung.

Schließlich war es an der Zeit für Jack und ihn, zu berichten, was sie herausgefunden hatten. Ruben wusste nicht, wo er anfangen sollte, wusste nicht, wie er Mrs Genevieve erklären sollte, dass nicht Jack, sondern er in der Villa nach Hinweisen gesucht hatte. Er hoffte, dass Jack ihm diese Aufgabe abnehmen würde, doch noch bevor einer von ihnen etwas sagen konnte, hob Mrs Genevieve abwehrend die Hände.

»Bevor ihr anfangt«, sagte sie mit fester Stimme, »solltet ihr mir die Höflichkeit erweisen, die Wahrheit zu sagen. Penny und ich haben uns lange unterhalten, während ihr weg wart. Deine Schwester ist ein bewundernswertes Mädchen.« Sie warf Jack einen durchdringenden Blick zu, der sofort begriff.

»Aber eine grauenvolle Lügnerin«, fügte er verlegen hinzu. »Natürlich. Hätte ich gleich draufkommen können.«

Penny sah betreten, aber trotzig drein. »Ich habe nicht *vorgehabt,* es ihr zu sagen! Aber es war unmöglich, so ein Geheimnis für mich zu behalten, wenn wir uns beide solche Sorgen machen!«

»Ich mach dir keine Vorwürfe, Käferchen«, sagte Jack sanft, und zu Mrs Genevieve gewandt fügte er hinzu: »Ich entschuldige mich für die Lügengeschichte. Wir wollten Ihnen nicht noch mehr Sorgen bereiten. Ich hätte es gerne anders gemacht, aber der Junge hier bestimmt, wo's langgeht.«

»Mir tut es auch leid«, sagte Ruben. »Ich werde Sie nicht wieder belügen. Das verspreche ich.«

Mrs Genevieve akzeptierte ihre Entschuldigungen eher steif – ihr gefiel der Gedanke gar nicht, dass Ruben ein solches Risiko eingegangen war –, doch dann erklärte sie das Thema für beendet und bat beide, mit ihren Erzählungen zu beginnen.

»Du zuerst«, sagte Ruben.

»Also schön«, erwiderte Jack und erhob sich. »Nun, wie der Junge ja bereits weiß, hat der erste Teil des Plans nicht besonders gut funktioniert. Aber immerhin habe ich etwas über den Botschafter herausgefunden.« Er sah Ruben an. »Hast du meine Andeutungen verstanden?«

Ruben nickte. »Er ist der Mann aus der U-Bahn.«

»Der unheimliche?«, rief Penny.

»Ich bin mir sicher«, sagte Jack. »Die Beschreibung des Jungen war ziemlich perfekt. Aber das war auch schon alles, was ich über ihn herausfinden konnte, bevor er seine Bodyguards auf mich losgelassen hat. Er wollte, dass ich ihn zu meinem erfundenen Treffen mit meinem erfundenen Partner führe, also habe ich sie durch die ganze Stadt bis zu einem Park gelotst, den ich dort kenne.

Ich steckte ziemlich in der Klemme. Ich hatte den Botschafter und zwei seiner Männer in meinem Auto, und noch mal zwei sind mir in der Limousine gefolgt. Mir ist auch aufgefallen, dass immer mehr von diesen grässlichen Typen – den Spähern – aufgetaucht sind, je näher wir dem Park kamen. Ich nehme mal an, dass der Botschafter uns telefonisch angekündigt hatte. Sie waren dabei, uns einzukreisen, damit mein Partner und ich ihnen nicht entkommen konnten. Aber hier ist der Clou: Diese Typen sind keine Profis. Sie haben offensichtlich überhaupt keine Ahnung, wie sie reagieren sollen, wenn jemand nicht das tut, was von ihm verlangt wird. Das kommt davon, weil jeder Todesangst vor seinem Boss hat. Aber *wenn* dann mal einer Ärger macht, gucken sie ganz schön dumm aus der Wäsche.«

»Und wie bist du ihnen entkommen?«, fragte Penny und zupfte dabei aufgeregt an ihren Haaren, als säße Jack nicht schon längst vor ihnen.

»Tja, ich habe ihnen gesagt, dass ich den Aktenkoffer des Botschafters an einer ganz bestimmten Bank in der Mitte des Parks zurücklassen sollte. Doch kurz vor dem Park befahl mir der Botschafter, anzuhalten und ihn aussteigen zu lassen. Er sagte, dass er den Aktenkoffer selbst dorthin legen würde.

Um meiner Rolle treu zu bleiben, habe ich ein bisschen mit ihm diskutiert, aber im Grunde war mir das nur recht. Ohne ihn waren meine Chancen auf eine Flucht um einiges größer. Wie auch immer, er befahl seinen Männern, mich gut im Auge zu behalten, und zog dann los. Danach war es ziemlich einfach. Nachdem er verschwunden war, habe ich den Motor gestartet und bin losgedüst. Die beiden Typen auf dem Rücksitz konnten es nicht fassen – sie wussten überhaupt nicht, was sie tun sollten. Sie befahlen mir anzuhalten, aber was hätten sie schon tun sollen? Mich festhalten? Nicht in voller Fahrt. Das wäre viel zu gefährlich gewesen.

Ein paar Straßen weiter hab ich ne Vollbremsung gemacht, bin rausgesprungen und losgerannt. Natürlich sind sie hinter mir her. Als ich mich plötzlich umdrehte und direkt auf sie zulief, war der Erste so überrascht, dass er mir von ganz allein aus dem Weg gesprungen ist. Der andere hatte etwas mehr Zeit zu reagieren. Er hat versucht, mich festzuhalten.«

»Morrison«, warf Ruben ein. »Das ist derjenige, dem du eins verpasst hast.«

Jack sah ihn beeindruckt an. »Ich glaube, so hieß er tatsächlich, ja. Warst du auch da?«

»Nein, ich habe hinterher davon gehört.«

Mrs Genevieve und Penny sahen sie erwartungsvoll an.

»Es brauchte nicht viel«, fuhr Jack fort, »nur ein leichter Klaps auf die Nase. Dann bin ich wieder ins Auto gestiegen und weggefahren. In dem Moment fuhr die Limousine vorbei und Morrison und der andere Typ stiegen ein und folgten mir. Es war nicht schwer, die Limousine abzuschütteln, aber jedes Mal wenn ich es geschafft hatte, erkannte mich eine Gruppe von Spähern an irgendeiner Straßenecke. Sie sprachen alle ununterbrochen in ihre Funkgeräte. Und natürlich tauchte kurz darauf die Limo wieder auf, schnitt mir den Weg ab und die Jagd begann von vorn.

Das ging so lange, bis irgendjemand auf die Idee kam, mich in einem anderen Auto zu verfolgen. Ich sah wieder Späher, die in meine Richtung deuteten und in ihre Funkgeräte sprachen, aber die Limousine tauchte nicht mehr auf. Also habe ich so lange in den Rückspiegel gesehen, bis ich den Verfolger ausgemacht hatte – ein Van mit getönten Scheiben, wahrscheinlich bis unters Dach voll mit den Männern des Botschafters. Ich habe ein bisschen Katz und Maus mit ihnen gespielt und so getan, als merkte ich nicht, dass ich noch verfolgt wurde, bis ich schließlich auf der Fähre war. Ende der Geschichte. Den Rest kennt ihr.«

»Wow«, sagten Penny und Ruben gleichzeitig. Jack erzählte das alles so unbekümmert, als hätte er die ganze Aktion richtiggehend genossen.

Mrs Genevieve hingegen hatte Jacks Erzählung mit einem gequälten Gesichtsausdruck gelauscht. Sie war immer wieder zusammengezuckt und ihre Hände hatten sich an die Lehnen ihres Stuhls geklammert. Ruben überlegte, ob sie vielleicht eine ihrer Tabletten nehmen musste.

»Und was ist mit deinem Auto?«, fragte Penny. »Können sie das nicht zu dir zurückverfolgen?«

Jack lächelte sie beruhigend an. »Du wirst erfreut sein zu hören, dass ich die Nummernschilder entfernt habe, die Fahrzeugpapiere, so ziemlich alles, was auf mich hindeuten könnte. Hat nicht mal zwei Minuten gedauert.«

»Wow«, sagte Penny erneut und Ruben warf ihm einen anerkennenden Blick zu.

Jetzt wandten sie sich alle ihm zu und warteten auf seine Geschichte.

»Ich habe versucht, dir ein bisschen Zeit zu verschaffen, damit du die Villa in Ruhe auskundschaften kannst«, sagte Jack. »Und, hast du irgendwelche Hinweise auf den Schatten gefunden?«

Ruben konnte nicht anders – er musste grinsen. »Tja«, sagte er, »wie es der Zufall will …«

## IRDISCHES LEID

»Dieser Hund!«, rief Jack, nachdem Ruben ihnen vom Geheimnis des Botschafters erzählt hatte. Er klang gleichermaßen wütend wie beeindruckt. »Was für ein Bluff! Ich fass es nicht!«

»Darauf wäre ich nie gekommen …«, murmelte Mrs Genevieve. Sie griff reflexartig nach ihrer Brille und betrachtete sie mit zusammengekniffenen Augen, als hätte ein Schaden im Glas sie davon abgehalten, die Wahrheit zu erkennen.

Penny zog die Beine an sich heran und blickte angewidert, als habe sie eine Schlange auf dem Boden entdeckt. »Das ist so unheimlich. Es erinnert mich an Bartholomew.«

»Faug ist kein Bartholomew«, brummte Jack. Er sprang vom Sofa auf und begann rastlos herumzutigern (drei Schritte in die eine Richtung, drei in die andere, für mehr reichte es in dem kleinen Zimmer nicht). »Er ist zwar clever, aber nicht ganz dicht. Wenn ich das doch nur eher gewusst hätte! Ich war *so* nah an ihm dran! Ich hätte ihm eine reingehauen und ihm direkt an Ort und Stelle die Uhr abgenommen!«

»Ich bin froh, dass du es nicht versucht hast«, sagte Ruben und erzählte Jack von dem kleinen Schlagstock des Schattens.

Jack wollte nichts davon hören. »Ein Totschläger? Der hätte ihm auch nicht mehr genutzt, nachdem ich ihn k.o. geschlagen hätte«, murmelte er frustriert. »Ich war so nah dran. Ich wusste es nur nicht.«

»Sei nicht albern, Jack«, sagte Penny. Sie erinnerte ihn an die vier Späher, die – auf eine nicht allzu nette Art – dazwischengegangen wären, wenn Jack ihren Boss angegriffen hätte.

»Das stimmt«, gab Jack zu. Er hörte auf, in dem kleinen Zimmer umherzulaufen, und sah mit einem Mal ziemlich erleichtert aus. »Danke, Pen. Jetzt fühle ich mich besser. Ich schätze, ich hätte es wohl doch nicht allein hingekriegt.«

»Wir werden seine Uhr trotzdem bekommen«, sagte Ruben. »Ich habe einen Plan.«

Mrs Genevieve starrte ihn entgeistert an. »Das kann nicht dein Ernst sein«, sagte sie scharf. »Nach allem, was geschehen ist?«

Ruben warf ihr einen entschuldigenden Blick zu. »Ich weiß, dass Sie sich Sorgen machen, Mrs Genevieve, aber denken Sie doch mal darüber nach. Eigentlich wollten wir nur in die Villa, um nach Hinweisen auf den Schatten zu suchen. Doch jetzt haben wir viel mehr herausgefunden! Wir kennen seine *Geheimnisse*! Ich weiß nicht nur, wo er seine Uhr aufbewahrt, wenn er schläft – ich weiß auch, wie ich sie ihm stehlen kann.«

»Lass hören«, sagte Jack erwartungsvoll.

Mrs Genevieve hingegen wollte nichts davon wissen. Nicht sofort zumindest. Rubens Erzählung, wie er in der Villa des Botschafters herumgeschlichen war, hatte sie ziemlich aufgeregt. Mit einem verzweifelten Blick in seine Richtung schüttelte sie den Kopf und sagte, dass sie Ruhe brauchte. Sie erhob sich so wacklig, dass Jack ihr zu Hilfe eilte und sie ins Schlafzimmer begleitete.

»Ich mache mir Sorgen um sie«, sagte Penny leise, nachdem Mrs Genevieve die Tür hinter sich geschlossen hatte.

»Sie macht sich bloß Sorgen um *ihn*«, sagte Jack mit einem

Nicken in Rubens Richtung. Ruben senkte den Blick. Was sollte er darauf antworten? Er wusste, dass Jack recht hatte, und er fühlte sich schlecht deswegen. Aber er würde dem Schatten so oder so gegenübertreten müssen. War es da nicht besser, es zu seinen eigenen Bedingungen zu machen?

»Wie würde es dir gehen, wenn du an ihrer Stelle wärst?«, fragte Penny. »Ihr sind die Hände gebunden. Sie weiß nicht, was sie tun soll.«

Jack verzog das Gesicht und kratzte sich den stoppeligen roten Kopf. »Ich weiß. Aber wenn das hier alles vorbei ist, erholt sie sich schon wieder. Wahrscheinlich geht's ihr dann sogar besser als vorher, denn dann ist nicht nur der Junge außer Gefahr, sondern auch der Schatten aus dem Geschäft.« Er wandte sich an Ruben. »Also, erzähl uns, wie wir das anstellen werden.«

»Okay, eigentlich ist die Idee ganz simpel«, sagte Ruben und erzählte ihnen von seinem Plan.

Penny und Jack blinzelten ein paar Mal, warfen sich einen verdutzten Blick zu und sahen dann wieder zu Ruben.

»Er bewahrt sie auf seinem *Nachttisch* auf?«, fragte Penny. »Bist du dir sicher?«

»Absolut.«

Jack sah ihn misstrauisch an. »Und du versteckst dich einfach unter dem Bett, bis er eingeschlafen ist? Das ist alles?«

»Ich habe ein paar Details ausgelassen, aber im Großen und Ganzen ja«, erwiderte Ruben. »Das einzige Problem könnte sein, da wieder rauszukommen. Ich hatte gehofft, du könntest dich irgendwo in der Nähe verstecken, Jack, für den Fall, dass ich Hilfe brauche. Ich habe es noch nicht ganz durchdacht, aber –«

Jack trat zu Ruben und schlug ihm auf die Schulter, eine Geste, die ihn offensichtlich beruhigen sollte. »*Natürlich* gehe ich mit dir da rein! Wir finden ein gutes Versteck für mich, und sobald auch nur das Geringste schiefläuft, bin ich für dich da.«

»Das ist großartig«, erwiderte Ruben und konnte die Erleichterung in seiner Stimme nicht verbergen. Er verübelte Jack nicht mal den Schlag, der wie üblich ganz schön wehgetan hatte.

»Oh, das macht mich alles total nervös!«, sagte Penny. Sie umklammerte ihre Knie und wippte auf und ab. »Ich will auch helfen. Was kann ich machen? Und sagt jetzt bloß nicht, dass ich hierbleiben und Mrs Genevieve Gesellschaft leisten soll.«

»Du bleibst hier und leistest Mrs Genevieve Gesellschaft«, erwiderte Jack.

»So helfe ich euch doch nicht! Das ist zwar nett, aber keine Hilfe.«

»Ich weiß etwas, das du tun könntest«, sagte Ruben, und an Jack gewandt fuhr er fort: »Es ist zu riskant, in die Villa zu schleichen, wenn der Schatten zu Hause ist. Wir müssen ihn weglocken. Dann schleichen wir uns rein und machen uns bereit. Es würde wirklich helfen, wenn jemand Schmiere steht und uns warnt, sobald er zurückkommt.«

»Perfekt!«, rief Penny triumphierend. »Ich steh Schmiere! Er hat mich noch nie zuvor gesehen, deswegen bin ich für ihn nur irgendein Mädchen. Ich kann vor der Villa Seilspringen oder nach meinem entlaufenen Hund suchen oder irgendwas. Ich werde ihm überhaupt nicht auffallen.«

Jack blickte finster drein. »Es fällt ihm nicht auf, dass ein Mädchen im Dunkeln vor seinem Haus Seil springt?«

»Ich glaube«, warf Ruben ein, »dass wir uns schon tagsüber reinschleichen sollten. Ich muss dir ein paar Dinge zeigen, und wir sollten lieber keine Taschenlampen oder Ähnliches benutzen – jemand könnte den Lichtschein durch das Fenster bemerken.«

»Okay, aber trotzdem. Wie genau soll sie uns denn warnen?«

»Da fällt uns schon was ein!«, beharrte Penny.

»Das denke ich auch«, bestätigte Ruben. »Und sie wäre wirklich eine große Hilfe.«

Jack wandte den Blick ab und schwieg eine Weile. Dann knurrte er: »Also schön, ich überleg's mir. Vielleicht. Aber nur, wenn wir eine Möglichkeit finden, die hundertprozentig sicher ist. In der Zwischenzeit«, sagte er an Ruben gewandt, »kannst du mir schon mal was über die Dinge erzählen, die du mir zeigen musst.«

»Ach ja«, erwiderte Ruben und nickte, »die Falltüren.«

Penny fuhr auf. »Hast du gerade *Falltüren* gesagt?«

»Ja, die Villa ist voll davon.«

»Das wird immer sonderbarer«, sagte Jack und kratzte sich erneut den Kopf. Dann lachte er. »Wisst ihr was? Mir gefällt es.«

»Das werde ich, Mom. Ja, natürlich. Ich verspreche es.« Ruben saß auf dem Boden hinter der Theke in Mrs Genevieves Laden, den Telefonhörer in der einen Hand, den Kopf in der anderen. Wenn er unter den Boden hätte kriechen können, hätte er es wahrscheinlich getan. »Okay. Klar, mache ich. Und danke nochmal, dass du mir das alles erlaubst. Nein, ich find's total toll, ich bin nur müde. Ja, ich bin mir sicher, dass wir heute Abend alle gut schlafen. Okay, Mom. Du auch. Tschüss.«

Er legte auf und atmete laut aus. Er hatte es geschafft. Er hatte um eine weitere Nacht gebeten. Die Übernachtungsparty sei verlängert worden, hatte er behauptet – die anderen Jungen blieben noch eine Nacht, ob er bitte auch noch bleiben durfte? Die Reaktion seiner Mutter war vorhersehbar gewesen. Natürlich war sie froh, dass Ruben mehr Zeit mit seinen Freunden verbringen wollte. Dafür waren die Ferien schließlich da, nicht wahr? Solange er ganz sicher war, dass er das auch wirklich wollte. O ja, hatte er ihr versichert, er wolle es unbedingt.

An ihrem Tonfall bemerkte Ruben, wie enttäuscht sie war, dass sie ihn morgen nicht sehen würde – aber sie hatte es nicht ausgesprochen. Sie glaubte, dass er sich amüsierte, und wollte es ihm nicht verderben. Ruben stöhnte. Er konnte kaum fassen, wie schuldig er sich fühlte. Schuldig und unerwartet traurig. Beim Klang ihrer Stimme war ihm bewusst geworden, wie sehr er sie vermisste.

»Hat es geklappt?«

Penny hatte leise die Tür zu Mrs Genevieves Wohnung geöffnet und spähte durch den Spalt.

»Ich musste ihr versprechen, dass ich auch Gemüse esse«, murmelte Ruben. »Darum macht sie sich Sorgen. Gemüse.«

Penny setzte sich neben ihn. »Tut mir leid«, sagte sie. »Du musst dich schrecklich fühlen. Ich glaube, ich habe meine Eltern seit Jahren nicht mehr angelogen. Oder sonst irgendjemanden. Deswegen ist es mir bei Mrs Genevieve auch so schwergefallen. So sind wir Meyers eben.«

»Ausgenommen Jack«, erwiderte Ruben.

»Ausgenommen Jack«, stimmte Penny zu. Sie schüttelte erstaunt den Kopf. »Ich hatte keine *Ahnung*, wozu er fähig ist! Ein Auto klauen? Woher weiß er überhaupt, wie man so was macht?«

»Ein Auto leihen«, verbesserte Ruben sie.

»Wie auch immer.«

Jack war gerade auf der Suche nach einem Fluchtauto. Ihm hatte die Vorstellung nicht gefallen, zu Fuß von der Villa fliehen zu müssen. Ruben würde es mit seiner Uhr vielleicht gelingen, aber für alle anderen wäre es zu gefährlich. Deswegen hatte Jack beschlossen, sich ein Auto auszuleihen.

Penny hatte nach Luft geschnappt, weil sie ahnte, was das bedeutete. »Du meinst, du willst eins *klauen?*«

»Es ist ja nicht richtig klauen, wenn man es zurückgibt, oder?«, antwortete Jack mit einem Zwinkern.

»Aber wirklich ausleihen ist es auch nicht!«

Jack sah sie finster an. »Ach so. Wenn die gute alte Tante Penelope Pferde und Boote ohne Erlaubnis der Besitzer ausleiht, dann ist das vollkommen in Ordnung, aber wenn ich das Gleiche mit einem Auto mache, bin ich sofort ein Verbrecher, oder was?«

Penny wusste nicht, was sie darauf sagen sollte, aber wirklich beruhigt war sie nicht. Am Ende hatte Jack halbherzig vorgeschlagen, dass er jemanden suchen würde, der ihm erlaubte, sein Auto auszuleihen. Dann war er gegangen.

»Am besten fragst du ihn gar nicht erst«, sagte Ruben zu Penny. »Woher er das Auto hat, meine ich. Du fühlst dich bloß mies, wenn du es weißt.«

Penny verzog das Gesicht. »Nur, weil man über etwas nicht redet, macht es das nicht besser.«

Ruben entgegnete nichts darauf.

Nach kurzem Schweigen sagte Penny leise: »Ich weiß, wie es dir bei dem Gedanken geht, die Uhren zu zerstören. Das ist dir hoffentlich klar, oder? Du willst es nicht tun. Zumindest nicht deine.«

Ruben spürte, wie Hitze in seine Wangen stieg und bis zu seinen Ohren kroch. Er starrte unschlüssig geradeaus. Es nutzte nichts, einer Freundin gegenüber zu leugnen, die einen perfekt durchschaute. Er zog die Knie zu sich heran und schlang seine Arme darum. »Ich bin mir nicht sicher«, murmelte er. »Ich meine, ob wir es genauso machen müssen, wie Penelope gesagt hat.«

»Ich hab mir schon gedacht, dass du so denkst«, erwiderte

Penny sanft. »Oder besser, dass du versuchst, gar nicht erst darüber nachzudenken. Ich kann es verstehen. Du glaubst, dass die Uhr dein Leben verändern und dir und deiner Mom helfen kann. Und wenn du dir über den Schatten keine Gedanken mehr machen musst, dann kannst du sie benutzen, wofür auch immer du willst.«

Ruben betrachtete sie aus den Augenwinkeln. »Das trifft es so ziemlich, ja. Und jetzt versuchst du, es mir auszureden.«

Penny schüttelte den Kopf. »Noch nicht. Im Moment sollten wir uns darauf konzentrieren, dem Schatten die Uhr wegzunehmen. Und außerdem weißt du ja bereits, wie ich darüber denke. Ich will nur sichergehen, dass du dir nichts vormachst über die Art und Weise, wie *du* darüber denkst.« Mit diesen Worten stand Penny auf, küsste Ruben auf den Kopf und ging zurück in Mrs Genevieves Wohnung.

Ruben saß noch eine ganze Weile mit glühenden Wangen da. Penny hatte recht; er war ziemlich gut darin, lästigen Fragen auszuweichen. Aber hatte er nicht auch allen Grund dazu? Es stürmten so viele Dinge auf ihn ein, es belastete ihn so viel – er konnte nicht über alles gleichzeitig nachdenken. Manchmal musste man Dinge einfach auf später verschieben.

Vielleicht war er immer schon so gewesen, dachte Ruben. Zum Beispiel hatte er noch nie ein schlechtes Gewissen gehabt, ohne Erlaubnis durch die Lower Downs zu streifen. Erst wenn er seine Mom abends belügen musste, hatte er sich schuldig gefühlt. Ob ihn das zu einem schlechten Menschen machte? Er befürchtete, ja; er hoffte, nein. Diese ganze Sache mit der Uhr verunsicherte ihn. Vielleicht war es die Anspannung. Vielleicht war es die Erschöpfung.

Aber vielleicht war er auch einfach so.

Als Jack lange nach Einbruch der Dunkelheit zurückkehrte, lag Mrs Genevieve noch immer im Bett. Penny und Ruben hatten zwei Mal nach ihr gesehen. Jedes Mal schien die Uhrmacherin zu schlafen. Sie machten sich beide Sorgen um sie.

Der Einzige, der sich um gar nichts Sorgen zu machen schien, war Jack. Er hatte nicht nur einige vielversprechende Autos gefunden, die sie morgen benutzen konnten, er hatte auch ein Springseil besorgt sowie Baguette, Käse und etwas Obst. Außerdem teilte er ihnen ganz nebenbei mit, dass er bereits – nur für eine Stunde – ein Auto »ausgeliehen« und eine abendliche Spritztour zur Villa des Schattens gemacht hatte.

»Es brannten ein paar Lichter«, sagte er und brach sich ein großes Stück Brot ab. Sie saßen um den Couchtisch im Wohnzimmer. »Sah so aus, als sei er zu Hause. Aber ich habe nirgendwo Wachen entdeckt. Das war die eine Sache, die ich überprüfen wollte.«

»Hast du das Seil gesehen?«, fragte Ruben.

»Das war die andere. In der Dunkelheit konnte ich nichts erkennen. Falls es morgen verschwunden ist, müssen wir uns wohl oder übel was anderes einfallen lassen.«

»Und wofür ist das Springseil?«, fragte Penny hoffnungsvoll.

»Du weißt genau, wofür das Springseil ist«, erwiderte Jack.

»Ja!« Penny schnappte sich das Seil vom Tisch. »Ich habe mir auch schon Gedanken über unser Warnsystem gemacht. Es ist ziemlich kompliziert, aber wenn ich es euch ganz langsam erkläre, werdet ihr es verstehen: Ich klingle an der Tür.«

Ruben und Jack sahen sich an.

»Alles klar?«, fragte Penny und warf ganz sachlich die Haare über die Schulter. »Wenn ich sehe, dass der Schatten zurückkommt, dann klingle ich einfach ein paar Mal an der Tür. Ich kann durch die Lücke in der Mauer reinschlüpfen, die Ruben benutzt hat.

»Aber wenn er dich sieht –«, begann Jack.

»Wenn er mich sieht, dann gehe ich direkt zur Limousine und frage ihn, ob er meinen Hund gesehen hat. Ich bin bloß ein kleines Mädchen mit einem Springseil, das seinen Hund sucht. Warum sollte er misstrauisch werden?«

Ruben räusperte sich. »Darf ich darauf hinweisen, dass du nicht gerade die beste Lügnerin bist?«

»Ich weiß, ich weiß. Aber ich schaffe das. Es ist nicht schwer, ein Hundebaby zu erfinden. Außerdem bekommt er mich ja überhaupt nicht zu Gesicht, wenn alles nach Plan läuft. Ich klingle an der Tür und bin ruck, zuck wieder verschwunden.«

Kurz darauf stand der Plan fest. Nachdem Penny an der Tür geklingelt hatte, oder wenn es dämmerte und der Schatten immer noch nicht zurückgekehrt war, würde sie den Bus nach Middleton nehmen und bei Mrs Genevieve warten.

Penny griff nach ein paar Trauben. »Ich glaube, das ist auch für Mrs Genevieve besser. Sie ist unruhig, wenn wir weg sind.«

»Ja, das wird hart für sie«, sagte Jack.

Sie aßen eine Weile lang schweigend. Ruben dachte an die Uhrmacherin, deren beschauliches Leben plötzlich auf die seltsamste Weise durcheinandergewirbelt wurde. Sein eigenes Leben vor dem Fund der Uhr war ebenfalls recht ereignislos verlaufen. Nur Jack und Penny hatten eine vage Ahnung von Dingen, die in der Zukunft lauerten und darauf warteten, zum Schicksal zu werden. Jack hatte aus diesem Leben ausbrechen wollen und Penny war ein Kind, genau wie Ruben. Trotzdem saßen sie alle hier beisammen und schmiedeten den Plan, eine augenscheinlich magische Uhr von einem Mann namens »der Schatten« zu stehlen. Es fühlte sich absolut real an und doch erschien es vollkommen unmöglich.

»Und du bist sicher, dass du das durchziehen willst, Junge? Soll nicht lieber ich es machen?«, fragte Jack und musterte Ruben eindringlich. Er hatte bereits zwei Mal vorgeschlagen, sich an Rubens Stelle mit der Uhr unter dem Bett zu verstecken.

Ruben schüttelte den Kopf. Er hatte von Anfang an das Gefühl gehabt, dass es seine Aufgabe war. Davon abgesehen war es unvorstellbar, jemand anderem seine Uhr zu geben, nicht mal für kurze Zeit. Es fühlte sich so an, als würde er jemandem seinen Kopf oder sein Herz ausleihen wollen.

Jack wandte sich in der Hoffnung auf Unterstützung an seine Schwester, doch Penny war offenbar mit den Gedanken woanders und starrte reglos ins Leere. Sie hielt schon eine ganze Weile die Trauben in der Hand, hatte aber noch keine gegessen.

Langsam wurde ihr bewusst, dass die beiden Jungs sie ansahen. Sie steckte sich – immer noch mit einem leicht abwesenden Blick – eine Traube in den Mund, nahm sie dann wieder heraus und sagte zu Ruben: »Erinnerst du dich noch an Penelopes Brief? Die Zeilen, in denen es um die Unsterblichkeit geht?«

»Wovon redest du?«, fragte Jack stirnrunzelnd. »Ich habe noch nie irgendwas aus dem Brief gehört.«

»Ach, stimmt ja«, sagte Penny und winkte ab. »Für dich hat er den Inhalt ja nur zusammengefasst. Aber den Teil mit dem Gedicht hat er auswendig gelernt. Stimmt's, Ruben? Kannst du es noch?«

»Ich denke schon.« Ruben überlegte kurz, um sicherzugehen, dass er die Zeilen exakt wiedergab. Als er alle Worte in der richtigen Reihenfolge beisammenhatte, nickte er, schloss die Augen und begann:

*Wer beide besitzt, kennt keine Angst vor dem Tod,*
*Er spürt nicht das Vergehen der Zeit,*
*Er atmet keinen Schmerz und keine Not*
*Und kümmert sich nicht um irdisches Leid.*

*Bis, so Gott will, er sie wieder verliert.*
*Denn niemand sollte, ob gut oder gemein,*
*Länger in solch abnormem Zustand sein.*

Jack pfiff anerkennend. »Ich bin beeindruckt, Junge. Und du bist ganz bestimmt kein Meyer?«

Penny runzelte die Stirn. »Es klingt so gar nicht nach ihm«, murmelte sie. »Nach dem Erfinder, meine ich. Warum sollte er das tun? Warum sollte er es jemand ›Gemeinem‹ ermöglichen, unsterblich zu werden?«

»Damit die Brüder aufeinander losgehen«, erinnerte Ruben sie. »Zumindest besagt das die Legende.«

»Ehrlich gesagt finde ich das ganz schön heftig«, erwiderte Penny.

»Vielleicht hat der Typ, nachdem er gemerkt hat, dass er eine Art tragbaren Jungbrunnen erschaffen kann – na ja, vielleicht hatte er das Gefühl, dass er es tun *muss*, einfach, um es mal auszuprobieren«, warf Jack ein. »Um es sich selbst zu beweisen. So einem Genie fällt es wahrscheinlich schwer, der Versuchung zu widerstehen, besonders, wenn es seine einzige Chance ist.«

»Aber warum sollte er es ihnen dann sagen?«, beharrte Penny.

Jack zuckte mit den Schultern. »Rache kann die Menschen ganz schön verändern. Rach*sucht*, meine ich. Vielleicht erschien es ihm als die beste Möglichkeit, sich zu rächen. Vielleicht wusste er, dass die Brüder es niemals schaffen würden. Zumindest hat er sich das eingeredet. Und am Ende hat er ja auch recht behalten.«

»Ich frage mich, wie es funktioniert«, grübelte Ruben. »Wenn es wirklich stimmt. Ich kapiere einfach nicht, wie das gehen soll.«

Jack gluckste. »*Ich* kapiere nicht, wie du an deiner Uhr rumfummelst und ich plötzlich Dinge *hinter* dir sehen kann.«

»Mrs Genevieve sagt, dass die Uhr das Licht verbiegt.«

»Es verbiegt mein Gehirn, so sieht's aus. Ewige Jugend klingt auch nicht viel sonderbarer.«

»Es ist aus so vielen Gründen falsch.« Penny stand der Frust immer noch ins Gesicht geschrieben. »Niemand sollte solche Macht besitzen, findet ihr nicht auch?« Sie sah zu Ruben.

»Ewige Jugend?« Ruben konnte bloß mit den Schultern zucken. Er hatte tatsächlich noch nie darüber nachgedacht. »Vielleicht nicht. Zumindest sollte der Schatten sie nicht besitzen.«

»Das meine ich nicht!«, blaffte Penny. »Ich spreche über die Unsichtbarkeit! Was kann man schon ausrichten, wenn man unsichtbar ist? Ja, okay, es hilft uns, die zweite Uhr vom Schatten zu stehlen – und danach? Dank der Uhr kann man Dinge tun, von denen keiner erfahren soll. Das ist nicht *ehrlich.*«

»So spricht eine wahre Meyer«, stellte Jack fest.

Penny sah erneut zu Ruben, doch als er ihrem Blick auswich, tat es ihr plötzlich leid. »Oh. Entschuldige, Ruben. Ich hab mich in Rage geredet. Ich wollte nicht – du weißt schon, so eine große Sache daraus machen.«

»Schon okay«, erwiderte Ruben. Er hatte trotzdem das Gefühl, sich verteidigen zu müssen. Er wusste, dass es eine Menge guter Dinge gab, für die man die Unsichtbarkeit benutzen konnte. Er hatte einfach noch keine Zeit gehabt, darüber nachzudenken.

»Verratet ihr mir, worüber ihr redet?«, fragte Jack in die unangenehme Stille. »Nein? Also schön, ich will zwar nicht das Thema wechseln, aber lasst uns das Thema wechseln. Mir ist gerade in den Sinn gekommen, dass wir die ganze Sache auch vollkommen anders angehen können. Du musst dich gar nicht unter Faugs Bett verstecken, Junge. Ich könnte ihm einfach auflauern. Wir finden ein gutes Versteck für mich, und wenn er dann vorbeiläuft –«

Penny schnappte nach Luft. »Jack, du klingst wie ein Attentäter!«

Jack hielt abwehrend die Hände hoch. »Ich muss den Typen ja nicht gleich umbringen. Ich hau ihn bloß k.o. und nehme ihm die Uhr ab. Ein oder zwei Schläge sollten reichen. Ich bin mir sicher, dass er die verdient hat.« Er deutete auf Ruben. »Und auf die Art bringt sich unser Freund hier nicht in Gefahr.«

Penny hatte schon den Mund geöffnet, um zu protestieren. Doch dann hielt sie inne.

»Ist schon gut«, sagte Ruben. »Ich finde auch, dass er es nicht tun sollte. Was, wenn etwas schiefgeht, Jack? Was, wenn er dich bemerkt oder es schafft, dir zu entwischen? Sobald er sich unsichtbar macht, hat er alle Vorteile auf seiner Seite, und dann haben wir keinen Plan B mehr. Im Moment bist *du* der Plan B. Wir sollten uns nicht mit dem Schatten in seinem eigenen Haus anlegen, wenn es nicht absolut notwendig ist.«

»Das stimmt, Jack«, sagte Penny entschieden.

»Tja, nur fürs Protokoll, ich glaube das auch«, sagte Jack mit einem Schulterzucken. »Ich dachte nur, dass ich es zumindest vorschlagen sollte. Allerdings finde ich, dass du Faug zu viel zutraust. Ich bin mir ziemlich sicher, dass die gute Tante Penelope Hackfleisch aus dem Typen gemacht hätte.« Er streckte die Beine aus und sah Penny an. »Das wäre nett gewesen, hm? Unser Leben wäre ein klitzekleines bisschen anders verlaufen.«

»Hoffentlich hast du recht«, sagte Penny.

Jack gähnte. »Das werden wir bald wissen.«

Sein Gähnen setzte eine Kettenreaktion in Gang. Zuerst gähnte Ruben, dann Penny, dann wieder Jack. Dann gähnten sie alle gleichzeitig und grinsten sich an. In schweigendem Einvernehmen standen sie auf, räumten das Essen weg, putzten sich in dem kleinen Badezimmer nacheinander die Zähne, fanden ein paar Decken in einem Schrank. Dann dimmten sie das Licht und legten sich schlafen, oder versuchten es zumindest.

Jack und Penny lagen auf dem Boden, weil sie beide darauf bestanden hatten, dass Ruben auf dem Sofa schlief. Mit großer Sorgfalt zog Ruben den Schlüssel aus der Uhr und steckte ihn in seine Hosentasche. Die Uhr selbst schloss er, wickelte sie in seinen Kapuzenpulli und legte sie unter sein Kopfkissen. Dann streckte er sich aus. Er hörte das Rascheln der Decken, als Jack und Penny versuchten, es sich bequem zu machen. Doch schon bald war nur noch ein regelmäßiges Atmen zu hören, das Brummen des kleinen Kühlschranks in der winzigen Küche und das Flüstern kühler Luft, die durch die Lüftung hereinkam.

Ruben starrte zur Decke, ohne sie wirklich wahrzunehmen. Stattdessen trugen seine Gedanken ihn hinaus in die Stadt, in die Lower Downs und in ihre Wohnung, wo seine Mom hoffentlich ebenfalls friedlich schlief. Dann wanderten sie in die dunklen Straßen, zu den Wohnungen in ganz New Umbra, in denen die Späher – die trotz allem ganz normale Menschen waren – Fernsehen guckten oder den Abwasch machten oder ihre Kinder ins Bett brachten. Es schien unbegreiflich, dass dieselben Männer am nächsten Morgen die Suche nach einem Jungen wie Ruben fortsetzen würden. Was waren das für Menschen? Was war das für eine Welt?

Seine Gedanken reisten durch die Nacht, durch eine Lücke in einer Mauer, durch ein Fenster. Sie trieben in einen riesigen dunklen Raum und schwebten schließlich über einem mit Möbeln vollgestellten Balkon. Auf dem Bett saß eine einsame, gebeugte Gestalt – ein Mann, der einen Gegenstand betrachtete, eine Kugel auf einem samtenen Kissen, sanft im Licht einer Lampe schimmernd. Vielleicht erschien ihm die Kugel wie eine Kristallkugel, ein verwunschenes Objekt, in dem er seine Zukunft sehen konnte. Vielleicht spürte er genau wie Ruben, wie das Schicksal in der Luft um sie herum beinahe greifbar wurde. Wie eine dunkle Wolke. Wie ein Schatten. Vielleicht blickte er in die Zukunft und sah dort seinen eigenen Namen – nichts sonst.

# FALLS ETWAS SCHIEFGEHT

Aus der winzigen Küche drangen geschäftige Geräusche: Das Klappern einer Pfanne, das Knacken einer Eierschale, das Brutzeln des Eis auf dem heißen Metall. Die Geräusche wiederholten sich, als sich weitere Eier dazugesellten. Ruben öffnete die Augen und erkannte Penny und Jack schlafend auf dem Boden. Also war es Mrs Genevieve, die das Frühstück zubereitete. Der Morgen hatte begonnen.

Ruben setzte sich auf. In seinem Mund breitete sich der metallische Geschmack von Angst aus. Er tastete nach seinem Pulli und der Uhr und nahm sie mit ins Badezimmer. Als er wieder zurückkehrte, richteten sich Jack und Penny gerade auf und rieben sich verschlafen die Augen. Ruben grinste und fühlte sich gleich etwas besser.

»Heute ist also der große Tag!«, sagte Jack. »Freut ihr euch schon?« Es klang so, als hätten sie ein Picknick geplant.

Penny schielte ihn an. »Du bist echt unfassbar.« Ihre Stimme klang vom Schlafen noch leicht belegt.

»Ich glaube, ich rieche Speck«, sagte Jack und sprang auf.

In der Küche reichte Mrs Genevieve Ruben einen Teller. »Ich wollte eigentlich gar nicht einschlafen«, sagte sie. Sie trug die zerknitterten Sachen vom Abend zuvor. Aber ihre hellblauen Augen waren klar, genauso wie der besorgte Ausdruck in ihrem Blick. »Wollt ihr es euch nicht noch mal überlegen?«

»Tut mir leid«, erwiderte Ruben. »Wir haben keine andere Wahl.« Er sah auf seinen Teller. Mrs Genevieve hatte die Spiegeleier und Speckstreifen wie ein Gesicht angeordnet. In Anbetracht ihrer Laune kam ihm das ziemlich skurril vor.

Seinem fragenden Blick begegnete sie mit einem kleinen Lächeln. »Es passiert nicht jeden Tag, dass ich Frühstück für ein Kind mache, das ich mag«, sagte sie schlicht und wandte sich ab.

Sie aßen alle zusammen im Wohnzimmer, ohne viel zu reden. Hinterher sorgten Penny und Ruben freiwillig für den Abwasch. Jack würde als Erstes das Fluchtauto besorgen. Sobald er zurückkehrte, war es Zeit zum Aufbruch. Doch kurz bevor er zur Tür hinausging – Mrs Genevieve war im Schlafzimmer und zog sich um –, griff Penny nach seinem Arm. Ruben, der gerade die Tassen vom Tisch räumte, spürte, dass ihr etwas Schweres auf dem Herzen lag.

»Jack«, sagte sie und sah zu ihrem Bruder auf. »Falls etwas schiefgeht …« Ihre Stimme brach ab.

»Ach, Rotschopf. Das klappt schon. Ich habe vollstes Vertrauen in unseren Freund hier«, erwiderte Jack mit einem Nicken in Rubens Richtung. »Glaub mir, heute Abend lachen wir alle darüber.«

»Du vielleicht«, entgegnete Penny und umarmte ihn fest.

»Wir alle«, sagte Jack. Er löste sich aus der Umarmung und zwinkerte ihr zu. »Außerdem gibt das ne ganz schön coole Geschichte, meinst du nicht auch?«

Eine Stunde später waren sie startklar. Vor Mrs Genevieves Geschäft parkte ein unauffälliges graues Auto mit getönten Scheiben. Die Tür vom Rücksitz stand offen, als würde der Fahrer gleich zurückkehren und etwas einladen wollen. Ruben, Penny und Jack standen im Laden und verabschiedeten sich von Mrs Genevieve. »Wir werden erst nach Einbruch der Dunkelheit zurück sein«, erklärte Ruben. »Und wahrscheinlich erst sehr spät.«

Die Uhrmacherin nickte ernst und umarmte ihn feierlich. Zu aller Überraschung umarmte sie die beiden anderen ebenfalls. Dann wandte sie sich wieder an Ruben und nahm seine Hände in ihre. »Du bist so vorsichtig, wie es nur geht, ja? Versprichst du mir das?«

»Ich verspreche es«, erwiderte Ruben.

In Mrs Genevieves Augen standen Tränen. Sie schüttelte seine Hände einmal fest wie ein Kutscher, der die Zügel springen lässt. »Dann geh«, sagte sie und ließ ihn los. »Rette die Stadt, verändere den Lauf der Geschichte, all diese Dinge – was weiß ich.«

Penny griff nach Rubens Arm. Eine Sekunde später waren sie verschwunden. Jack hielt ihnen die Ladentür auf, sodass sie hindurchgehen und in das Auto steigen konnten. Dann trat er ebenfalls auf die Straße und schloss die Autotür. Während er um den Wagen herum zur Fahrerseite ging, stand Mrs Genevieve hinter dem Schaufenster und beobachtete sie.

Es war eine einfache, vollkommen normal wirkende Szene – die Abfahrt eines Autos an einem wolkenverhangenen Sonntagmorgen – und trotzdem konnte die Uhrmacherin den Anblick kaum ertragen. Sie hielt es nicht aus, sie wegfahren zu sehen, war aber auch nicht in der Lage, den Blick abzuwenden. Sie beobachtete, wie der junge Mann ins Auto sprang, die Tür schloss und beinahe im selben Moment losfuhr. Kurz darauf waren sie fort.

Mrs Genevieves Magen krampfte sich zusammen. Sie wandte sich rasch vom Fenster ab und sah sich in dem verlassenen Laden um. Der Gedanke, wieder allein zu sein, verstörte sie. Warum hatte sie die Kinder nur gehen lassen? Aber was hätte sie stattdessen tun sollen? Noch nie in ihrem Leben hatte sie sich derart hilflos gefühlt.

Plötzlich wurden Mrs Genevieve die tickenden Uhren auf eine Art bewusst wie nie zuvor. Ihr ganzes Leben hatte sie zwischen dem pausenlosen Ticken von Uhren verbracht; seit Langem schon nahm sie das Geräusch nicht mehr wahr – es war für sie zu einer Form der Stille geworden. Doch jetzt trieb sie das Geräusch in den Wahnsinn. Die unzähligen Uhren, das Ticken und Ticken und Ticken – man sollte meinen, es würde den Ablauf der Zeit beschleunigen. Eigentlich sollte sie unendlich viel schneller vergehen; stattdessen schien sie jedoch beinahe stehen zu bleiben.

Mrs Genevieve spürte, wie Panik in ihr aufstieg. Wie viele Stunden würde sie warten müssen, bevor sie wusste, was aus Ruben und seinen Freunden geworden war? Wie oft würden die Uhren bis dahin noch ticken? Wie viele grauenvolle Sekunden würde sie in ihrem leeren Geschäft ertragen müssen?

»O Hilfe!«, stöhnte die Uhrmacherin. »Was soll ich nur tun?«

Sie hielt sich die Ohren zu und rannte in ihre Wohnung.

Jack legte den Hörer auf, verließ die Telefonzelle und sprang zurück ins Auto, wo Ruben auf dem Beifahrersitz wartete. »Klingt ganz so, als hätte er angebissen«, sagte er und legte einen Gang ein. »Er versuchte sogar, einigermaßen liebenswürdig zu klingen. Sagte, dass er versteht, warum ich Muffensausen bekommen habe, und hat versprochen, es dieses Mal nach meinen Bedingungen ablaufen zu lassen. Wahrscheinlich hat er sich die ganze Nacht über Vorwürfe gemacht, wie nah er dran war, nur um dann seine heißeste Spur wieder zu verlieren.«

Ruben sah Jack zweifelnd an. »Aber du glaubst nicht wirklich, dass er sich daran hält, oder?«

»Natürlich nicht«, erwiderte Jack, während er rasch von einem Gang in den nächsten schaltete. Sie fuhren inzwischen ziemlich schnell. »Er hat bloß versucht, weniger bedrohlich zu wirken. Nein, ich bin mir sicher, dass in diesem Moment alle seine Männer wieder auf dem Weg nach Burlington sind.«

»Es sei denn, sie sind auf dem Weg hierher«, bemerkte Ruben. Schließlich hatte Jack die Telefonzelle in East Middleton, einem Stadtteil, der überhaupt nichts mit der Sache zu tun hatte, nur benutzt, weil er wusste, dass der Schatten den Anruf aller Wahrscheinlichkeit nach zurückverfolgen würde.

»Das stimmt. Wahrscheinlich schickt er ein paar vorbei, damit sie die umliegenden Straßen durchkämmen, nur für den Fall. Bis dahin sind wir längst weg. Um genau zu sein, sind wir das jetzt schon.«

Es stimmte. Sie hatten bereits die halbe Strecke nach Westmont zurückgelegt, wo Penny mit ein bisschen Glück mitbekommen würde, wie der Schatten die Villa verließ. Sie war am Park ausgestiegen, und Jack hatte sie auf eine Stelle an der Straße aufmerksam gemacht, von der aus sie das Tor der Villa beobachten konnte. Auf dem Spielplatz saßen bereits ein paar Kinder auf den Schaukeln und auch in den Straßen war schon einiges los, wobei die meisten der Autos zum Parkplatz hinter der Kirche abbogen.

»Hör mal«, sagte Jack, »ich hab zwar die Nummernschilder von dem Auto hier ausgetauscht, deswegen glaube ich nicht, dass die Polizei es so schnell findet. Doch falls es nicht mehr da ist, wenn wir heute Abend wieder rauskommen, dann krieg keine Panik, okay? Ich treibe einfach ein anderes Auto für uns auf.«

Ruben brauchte einen Moment, um zu begreifen. *Du fährst in einem gestohlenen Auto! Mom würde dich umbringen!* Er versuchte, diese Tatsache zu verdrängen. *Geliehen*, ermahnte er sich. *Geliehen, geliehen, geliehen.*

»Und was machen wir, wenn er uns verfolgt?«, fragte Ruben. »Das wäre nicht gerade der beste Ausgangspunkt, um sich nach einem Auto umzusehen.«

Jack warf ihm ein schiefes Grinsen zu. »Dann haben wir aber beide Uhren, erinnerst du dich? Du gibst mir seine und zeigst mir, wie sie funktioniert. Dann sind wir ein unsichtbares Duo. O Gott, bitte erzähl niemandem, dass ich das gesagt habe. Viel zu abgedroschen. Wie auch immer, uns fällt schon was ein. So, da wären wir.«

Sie waren wieder in Westmont, hatten bereits die Kirche passiert und näherten sich dem Park. Mindestens ein halbes Dutzend anderer Autos parkten entlang der Straße. »Perfekt«, sagte Jack und fuhr an den Straßenrand. »Viele verschiedene Autos heute, da fallen wir gar nicht auf. Siehst du sie?«

Ruben hatte Pennys leuchtend rote Haare bereits entdeckt. Sie hüpfte Seil. Als sie Ruben und Jack erkannte, hielt sie kurz mit dem Hüpfen inne und führte eine Hand langsam in einem Bogen über den Kopf. Sie gab das vereinbarte Zeichen. Einmal winken bedeutete Gefahr; zweimal winken, dass die Luft rein war.

»Hast du gesehen?«, fragte Jack.

»Zwei Mal«, bestätigte Ruben. Penny hatte beobachtet, wie der Schatten und seine Männer losgefahren waren.

»Sieht ganz so aus, als seien wir im Geschäft.« Jack holte eine dunkle Sonnenbrille hervor, betrachtete den wolkenverhangenen Himmel und legte sie wieder weg. »So viel zu meiner ausgeklügelten Tarnung. Bist du fertig?«

Sie stiegen aus dem Auto und gingen langsam die Straße entlang, unter den etwas kränklich wirkenden Bäumen, die neben dem Gehweg gepflanzt worden waren. Penny schlenderte in ihre Richtung. Sonst war niemand in der Nähe.

»Vor etwa fünf Minuten, in einer Limousine«, sagte Penny, sobald sie in Hörweite war. »Sind an der ersten Kreuzung abgebogen und haben ordentlich Gas gegeben.«

»Gute Arbeit«, erwiderte Jack und sah auf seine Armbanduhr. »Bis später.«

Mehr sagten sie nicht. Sie hatten im Vorfeld vereinbart, nur im Vorbeigehen miteinander zu sprechen. Falls sie beobachtet wurden, würde niemand auf die Idee kommen, dass Penny sie kannte. Sie konnte genauso gut bloß nach der Uhrzeit gefragt haben.

*Viel Glück,* sagte ihr Blick, dann hüpfte sie mit dem Seil wieder in Richtung Park davon.

Jack ging davon aus, dass der Schatten und seine Männer mindestens eine Stunde benötigten, um zum Treffpunkt und wieder zurück zu fahren. Vielleicht würden sie sogar noch länger unterwegs sein, falls der Schatten sich dazu herablassen würde, auf Jack zu warten. Für Penny gab es in dieser Zeit nicht viel zu tun. Deswegen würde sie so lange Seil springen, ihre mitgebrachten Brote essen und sich wie ein ganz normales Kind auf einem Spielplatz verhalten. In einer Stunde jedoch würde sie langsam wieder Richtung Villa schlendern und die Augen für sie offen halten.

Ruben und Jack mieden den Haupteingang der Villa, umrundeten stattdessen den Block und näherten sich dem Grundstück von der Rückseite. Die Bäume am Wegrand schirmten diesen Teil des Anwesens vor neugierigen Blicken ab, und weil niemand sonst auf der Straße zu sehen war, schlüpften sie, ohne zu zögern, durch die Lücke in der Mauer. Sie duckten sich neben die Rosenbüsche und beobachteten das Haus. Das Seil baumelte immer noch vom Fenster herab.

»Überrascht mich nicht«, murmelte Jack. »Man kann es kaum erkennen.«

Ruben deutete auf die etwas lichter bewachsene Stelle in den Büschen, die sie ansteuern würden. Jack nickte und hielt sich an Rubens Pulli fest. »Okay«, sagte er. »Von mir aus kann's losgehen.«

»Vergiss nicht, die ganze Zeit geduckt zu bleiben«, ermahnte ihn Ruben. Dann griff er in seine Tasche und sie verschwanden.

Jack fluchte leise und zog an Rubens Pulli.

»Was ist?«, zischte Ruben alarmiert.

»Tut mir leid«, flüsterte Jack. »Nichts. Nur das – nur das mit dem Blindwerden … kam etwas überraschend.«

»Ich hab dir doch erzählt –«

»Ich weiß, ich weiß. Tut mir leid, bin wieder okay. Gehen wir.«

Sie überquerten langsam und unbeholfen das gut einsehbare Gelände, bis sie den Schutz der Büsche erreichten. Ruben machte sie – nachdem er Jack vorgewarnt hatte – kurz sichtbar und fand die Stelle, wo er sich am Tag zuvor durchgequetscht hatte. Sie verschwanden wieder und kauerten bald darauf hinter den Büschen, wo Ruben zum ersten Mal auffiel, dass Jacks Augen nicht grün waren wie Pennys, sondern von einem hellen, klaren Blau. Er war darauf aufmerksam geworden, weil sie in diesem Moment so groß wie noch nie zuvor waren.

»Ist ja ein Ding«, flüsterte Jack.

»Geht's dir gut?«, fragte Ruben frotzelnd.

Jacks Augen nahmen wieder ihre normale Größe an. »Hervorragend«, erwiderte er. »Ging mir nie besser. Bereit für die Kletterpartie.«

Der nächste Teil war riskanter. Ruben konnte nicht klettern und gleichzeitig die Uhr in der Hand halten; sie würden für kurze Zeit für alle Blicke sichtbar sein. Jack kletterte als Erster hinauf und er war erstaunlich schnell – seine starken Arme und Beine schienen mühelos an der Wand emporzulaufen. Nur kurze Zeit später balancierte er bereits mit den Knien auf dem Fensterbrett, öffnete das Fenster und duckte sich hindurch. Es hatte fast den Anschein, als mache er so etwas jeden Tag.

Ruben wartete, bis Jack das vereinbarte Zeichen gab. Er spürte zwei kurze Züge am Seil – die Luft war rein – und begann zu klettern. Das Seil schnitt in seine Hände; er wünschte, er hätte Handschuhe mitgenommen. Er biss die Zähne zusammen und kraxelte so schnell wie möglich nach oben. Jack streckte die Arme aus, packte ihn an den Schultern und zog ihn nach drinnen.

»Alles in Ordnung«, flüsterte Jack, während er das Seil einholte und das Fenster zuschob. »Ich hab keine Menschenseele gesehen.«

Ruben öffnete und schloss seine schmerzenden Hände. Dann schob er das Seil unter den Bettvolant. Eigentlich gab es gar keinen Grund zu flüstern. Aber er wies Jack nicht darauf hin. Unter den gegebenen Umständen erschien ihm das Flüstern irgendwie angebracht.

Jack folgte ihm den langen, düsteren Flur entlang. Sein Blick wanderte umher und registrierte die leeren Zimmer. Als sie das Ende des Flures erreicht hatten, blieb Ruben vor der Tür des Zimmers stehen, dessen Möbel auf den Balkon geräumt worden waren.

»Ich glaube, hier wäre ein gutes Versteck für dich«, flüsterte er. »Wenn er mich verfolgt, kannst du ihn von hier aus überrumpeln.«

Jack spähte in das Zimmer. »Und falls etwas schiefgeht? Kann ich dich denn hören?«

Ruben deutete zu den Türen direkt neben der Treppe. »Das sind die Türen zum Balkon, von denen ich erzählt habe. Die von innen mit Brettern vernagelt sind. Wenn ich um Hilfe rufe, dann hörst du mich auf jeden Fall.«

»Perfekt. Aber ruf nicht wirklich ›Hilfe‹, okay? Wir müssen ihn ja nicht unbedingt wissen lassen, dass ich auch noch da bin.«

»Stimmt. Dann schreie ich einfach wie ein Wahnsinniger.«

»Gute Idee«, erwiderte Jack mit einem Zwinkern und betrat das leere Zimmer. »Also hänge ich hier ein bisschen ab, bis der große Moment gekommen ist. Wirklich schade, dass es nicht noch ein bisschen langweiliger ist.« Sein Blick wanderte über die Gemälde an den Wänden. Plötzlich neigte er den Kopf zur Seite und kniff die Augen zusammen. Eines der Bilder hatte seine Aufmerksamkeit erregt.

Ruben beobachtete ihn verwirrt. Es gab unzählige Gemälde in der Villa, alle verstaubt und mit Spinnweben übersät. Er hatte den Bildern keine große Beachtung geschenkt. Aber Jack war total fasziniert von einem kleinen Ölgemälde, das einen Ritter auf einem Pferd zeigte, der mit einem Drachen kämpfte. Die Schuppen des Drachen leuchteten trotz des Staubs in einem kräftigen Blaugrün.

»Sieh mal einer an«, murmelte Jack. »*Der heilige Georg und der Drache* von Santo Varges. Vor vielen Jahren gestohlen und nie wieder aufgetaucht. Offenbar ist unser Mr Faug ein Sammler.«

Ruben trat näher, um sich das Bild genauer anzusehen. »Woher weißt du das?«

»Ich hab mal ein Referat über ungelöste Kriminalfälle gehalten«, erwiderte Jack. »Als ich ungefähr in deinem Alter war. Es überrascht dich wahrscheinlich nicht, dass ich schon immer fasziniert war von allem Unseriösen und Unehrlichen.«

Ruben lächelte. Richtig – es überraschte ihn nicht.

Jack hatte die Hände in die Hüften gestemmt, betrachtete das Gemälde und schüttelte langsam den Kopf. »Das Bild war eines von mehreren, die in New Umbra gestohlen wurden. Alles Meisterwerke, die aus Museen und Privatsammlungen verschwanden.« Er riss sich vom Anblick des Gemäldes los und musterte die anderen Bilder. »Ich wette, dass sie sich alle in der Villa befinden.«

»Warum sollte er sie stehlen?«, fragte Ruben. »Offensichtlich bedeuten sie ihm ja nicht sonderlich viel. Sie sind alle in den leeren Zimmern deponiert und total verstaubt.«

»Vielleicht wollte er nur mal ausprobieren, ob er es kann.«

Rubens Gedanken wanderten zurück zu dem Morgen in der schmalen Gasse, als er die Hände und Füße gegen die Mauern gestemmt und nach oben geklettert war. Nur um auszuprobieren, ob er es konnte. »Vielleicht«, räumte er ein.

Sie machten sich auf den Weg ins Erdgeschoss. Es war noch genug Zeit. Nicht einmal zwanzig Minuten waren vergangen, seit der Schatten die Villa verlassen hatte. Ruben wollte Jack die Falltüren zeigen, dann würden sie noch einmal zur Toilette gehen (sicher ist sicher, schließlich hatten sie eine lange Wartezeit vor sich), und Jack musste wissen, wie er zum Ballsaal gelangen konnte.

»Im besten Fall wacht er gar nicht auf«, flüsterte Ruben noch auf der Treppe. »Im zweitbesten Fall habe ich ordentlich Vorsprung und er nimmt an, dass ich zur Eingangstür renne.«

»Genau. Woraufhin er in die falsche Richtung abdampft. Dann sind wir längst über alle Berge, bevor er seinen Fehler bemerkt.«

Sie erreichten das Ende der Treppe und wandten sich nach rechts. »Oh, wirklich hübsch, diese künstlichen Kerzen.«

»Im schlimmsten Fall«, fuhr Ruben fort, »also wenn du mich schreien hörst, dann ist das der Weg, auf dem du zu mir kommst. Diese Türen da führen in den Ballsaal.« Sie näherten sich der Abzweigung zu dem Flur, in dem die verstreuten Möbel standen und der rote Läufer auf dem Boden lag. Ruben deutete darauf. »Das ist der Teppich, den ich erwähnt habe, also sei vorsichtig. Ich weiß nicht genau, wo die Falltür ist, aber –«

Er beendete den Satz nicht, denn in diesem Moment bemerkten sie die Gestalt, die wie ein Wasserspeier auf dem Hocker kauerte und sie anblickte.

# DAS ZITTERNDE SEIL

Er nahm den Strahlenkranz aus roten Haaren zu langsam wahr, das eindringlich geflüsterte »Hey, ich bin's!« kam zu spät. Ruben sprang entsetzt zurück, traf Jack dabei mit einem Ellbogen in die Magengrube und machte sich unsichtbar. Erst dann dämmerte ihm, wen er eigentlich gesehen hatte.

»Verdammt noch mal!«, stöhnte Jack.

Als Ruben wieder sichtbar wurde, sah er, wie Jack vor Schmerzen zusammengekrümmt seine Schwester anstarrte.

»Tut mir leid!«, flüsterten Penny und Ruben gleichzeitig.

»Was ... machst du hier ... Penny?«, fragte Jack gepresst und richtete sich langsam auf. Seine Augen blitzten zornig.

»Es tut mir leid, aber mir ist etwas Wichtiges eingefallen!«, erwiderte Penny. Sie saß immer noch auf dem Hocker, zusammengekauert wie ein Frosch auf einem Seerosenblatt. »Was ist, wenn die Klingel nicht funktioniert?«

Ruben sah Jack an, der das Gesicht verzog, ob vor Schmerzen oder vor Wut, war schwer zu sagen. »Sie hat recht, Jack. Wir sollten es ausprobieren.«

Jack brummelte etwas vor sich hin. Dann rieb er sich über den Kopf. »Da hätten wir mal früher draufkommen sollen. Warum hast du es nicht einfach ausprobiert, Rotschopf?«

»Und bei euch falschen Alarm auslösen? Ich wollte euch nicht erschrecken!«

»Großartig«, erwiderte Jack trocken. »Und darf ich fragen, wie du überhaupt hier reingekommen bist?«

»Durch die Lücke in der Mauer, genau wie ihr«, sagte Penny. »Dann bin ich nach vorne zur Haustür gegangen. Keine Sorge, ich bin hinter den Büschen geblieben. Es war niemand da, also bin ich die Eingangsstufen hochgelaufen und hab die Tür ausprobiert.«

»Und sie war nicht abgeschlossen?«

Sie schüttelte den Kopf. »Ich hab gedacht, ich versuch es einfach mal. In Rubens Erzählung klang es so, als sei es dem Schatten egal, ob sich jemand reinschleicht. Umso größer ist die Chance, dass der Eindringling in eine seiner Fallen tappt, oder?«

»Wow«, sagte Ruben. »Auf die Idee bin ich gar nicht gekommen.«

»Du hattest verdammt Glück, dass du nicht selbst in eine der Fallen getappt bist«, brummte Jack.

»Nicht wirklich«, entgegnete Penny verhalten. »Ruben hat uns doch erzählt, wie er in den Ballsaal gekommen ist, also musste ich mich bloß daran halten.« Ein verlegener Ausdruck erschien auf ihrem Gesicht. »Aber du hast diesen letzten Teil nicht beschrieben, Ruben. Deswegen bin ich immer noch auf dem Hocker. Muss ich an irgendeine bestimmte Stelle springen?«

»Geh einfach dort runter und bleib nah an der Wand«, sagte Ruben. »So hab ich es gemacht.«

Penny tat wie geheißen und ging dann zu Jack, der immer noch wütend dreinblickte. Sie zupfte an seinem Ärmel und sah zu ihm auf. »Es tut mir wirklich leid. Ich wusste einfach nicht, was ich tun sollte. Und es erschien mir sicher. Sie sind noch nicht einmal eine halbe Stunde weg.«

Jacks Miene entspannte sich. »Ich weiß. Ich mache dir keinen Vorwurf, okay? Ich mache mir einen Vorwurf, dass ich nicht früher daran gedacht habe. Wir hätten uns etwas anderes überlegen können.« Er strich ihr über die roten Locken. »Schwamm drüber. Probieren wir die Klingel aus, und dann sehen wir zu, dass wir dich hier schnell wieder rauskriegen.« Mit einem Blick zu Ruben fügte er hinzu: »Die Eingangstür wäre etwas einfacher gewesen, oder?«

Penny, dankbar und erleichtert, deutete auf die großen Flügeltüren. »Dahinter ist der Ballsaal, richtig, Ruben? Du solltest dort drin sein, wenn wir die Klingel testen. Damit wir sicher sind, dass du sie auch hörst.«

Ruben nickte. »Wollt ihr mal schnell gucken?« Er öffnete eine der Türen, ging einen Schritt zurück und beobachtete ihre Reaktionen. Penny und Jack betraten den Ballsaal und sahen sich mit offenem Mund um.

»Es sieht genauso aus, wie ich es mir vorgestellt habe«, sagte Penny zu Ruben. »Nur noch viel sonderbarer. Du hast die Decke gar nicht erwähnt. Sieht aus, als würde der Himmel in Stücke zerfallen.«

Sie gingen staunend an der Feuerwehrstange und dem Kissenberg vorbei. An der Wand kniete Jack sich hin, um sich den beschädigten Boden anzusehen. »Hier wird also die Leiter liegen?«, fragte er. »Okay, gut, wenn irgendetwas schiefgeht auf dem Balkon, dann habe ich eine Möglichkeit, zu dir raufzukommen. Sorg einfach dafür, dass du ordentlich schreist und trittst und beißt und so weiter. Um ihn abzulenken.«

»Ich bin mir ziemlich sicher, dass mir das nicht schwerfallen wird«, erwiderte Ruben und schauderte. »Aber ich habe eigentlich vor, mich nicht erwischen zu lassen. Ich hoffe, du bist nicht enttäuscht.«

»Nur ein kleines bisschen«, erwiderte Jack.

Penny inspizierte in der Zwischenzeit die Strickleiter. »Wirklich beeindruckend, dass du das alles durchschaut hast, Ruben. Und da kletterst du hoch?«, fragte sie und deutete auf den Pfeiler. »Das sieht ziemlich schwierig aus.«

»Der Junge muss irgendein Affen-Gen in sich haben«, sagte Jack zerstreut. Er betrachtete die hohen Fenster an der gegenüberliegenden Wand. So schmutzig, wie sie waren, und mit dem wolkenverhangenen Himmel dahinter, ließen sie nur düsteres gräuliches Dämmerlicht hindurch. Er ging auf sie zu. »Man sollte meinen, dass sich unter den Fenstern ebenfalls Falltüren befinden. Sicher, sie sind ziemlich weit oben, aber mit einem langen Seil könnte man leicht runterklettern.«

»Vielleicht sind wirklich welche dort!«, warnte Ruben. »Ich habe nicht alles überprüft.«

Jack hielt mitten im Schritt inne. Dann senkte er den Fuß und blickte zurück, um zu sehen, wohin Ruben deutete. »Gut zu wissen.« Er wandte sich in Richtung des Flügels. Er war derart dick mit grauem Staub überzogen, dass er kaum noch wie ein tatsächlicher Flügel aussah, sondern eher wie eine Staubskulptur. »Das ist ebenfalls sonderbar, oder nicht? Alles an dem Flügel schreit nach einer Falle. Andererseits, wer würde sich schon daran setzen und erst mal darauf herumklimpern?«

»Vielleicht hat er irgendetwas darin versteckt«, sagte Ruben.

»Oder es ist tatsächlich eine Falle«, warnte Penny. »Geh nicht näher ran, Jack.«

»Vielleicht steht er auch nur dort, um uns in den Wahnsinn zu treiben«, warf Jack ein und musterte das Instrument misstrauisch. Dann sah er zurück zu Penny und Ruben. »Keine Sorge, ich halte genug Abstand. Ich will nur sehen –«

Er ging einen Schritt vorwärts, aber es war ein Schritt zu viel. Mit einem Geräusch, als würde die Schublade einer Registrierkasse aufspringen, klappte der Boden unter seinen Füßen weg.

»Das darf doch nicht *wahr sein!*« Jacks Schrei verhallte dumpf und dröhnend, während er den Schacht hinabschoss.

Penny schrie auf. Ruben schnappte nach Luft. Beide rannten zu der Stelle, wo der Boden Jack verschluckt hatte. Sie sanken auf die Knie und starrten hinab in die Dunkelheit. Penny rief so laut Jacks Namen, dass Ruben befürchtete, man könne sie draußen vor der Villa hören. Sein einziger Gedanke war: *Mist, Mist, Mist.*

Penny rief erneut Jacks Namen und dieses Mal kam eine Antwort. Seine Stimme hallte durch den Schacht zu ihnen hinauf, metallisch und verzerrt. Er schien zu sagen, dass alles in Ordnung sei, aber sie waren nicht sicher.

»Es gibt ein Netz, weißt du noch?«, sagte Ruben und legte eine Hand auf Pennys Schulter. »Ihm ist nichts passiert. Wir müssen ihn nur irgendwie rauskriegen.« Er wischte sich mit dem Ärmel über die Stirn. Mit einem Mal war ihm furchtbar heiß.

»Das Seil!«, rief Penny. »Das oben am Fenster hängt! Ist es lang genug?« Sie sah ihn flehentlich an, als könne er es durch schiere Willenskraft in die Länge ziehen.

»Keine Ahnung«, erwiderte Ruben und sprang auf die Füße, »aber wir probieren es aus. Bleib hier!«

Er rannte aus dem Ballsaal. Wie hatte das bloß passieren können? Die Position der Falltür schien vollkommen willkürlich zu sein. Sie war in der Nähe der Fenster, aber nicht direkt darunter, in der Nähe des Flügels, aber in keiner direkten Verbindung dazu – oder zumindest erschien es nicht so. Vielleicht, dachte Ruben, während er die Treppe hinaufschoss, hatte die Anordnung etwas mit den Stützbalken in der Bodenkonstruktion zu tun oder so. Auf jeden Fall war es ein ziemliches Pech.

Er rannte nach oben in das letzte Zimmer, klappte den Bettvolant hoch und fummelte an dem Knoten des Seils herum, der sich unglaublich fest zugezogen hatte. Ganz zittrig vor Angst zerrte er mit den Zähnen daran. Er musste sich unbedingt beruhigen. Sie hatten Zeit, ermahnte er sich, und das Seil war bestimmt lang genug. Alles würde gut werden.

Endlich löste sich der Knoten. Dann packte Ruben die schwere Seilrolle auf die Schulter und rannte wieder nach unten.

Penny hatte die Hände in den Haaren vergraben. »Beeil dich!«, zischte sie, als sie Ruben kommen sah.

»Mach ich doch!«

»Du kannst das Seil am Flügel festbinden! Es ist sicher – ich hab's schon überprüft!«

Ruben schnaufte an ihr vorbei und ging am nächstgelegenen Bein des Flügels auf die Knie. Er band das Seil fest, schnappte sich die Rolle, zog sie zurück zum Loch und warf sie hinein. Das Seil schlitterte in den dunklen Schacht. Schließlich hing es reglos herab. Erneut hörten sie Jacks Stimme.

»Was sagt er?«

»Keine Ahnung.«

Sie beobachteten das Seil, um jedwede verräterische Bewegung zu erkennen, irgendein Zucken oder Zittern, das zeigen würde, dass Jack das andere Ende zu fassen bekommen hatte. Doch es geschah nichts. Dann schrie Jack wieder irgendetwas. Penny und Ruben sahen sich an und schüttelten den Kopf. Keiner konnte verstehen, was er sagte.

Penny wollte gerade selbst etwas den Schacht hinunterbrüllen, als Ruben sie anstieß und einen Finger auf die Lippen legte. Dann zog er die Uhr hervor, verschwand in die Dunkelheit und lauschte. Aus Gewohnheit schaltete sein Verstand in einen anderen Modus, in dem das Akustische zu seinem wichtigsten Sinn wurde. Er hörte Penny atmen, hörte das leise Rascheln ihrer Kleidung und ein entferntes Murmeln und Rauschen, das aus dem Schacht zu ihnen heraufdrang. Wieder rief Jack etwas. Und dieses Mal verstand Ruben ihn.

»Das Seil hat sich verheddert«, sagte er, nachdem er wieder sichtbar geworden war. »Er kann es im Schacht sehen, aber er kommt nicht ran.«

Penny starrte ihn fassungslos an. »Das hast du verstanden? Bist du sicher?«

»Absolut.« Er deutete auf die Uhr. »Wenn die Lichter aus sind, kann ich so ziemlich alles hören.«

»Okay, dann entwirren wir es!« Penny griff nach dem Seil und versuchte, es wieder heraufzuziehen. »Es steckt fest!«

Sie versuchte, das Seil von einer Seite zur anderen zu zerren, jedoch ohne Erfolg. Ruben vermutete, dass es im Schacht festklemmte. »Wie wenn sich das Kabel des Staubsaugers verhakt«, sagte er.

»Ich glaube, du hast recht«, sagte Penny, und nach einem winzigen Zögern fügte sie hinzu: »Ich muss da runter.« Sie schwang ihre Beine in das Loch.

Ruben fuhr auf. »Warte, was?«

Penny hangelte sich bereits in das Loch hinab. »Wenn ich es entwirre, kommt er vielleicht dran.«

Ruben wollte protestieren, wusste aber gar nicht, warum. Im Grunde war es ein guter Plan. Er hatte einfach nur Angst um Penny. Er ließ sich auf die Knie fallen und sah zu, wie sie in die Tiefe kletterte.

Den ersten Meter verlief der Schacht senkrecht nach unten und Penny hatte Mühe, sich auf kontrollierte Weise hinunterzulassen. Ruben nahm an, dass ihr das Seil genau wie ihm in die Hände schnitt. Doch dann machte der Schacht eine scharfe Kurve, und während Penny langsam außer Sicht kletterte, rief sie zu ihm hoch: »Es wird einfacher. Hier unten ist es weniger steil.« Dann war sie verschwunden. Ruben starrte hilflos in die Dunkelheit und konnte nur noch den wie aus einem Trichter heraufdringenden Geräuschen ihres Abstiegs und ihrem angestrengten Atmen lauschen.

Während sie hinabstieg, zitterte und ruckte das Seil hin und her.

»Sei vorsichtig«, rief Ruben ihr leise und etwas verspätet nach. Er bezweifelte, dass sie ihn noch hörte. Er blieb auf den Knien und starrte in das finstere Loch hinab. Angespannt ließ er seinen Blick einmal durch den Ballsaal schweifen und starrte wieder in die Tiefe.

Plötzlich verkrampfte sich sein Magen so schmerzhaft, als würde er zusammengequetscht wie eine Blechdose. Denn genau in dem Moment, als er wieder in das Loch hinabschaute, wurde ihm bewusst, dass er gerade jemanden gesehen hatte.

Das Nachbild der Gestalt hatte sich in sein Gehirn gebrannt.

Ruben hob den Blick.

In der Tür, mit einem Ausdruck raubtierhaften Vergnügens im Gesicht, stand der Schatten.

»Ich gebe es zu«, sagte der Schatten und schloss die Tür hinter sich. »Ich wünschte, du hättest mich noch nicht gesehen.« Er schnippte mit den Fingern. »So kurz nur. Was eine Sekunde doch für einen Unterschied macht.« Er griff in seine Hosentasche und zog einen Ring mit verschiedenen Schlüsseln hervor. Sie waren mit Gummibändern zusammengebunden, damit sie nicht klirrten. »Hättest du nicht genau in dem Moment aufgeschaut, hättest du mich überhaupt nicht gesehen. Du weißt, was ich meine, nicht wahr?« Er zuckte mit den Schultern, wandte sich zur Tür und verschloss sie mit einem der Schlüssel.

»Normalerweise lasse ich die Tür unverschlossen«, sagte er und sah über die Schulter zu Ruben, »um den Eindruck von Nachlässigkeit zu erzeugen. Unter den gegebenen Umständen jedoch …« Lächelnd drehte sich der Schatten zu ihm um.

Ruben hatte sich nicht bewegt. Seine Hand steckte in der Tasche, die Finger umklammerten den Schlüssel der Uhr. Seine Haut brannte. Sein Mund fühlte sich an wie Watte.

Wie beiläufig warf der Schatten den Schlüsselbund vor sich auf den Boden. Dann steckte auch er die Hand in die Tasche seines Jacketts. »Jetzt bringt es mir nichts mehr zu verschwinden, oder? Du weißt, wie es funktioniert, und wirst davonschleichen, damit ich dich nicht so leicht finde. Das wäre also reine Zeitverschwendung. Besser, wir regeln das Ganze einvernehmlich.« Seine Augen glitten zu dem hin und her ruckenden Seil. Er lächelte. »Wie ich sehe, hat dein vorlauter Freund einen weiteren Fehltritt gemacht. Den letzten in einer langen Reihe.«

Ruben zwang sich, nicht zu dem Schlüsselbund auf dem Boden zu sehen. Warum hatte der Schatten ihn einfach dort fallen gelassen? Dann verstand er. Als Köder. Selbst wenn Ruben die Schlüssel in die Finger bekäme, würde er niemals genug Zeit haben, die Tür aufzuschließen.

Der Schatten machte einen gemächlichen Schritt auf ihn zu, blieb stehen und neigte den Kopf zur Seite. »Warum siehst du so überrascht aus? Hmm?« Dann neigte er den Kopf zur anderen Seite, wie ein Hahn, der ein Insekt beäugt.

»Sie …« Ruben hatte gesprochen, ohne es wirklich zu wollen. Er schwieg wieder. Was sollte er auch sagen? *Warum sind Sie hier? Woher wussten Sie es? Was werden Sie mit uns machen?* Es war sinnlos, irgendeine Frage zu stellen.

Der Schatten schüttelte den Kopf und seufzte. »Hast du wirklich geglaubt, dass ich es nicht bemerke, wenn jemand in meinem Haus herumschnüffelt?«, fragte er und machte einen weiteren Schritt auf ihn zu. »Als ob deine Fußspuren im Staub auf der Kellertreppe nicht ausgereicht hätten, als ob die leicht veränderte Anordnung meiner Kissen nicht ganz deutlich auf deinen Besuch hingewiesen hätte, als ob ich nicht den hauchfeinen Unterschied bemerkt hätte, wie mein Bademantel an der Leiter hing. Zu allem Überfluss hast du« – hier lachte der Schatten kurz und rau auf – »ein *Seil* aus einem Fenster hängen lassen!« Er schüttelte den Kopf, als habe er Mitleid mit Ruben, und machte einen weiteren Schritt auf ihn zu.

Ihre Blicke trafen sich. Ruben wagte es nicht wegzusehen.

»Hast du – was? Gehofft, dich unter meinem Bett zu verstecken und darauf zu warten, dass ich einschlafe? Oh! Deinem Gesicht nach zu urteilen, habe ich wohl ins Schwarze getroffen. Na, na. Kein Grund, sich zu grämen. Für ein Kind hast du dich ganz beachtlich geschlagen.« Der Schatten arbeitete sich Schritt für Schritt auf ihn zu, ganz langsam und beiläufig, als wolle er den Abstand nur verringern, um sich besser unterhalten zu können. Sie waren noch etwa zwanzig Schritte voneinander entfernt. »Ich nehme an, dass du das Geheimnis der Leitern herausgefunden hast, auch wenn ich mir immer große Mühe gebe, den Boden hier drin sauber zu fegen. Im Gegensatz zu dir passe ich auf, dass ich keine Spuren hinterlasse.«

»So wie das abgewetzte Holz auf dem Tisch im Flur?«, platzte

Ruben heraus, auch wenn er sich gar nicht so trotzig fühlte, wie er klang. Er wollte etwas sagen, um sich weniger hilflos zu fühlen. »Oder der Fleck an der Wand, wo der Lichtschalter gewesen ist? Oder der zerschrammte Fußboden dort drüben? Sind das etwa keine Spuren?«

Der Schatten war stehen geblieben. Seine Augen verengten sich zu schmalen Schlitzen. Eine Weile lang sagte er nichts. Doch dann entspannte sich sein Gesicht und er trat einen Schritt vor. Je näher er Ruben kam, desto mehr schien er in sich zusammenzusacken. Versuchte er, weniger bedrohlich zu wirken?

»Du hast natürlich recht«, sagte er ruhig. Er ließ sich zu einem Schulterzucken herab. »Was soll ich sagen? Bin ich unfehlbar? Nein. Und doch stehe ich hier in meinem eigenen Haus, vor dem eine Gruppe von Männern postiert ist, die meine Befehle befolgen. Ich habe die Stadt unter meiner Kontrolle. Du hingegen bist ein namenloser Junge, der sich verzweifelt wünscht, irgendwo anders zu sein. Erkennst du den Unterschied? Du bist ein Kind und du bist ein Amateur. Die Uhr ist etwas Neues für dich, ein Spielzeug, das dich für kurze Zeit zu mehr gemacht hat, als du in Wahrheit bist. Für mich hingegen ist die Uhr mein ganzes *Leben.*«

Zunächst registrierte Ruben kaum, was der Schatten gesagt hatte. Er versuchte zu entscheiden, wohin er rennen sollte. Er entschied sich für den Flügel. Sobald seine Beine ihm wieder gehorchten. Was er danach machen würde, wusste er noch nicht. Selbst wenn es Penny gelang, das Seil zu entwirren, würde Jack noch eine Weile brauchen, bis er heraufgeklettert war.

Der Schatten war bis auf ein Dutzend Schritte herangekommen, und auf einmal bemerkte Ruben, wie ein leicht enttäuschter Ausdruck über das Gesicht des Mannes huschte. Vielleicht hatte er erwartet, dass Ruben einfach sagen würde: *Sie haben recht, Sie sind besser als ich, ich gebe auf.* Stattdessen warfen die Worte des Mannes eine andere Frage in Ruben auf, eine weitere Möglichkeit, Zeit zu gewinnen. »Warum eine Villa?«

Der Schatten machte noch einen Schritt, dann hielt er inne und runzelte die Stirn. »Wie bitte?«

Rubens Mund war so trocken, dass es ihm schwerfiel zu sprechen. Doch er zwang die Worte hinaus und krächzte dabei fast genauso, wie es der Schatten in seiner Rolle als Botschafter getan hatte. »Warum leben Sie in dieser riesigen Villa und warum ist es Ihnen so wichtig, die Stadt unter Ihrer Kontrolle zu haben, wenn die Uhr Ihr Leben ist? Wenn die Uhr Ihnen alles bedeutet?«

Der Schatten sah Ruben an, als hätte er ihn gerade gefragt, wo sich der Himmel befände. »Aber das ist doch dasselbe! Begreifst du das nicht? Ich habe immer gewusst, dass sich die andere Uhr in New Umbra befindet. Was für einen besseren Weg gäbe es, als meine Arme um die Stadt zu schlingen und mit meinen Augen in jeden Winkel zu spähen?« Er deutete auf den Ballsaal. »Und falls mir mein Feind auf die Spur kommt, was für einen besseren Ort gäbe es als diesen?«

»Sie haben nicht damit gerechnet, dass Ihr Feind ein Kind sein würde.«

»Das stimmt. Vielleicht habe ich mich etwas zu gut vorbereitet.« Der Schatten warf Ruben ein dünnes Lächeln zu. »Zurück zum Geschäft. Wir müssen das gar nicht kompliziert machen. Wenn du mir die Uhr aushändigst, dann lasse ich dich gehen, ganz einfach. Oh, natürlich erwarte ich, dass das hier unter uns bleibt. Was nicht ganz unvernünftig wäre, denke ich. Es wird dir sowieso niemand glauben.«

»Ich glaube *Ihnen* nicht«, krächzte Ruben.

»Das solltest du aber«, erwiderte der Schatten monoton. »Es

ist deine einzige Chance, heil hier rauszukommen. Denn eines kannst du mir ebenfalls glauben: Falls du Schwierigkeiten machst, werde ich dich bestrafen. In New Umbra gibt es Einrichtungen für schwer erziehbare Kinder, die Verbrechen begangen haben. Geschlossene Anstalten.« Während er Ruben anstarrte, begann er drohend zu gestikulieren. Wut mischte sich in seine Stimme. »Hast du Familie? Würdest du sie gern wiedersehen? Ist dir bewusst, dass ich dafür sorgen kann, dass das *nicht* passiert? Und was ist mit deinem Freund im Keller, der sich gerade an das Seil klammert? Würde es ihm gefallen, den Rest seines Lebens hinter Gittern zu verbringen?«

Die letzten Worte spie der Schatten mit solcher Boshaftigkeit aus, dass der Moment gekommen war. Es gab kein Zurück mehr. »Das tun Sie doch so oder so«, sagte er herausfordernd. »Warum sollte ich es Ihnen also leicht machen?«

Der Schatten bebte, das Gesicht dunkel vor Wut. »Wenn du es nicht machst«, zischte er, »tut es mehr weh!«

Und dann verschwand er.

## DAS LETZTE GEHEIMNIS

Ruben rannte um sein Leben. Er steuerte auf den Flügel zu und war sich dabei der Geräusche seiner Turnschuhe auf dem Boden des Ballsaals bewusst. Als er sich umblickte, sah er, wie die Gestalt des Schattens erst in der Nähe des Lochs aufflackerte, dann erneut ein paar Schritte näher, geduckt rennend, die Augen auf Ruben fixiert. Gegen seinen Willen schrie Ruben auf. Es war ein grauenvoller Anblick.

Er handelte beinahe ohne nachzudenken. Er schoss um den Flügel herum, machte sich unsichtbar, riss sich einen Schuh vom Fuß und warf ihn in einem hohen Bogen in die Ecke. Dann zog er auch den anderen Schuh aus und trug ihn mit sich, während er lautlos in Richtung Balkon tappte. Der erste Schuh war mit einem leisen, aber gut hörbaren Poltern auf dem Boden gelandet, und nun hörte er aus der Ecke ein wütendes Zischen, gefolgt von der verärgerten Stimme des Schattens: »Du hältst dich wohl für besonders schlau! Wie viele Schuhe hast du noch?«

Ruben klemmte sich den verbliebenen Schuh unter den Arm und wedelte mit der freien Hand vor sich herum. Er hoffte, einen der Stützpfeiler des Balkons zu finden und sich dahinter zu verstecken. Vielleicht konnte er hervorspähen und den Schatten entdecken, bevor er ihn entdeckte. Bisher bestand sein Plan darin, den Mann so lange und weit wie möglich auf Abstand zu halten. Er musste dem Pfeiler schon ganz nah sein. Langsam tastete er sich vorwärts.

Nach einem weiteren Schritt spürte er, wie die Seite seiner Hand nicht den harten Stein des Pfeilers berührte, sondern die kratzigen Fasern eines Seils. Er zuckte zurück, als hätte er sich verbrannt. Aber es war zu spät. Die kurze Berührung hatte eine ähnliche Wirkung wie das Ziehen am Strang eines gigantischen Spinnennetzes. Falls der Schatten den Ballsaal absuchte, musste er das leichte Hin- und Herschwanken der Strickleiter bemerkt haben. Ruben drehte sich um und floh.

Tatsächlich hörte er nur wenig später einen frustrierten Aufschrei von unterhalb des Balkons. Lautlos rutschend kam er zum Stehen. Er befand sich jetzt irgendwo in der Mitte des Ballsaals und überlegte, ob er sein Glück mit den Schlüsseln versuchen sollte. Doch das war genau das, was der Schatten wollte. Er dachte an die Bar in der Ecke. Er könnte sich dahinter verstecken, aber was dann?

»Ich weiß, dass du in der Nähe bist«, murmelte der Schatten nur wenige Schritte entfernt. Ruben hatte Gänsehaut auf den Armen. Wie durch ein Wunder gelang es ihm, nicht nach Luft zu schnappen. »Ich kann dich spüren. Vielleicht solltest du besser weglaufen, damit ich hören kann, wie deine Kleider rascheln. Was denkst du? Ist dir eigentlich bewusst, dass ich dich sehen kann, sobald ich nah genug –«

Ruben warf den Schuh in die Richtung aus der die Stimme des Schattens kam. Er hörte, wie er gegen das Gesicht des Mannes prallte, hörte, wie der Schatten vor Überraschung und Schmerz aufschrie und dann vor Wut brüllte. Wahrscheinlich war er nach vorn gesprungen, um seinen Angreifer zu stellen, doch Ruben war bereits mit schlurfenden Riesenschritten zurückgewichen. Er bewegte sich so lange, bis er spürte, dass er in der Nähe des Lochs im Boden war. Er hörte das leise Kratzen des Seils, während es vor- und zurückpendelte, hörte die Geräusche – die viel zu weit entfernten Geräusche – von jemandem, der sich unten im Schacht damit abmühte. Er wich ein paar Schritte zurück und lauschte reglos.

Doch er hörte nichts außer dem immer gleichen, leisen Kratzen des Seils. Am liebsten hätte er sich sichtbar gemacht, um sich umzusehen. Er lauschte und lauschte. Machte der Schatten gerade das Gleiche? Ruben überlegte, wessen Ohren wohl besser waren. Ein Moment nach dem anderen verstrich.

Plötzlich erklang ein leises Klappern zu seiner Linken, und Ruben, die Nerven zum Zerreißen gespannt, wich instinktiv zurück. Noch in der Bewegung wurde ihm bewusst, welches Geräusch er gehört, welch schrecklichen Fehler er gemacht hatte: sein eigener Schuh.

Sein eigener Trick.

»Du kannst genauso gut dort stehen bleiben«, sagte der Schatten. Seine Stimme war kaum noch einen Meter entfernt. Obwohl Ruben zurückwich, behielten sie exakt den gleichen Abstand bei. »Ich hab dich. Ich kann dich sehen.«

Ruben erstarrte. Galle stieg in ihm auf, so bitter und grausam wie die Wahrheit. Denn er begriff, dass der Schatten ihn tatsächlich sehen konnte. Der Mann war so nah an ihn herangekommen, dass er den blassen Schimmer in der Luft wahrnehmen konnte, den Rubens unsichtbare Gestalt zeichnete, oder eine leichte Verzerrung im Boden unter seinen Füßen, oder vielleicht auch beides. Niemand sonst hätte es je bemerkt – niemand außer dem Schatten, der genau danach Ausschau gehalten hatte. Jetzt war es egal, was er tat oder wohin er ging – der Schatten würde ihm folgen.

»Ich kann tatsächlich das Rascheln deiner Kleidung hören, weißt du«, sagte der Schatten. Sein Ärger schien verraucht und von Triumph ersetzt. »Sobald ich nah genug bin. Du musst dich nur ein bisschen bewegen. Dein Schuh war in dieser Hinsicht sehr hilfreich, vielen Dank.« Er wartete auf eine Antwort. Als Ruben keine gab, seufzte der Schatten und sagte: »Ich habe dir verschiedene Möglichkeiten angeboten. Und du hast immer noch die Wahl. Ich möchte, dass du mich ansiehst, damit du verstehst.«

Den Schatten so nahe vor sich zu sehen, war das Letzte, was Ruben wollte. Viel lieber wollte er glauben, dass das alles nur ein Traum war. Doch seine Finger schienen ein Eigenleben zu führen, drückten den Schlüssel in die Uhr und brachten ihn zurück in die sichtbare Welt. In die reale Welt; daran war nichts zu leugnen.

»Ah, da sind wir ja«, sagte der Schatten. Halb gebückt sah er Ruben an. Die rechte Hand hatte er fachmännisch um die Uhr geschlossen und in die Hüfte gestemmt. Die linke Hand hatte er zur Seite gestreckt, wie um das Gleichgewicht zu wahren. Doch plötzlich ließ er mit einer ruckartigen Bewegung, wie um etwas von sich zu schleudern, den schwarzen Schlagstock aus seinem Ärmel schnellen. Es sah aus, als schnappte er nach einer unsichtbaren Schlange, die durch seine Berührung plötzlich sichtbar wurde und deren Hals nun schwarz und glänzend zwischen seinen Fingern hervorschaute.

Ruben zuckte zusammen, dann blieb er wieder reglos stehen. Aus irgendeinem Grund hatte der Schatten ihn noch nicht angegriffen, auch wenn es für Ruben keinen Ausweg mehr gab. Warum? Die Frage schien von entscheidender Bedeutung. Ruben starrte auf den Schlagstock, den der Schatten nun wie eine Verlängerung seines Armes auf ihn gerichtet hatte, und suchte verzweifelt nach einer Antwort.

»Denk nach«, sagte der Schatten. Er hob den Schlagstock und tippte damit gegen seinen eigenen Kopf. »Du hast Grips, also benutz ihn auch. Du weißt, dass du mir nicht mehr entkommen kannst. Gibst du mir die Uhr, ersparst du dir eine Menge Schmerzen. So einfach ist das.«

Ruben schaffte es nur mit einiger Mühe zu sprechen. »Was passiert dann? Nachdem ich Ihnen die Uhr gegeben habe?«

»Wir reden wie zwei zivilisierte Menschen über die Zukunft«, erwiderte der Schatten, dessen Augen bei Rubens Worten aufleuchteten. »Aber erst, nachdem du mir die Uhr ausgehändigt hast. Ich werde das als Zeichen deines guten Willens verstehen. Wenn ich sie dir abnehmen muss, dann werden wir *nicht* miteinander reden und ich werde mich auch *nicht* zivilisiert benehmen. Hast du verstanden?«

Plötzlich begriff Ruben – nicht, was der Schatten ihm zu sagen versuchte, sondern was er nicht zu sagen versuchte. Er wagte es nicht, Ruben anzugreifen, solange er im Besitz der Uhr war. Er hatte Angst vor einem Kampf, Angst davor, dass die Uhr Schaden nehmen könnte. Nachdem er sein ganzes Leben lang nach ihr gesucht hatte, wollte er nicht riskieren, sie im Moment des Triumphes gleich wieder zu verlieren.

»Ja«, erwiderte Ruben nach einer langen Pause. »Ich habe verstanden.«

Der Schatten bewegte sich nicht, aber seine Augen schienen zu tanzen. »Also? Wie steht es? Werden wir uns zivilisiert benehmen oder nicht?«

Ruben öffnete zögernd den Mund, als versuche er, die richtigen

Worte zu finden. Was er in Wahrheit finden wollte, war ein Ausweg. Er hatte eine Minute gewonnen, mehr nicht. Er konnte nicht entkommen. Zur Not würde der Schatten ihn überwältigen. Und dann war er nur noch einen Hieb mit dem Schlagstock vom Ende entfernt. Er würde nicht mehr mitbekommen, wie der Mann ihn vorsichtig auf den Boden legte – vorsichtig um der Uhr willen, die er nach all den Jahren endlich sein eigen nannte.

Der Schatten zog ungeduldig eine Augenbraue hoch. »Nun?«

»Ich … ich …« Ruben sah auf die Uhr in seiner Hand. Sie war so wunderschön. Er versuchte, den Eindruck zu vermitteln, dass er sich langsam damit abfand, die Uhr auszuhändigen. Wegrennen war keine Option. Was er noch tun konnte, war Zeit schinden und auf ein Wunder zu hoffen.

»Antworte mir!«, schnauzte der Schatten. »Es ist ganz einfach. *Ja,* du gibst mir die Uhr jetzt, oder *nein,* du ziehst vor, dass ich Gewalt anwende. Antworte mir augenblicklich oder ich gehe von Letzterem aus.«

Ruben blickte in das Gesicht des Schattens, in dem sich Wut und gespannte Erwartung nur mühsam unterdrückt spiegelten. Dann wandte er den Blick wieder ab. Es war ein gefährliches Spiel, das er nicht mehr lange weiterführen konnte. Je länger er den Schatten hinhielt, desto wütender wurde er. An irgendeinem Punkt würde der Mann einfach ausrasten.

»Ich weiß, dass ich sie Ihnen geben sollte«, sagte Ruben. »Es ist nur so schwer, wissen Sie …« Er zuckte hilflos mit den Schultern.

»Natürlich ist es schwer!«, bellte der Schatten so laut, dass Ruben zusammenzuckte. »Aber es ist vorbei! Verstehst du nicht? Vorbei! Gib … mir … die Uhr.«

Der Schatten schwitzte. Er geriet vollkommen in Rage bei dem Gedanken, dass Ruben ihn zu einem Angriff zwingen könnte, und doch schien gerade seine Wut darüber die Attacke unausweichlich zu machen.

»Okay«, sagte Ruben schnell. »Okay, ich geb sie Ihnen. Aber zuerst –«

»Nein!«, schrie der Schatten. Er hob den Schlagstock in Rubens Richtung und unterstrich jedes seiner Worte mit einem wütenden Stoß. »Nein, nein, nein! Kein Hinhalten mehr! Du gibst mir augenblicklich die Uhr oder du bezahlst dafür! Die Diskussion ist beendet!« Sein Gesicht war hochrot angelaufen; weiße Speichelflocken spritzten aus seinem Mund. »Eins!«

Ein Countdown. Es war vorbei. Ruben spürte, wie er innerlich zusammensackte. Er versuchte, sich aufzurichten und herausfordernd zu wirken, aber er wusste, dass ihm die Angst ins Gesicht geschrieben stand.

»Zwei!« Der Schatten schüttelte den Kopf, wütend, ungläubig, dass der Junge ihn dazu zwang, so weit zu gehen.

Ruben wappnete sich. Würde er es wirklich geschehen lassen?

Der Schatten holte noch einmal tief Luft. »Dr –«

»Warten Sie!«, rief Ruben.

»Kein Warten mehr!«, schrie der Schatten. *»Drei!«*

Und dann war Jack da.

Aus den Augenwinkeln nahm Ruben wahr, wie sich der junge Mann aus dem Loch emporstemmte. Er versuchte, wegzusehen, aber es war zu spät – der Schatten hatte bereits gemerkt, was vor sich ging. Er wirbelte herum und griff an. Ruben sah, wie Jack auf die Füße rollte und dann flink außer Reichweite sprang, genau in dem Moment, in dem der Schlagstock des Schattens niederfuhr.

Dann verschwand der Schatten und Ruben floh.

In seiner Panik rannte er los, ohne nachzudenken. Genau wie zuvor lief er zum Flügel. Er wollte sich hinter irgendetwas verstecken. Während er den Flügel umrundete, blickte er zurück in den Ballsaal. Jack stand mit erhobenen Fäusten und einem Ausdruck höchster Konzentration – gepaart mit kaum verhohlener Verwirrung – augenscheinlich allein im Saal. Dann schien er etwas zu spüren und sprang zur Seite, wobei sein Kopf instinktiv nach hinten wich.

Der Schatten, der gerade zum Schlag ausholte, flackerte kurz in Sicht und war sofort wieder verschwunden. Jack duckte sich und bewegte sich schnell von links nach rechts, schlug dann mit einer Faust zu, traf aber nichts. Der Schatten tauchte hinter ihm wieder auf, den Schlagstock bereits in der Abwärtsbewegung. Jack spürte es irgendwie – vielleicht hörte er, wie die Waffe durch die Luft sauste – und drehte sich weg, sodass der Stock seinen Kopf nur um Zentimeter verfehlte. Der Schatten verschwand erneut.

Ruben wischte sich die verschwitzten Handflächen an seinem Pulli ab. Er sah keine Möglichkeit, wie Jack den Kampf gewinnen konnte. Verzweifelt ließ er den Blick durch den Ballsaal schweifen. Er hörte Jacks angestrengtes Keuchen und seine frustrierten Flüche. Der Schatten flackerte immer wieder kurz in Sicht, immer an einer anderen Stelle, immer gefährlich nah mit seinem Schlagstock. *Dein vorlauter Freund hat einen weiteren Fehltritt gemacht.*

Später würde Ruben sich fragen, warum er nicht an die Schlüssel gedacht hatte. Vielleicht, weil er an dem Schatten hätte vorbeirennen müssen und weil sein Verstand diese Möglichkeit aus Angst unterdrückte. Worüber er stattdessen nachdachte, war der Balkon. Er wollte außer Reichweite des Schattens sein. Und so steckte er die Uhr in die Tasche, holte tief Luft und rannte los. Dann waren seine Füße an der Wand, seine Hände am Pfeiler und er kletterte nach oben.

Sein Blick schweifte kurz zu Jack am anderen Ende des Ballsaals. Während Jacks stoppeliger roter Kopf hin und her zuckte und sich sein Körper ruckartig mal in die eine, mal in die andere Richtung bewegte, wich er langsam zur Bar in der Ecke zurück. Als der Schatten plötzlich an Jacks Seite auftauchte, wandte Ruben den Blick ab. Dann hörte er ein Geräusch, das aus der Entfernung wie ein leises Klicken klang, gefolgt von einem schmerzerfüllten und ärgerlichen Aufschrei. Er schaute wieder hin und sah, wie Jack seine linke Hand schüttelte. Entweder hatte der Schlagstock seine Knöchel erwischt oder er hatte mit seiner Hand aus Versehen den Schlagstock getroffen. Seine rechte Faust war noch immer erhoben, er wich weiter zurück und sein Blick huschte hin und her.

Also war es noch nicht vorbei. Und vielleicht hatte Jack in der Enge hinter der Bar sogar noch eine Chance. Vielleicht gelang es ihm, den Schatten in die Finger zu bekommen, der ihn dort nur noch von einer Seite aus angreifen konnte. Ruben spürte einen Funken Hoffnung aufkeimen.

Als er an der Säule angelangt war, bekam er das Geländer zu fassen, zog sich hoch und schwang sich auf den Balkon, noch bevor er groß darüber nachdenken konnte. Es war sogar ziemlich einfach gewesen; das Adrenalin in seinem Blut hatte geholfen. Doch jetzt stand er hier oben mit seinen aufgewühlten Gefühlen und wusste nicht, wohin damit. Was sollte er machen? Ruben umklammerte verzweifelt das Geländer.

Eine unerwartete Bewegung lenkte seine Aufmerksamkeit zu dem Loch im Boden. Ein vertrautes Durcheinander aus roten Haaren hatte sich ins Blickfeld geschoben. Penny! Natürlich, sie hatte Jack vorgelassen, damit er zuerst aus dem Loch klettern konnte – sie hatten den Schatten reden hören und hatten sofort gewusst, dass Ruben Jacks Hilfe brauchte. Jetzt klammerte sie sich ans Seil, ihre Augen nur knapp unterhalb des Bodenniveaus. Ruben rannte zur Ecke des Balkons, wo sie ihn sehen würde.

Ihr Blick wanderte hinauf zu Ruben, der mit den Armen über dem Kopf wedelte, als mache er Hampelmänner. Ruben gestikulierte hektisch Richtung Tür und tat dann so, als benutze er einen Schlüssel, um sie aufzuschließen. Solange der Schatten mit Jack beschäftigt war, konnte Penny mithilfe der Schlüssel entkommen. Und er könnte ihr nachlaufen – er könnte die Feuerwehrstange benutzen und dann so schnell wie möglich zur Tür rennen. Er hatte zwar noch keine Ahnung, was sie danach tun würden, aber Hauptsache, sie wären erst einmal hier raus.

Penny sah ängstlich und verunsichert aus, aber als er die Geste wiederholte und in Richtung der Schlüssel deutete, nickte sie. Sie hatte verstanden. Sie umfasste das Seil weiter oben und mühte sich, aus dem Loch herauszukommen. Ruben hüpfte auf und ab, alles in ihm drängte sie, sich zu beeilen. Sie würde keine bessere Gelegenheit mehr bekommen.

Endlich hatte sie es geschafft. Sie lag flach auf dem Boden, die Augen auf den Kampf in der Ecke gerichtet. Ruben sah, wie sie mit den Zehen ihre Schuhe abstreifte. *Clever,* dachte er. *Und jetzt beeil dich!*

Das tat sie. Geduckt huschte Penny durch den Ballsaal in Richtung des Schlüsselbundes. Ruben sah wieder zur Bar, sah, wie Jack sich unter einem unsichtbaren Schlag wegduckte und dann eine der verstaubten Flaschen vom Regal nahm. Jetzt hatte er auch eine Waffe! Ruben hätte am liebsten gejubelt. Er begriff sofort, dass Jack sich absichtlich in die Ecke manövriert hatte, wo er sich nicht nur eine Flasche nehmen, sondern auch den Angriffsradius des Schattens einengen konnte.

Doch im nächsten Moment ertönte ein verräterisches Klicken im Ballsaal. Der Boden unter Jack öffnete sich, und mit einem verhallenden »Das darf doch nicht wa-!« rutschte er erneut in Richtung Keller und nahm Rubens kurze Hoffnung auf den Sieg mit sich.

Das Regal mit den Flaschen war der Auslöser für eine Falltür gewesen.

Der Schatten war noch nicht wieder sichtbar geworden. Rubens Blick schoss zurück zu Penny, die gerade die Schlüssel hatte aufheben wollen und mitten in der Bewegung erstarrt war. Das Geräusch der Falltür und der Aufschrei ihres Bruders hatten sie für einen Augenblick gelähmt. Doch sie erholte sich schnell, bückte sich, griff zu – sie hatte sie! Und der Schatten war immer noch nirgendwo zu sehen. *Schnell, schnell, schnell!*

Penny richtete sich auf und wollte schon Richtung Tür rennen, als sie plötzlich etwas Seltsames tat. Sie hob den Kopf, als hätte sie plötzlich großes Interesse an der Decke des Ballsaals, und begann, rückwärts zu laufen. »Au!«, rief sie und ließ die Schlüssel fallen. Mit beiden Händen griff sie sich an den Hinterkopf, von dem die Haare auf so bizarre Weise abstanden, als wären sie statisch aufgeladen. »Au, das tut weh!«

Der Schatten erschien wieder. Mit ausgestrecktem Arm führte er Penny an den Haaren zurück zur Mitte des Ballsaals. Er sah wütend aus, entschlossen – und starrte triumphierend zu Ruben hinauf. Obwohl er damit beschäftigt gewesen war, mit Jack zu kämpfen und Penny einzufangen, hatte er gewusst, dass Ruben sich auf dem Balkon befand. Er hatte ihn überhaupt nicht suchen müssen.

Der Schatten lotste Penny zu dem Loch im Boden beim Flügel. Das Seil hing reglos herab. Ruben fragte sich, ob Jack verletzt war.

Sie traten nah genug an das Loch heran, dass der Schatten hineinspähen konnte. Er schüttelte wütend den Kopf und zerrte dann an Pennys Haaren, wodurch sie erneut vor Schmerzen aufschrie.

»Du und dein Bruder«, schnarrte der Schatten, »denn er *ist* doch dein Bruder, nicht wahr? Ihr beide habt mir eine Menge Ärger gemacht, und wofür? Für nichts!«

»Oh, bitte!«, rief Penny, während Ruben tatenlos zusehen musste. »Es tut mir leid! Bitte werfen Sie mich nicht da runter!«

»Warum sollte ich das nicht tun?«, schnarrte der Schatten.

»Bitte!«, wimmerte Penny. »Bitte, ich habe Angst!«

»Sag das *ihm*«, zischte der Schatten und deutete zu Ruben. »Sag deinem Freund, wie viel Angst du hast. Sag ihm, dass ich dich in das Loch werfe, wenn er nicht augenblicklich herunterkommt und mir die Uhr gibt.« Er zerrte wieder an ihren Haaren. »Los, sag's ihm!«

Penny fixierte Ruben. Sie zögerte, und plötzlich verstand er alles.

Doch auch der Schatten begriff.

»Warum zögerst du, kleines Mädchen?«, fragte er auf einmal mit öliger, wissender Stimme. »Könnte es sein, dass … ja, ich glaube, das ist es … du *willst*, dass ich dich hineinwerfe. Warum würdest du das wollen? Es sei denn … Ohhh. Ich verstehe! Du *bist* ein *kleines* Mädchen. Passt du etwa zwischen den Gitterstäben hindurch? Ich glaube, das tust du. Und ich glaube, dass du das weißt. Ja. Du bist wirklich ziemlich clever.«

Penny entgegnete nichts, sah nur hilflos zu Ruben hinauf, der ebenso hilflos zu ihr herabblickte.

»Du meine Güte«, fuhr der Schatten fort. »Das bedeutet, dass du versucht hast, an die Schlüssel zu kommen, obwohl du sie gar nicht gebraucht hättest. Wie nobel! Du hast nur an deinen Bruder gedacht, nicht wahr?«

Wieder sagte Penny nichts, aber Ruben kannte die Antwort. Im Gegensatz zu Penny war er von den Schlüsseln abgelenkt worden. Er hatte vergessen, dass sie sie gar nicht brauchte – sie hätte auch so entkommen können. Stattdessen war sie zu dem gefährlichsten Platz gerannt, an dem sie sich überhaupt aufhalten konnte. Warum? Um Jack und Ruben zu helfen. Sie hatte nur deswegen versucht, an die Schlüssel zu kommen, weil Ruben es ihr gesagt hatte. Sie hatte ihm vertraut.

»Wo wir gerade von deinem Bruder sprechen«, sagte der Schatten mit Blick auf das Seil, das wieder begonnen hatte, hin und her zu zucken. »Ich könnte mir vorstellen, dass dein fallender Körper seinen Aufstieg unterbrechen würde, oder? Und das auf höchst unangenehme Weise. Natürlich muss ich vorher sichergehen, dass du nicht weglaufen kannst, deswegen befürchte ich, dass du deinen Abgang *bewusstlos* machen wirst.«

Der Schatten sah währenddessen nicht zu Penny, sondern zu Ruben. Sein Gesicht war vollkommen ausdruckslos. »Willst du das wirklich sehen?«, rief er. »Wie ich deine kleine Freundin niederschlage? Oder kommst du augenblicklich hier herunter? Wie sollen wir es machen?« Er schwenkte spöttisch seinen Schlagstock hin und her. Selbst aus der Entfernung konnte Ruben sehen, dass Pennys Augen bei dessen Anblick riesengroß geworden waren.

Zu ihren Füßen ruckte das Seil vor und zurück. Jack kletterte verzweifelt daran herauf. Aber der Weg war viel zu weit und sie hatten zu wenig Zeit. Der Schatten war im Vorteil. Er hatte sie bereits an allen Fronten geschlagen. Nun konnte er sie einen nach dem anderen abfertigen. Ganz egal, was Ruben tat, es würde schlimm enden. So oder so würde der Schatten am Ende die Uhr bekommen. Es war vorbei.

Ruben dachte nicht über diese Dinge nach, sondern spürte sie vielmehr. Er wusste, dass sie stimmten. Woran er im Moment tatsächlich dachte, war seine Mom. Er stellte sich ihren Kummer nicht nur vor; er fühlte ihn. Er konnte sie beinahe weinen hören. Sie würde es nicht glauben, würde es nicht akzeptieren, dass ihm etwas Schlimmes zugestoßen war. Er sah sie vor sich, sah die Tränen in ihrem Gesicht und sah – sehr zu seiner eigenen Überraschung –, wie wütend sie war. Sie *schimpfte* mit ihm. Aber warum?

»Weil es immer einen anderen Weg gibt«, murmelte er und stellte sich vor, wie seine Mom es zu ihm sagte. »Es gibt immer einen anderen Weg und du hast ihn nicht gefunden.«

»Was sagst du?«, bellte der Schatten. »Sprich lauter! Oder nein, sag nichts. Komm einfach runter. *Sofort.*«

Und plötzlich wusste Ruben es. Er wusste, was seine Mom ihm geraten hätte. Der Schatten war eben *nicht* in jeder Hinsicht im Vorteil. Penelope hatte das gewusst und Ruben wusste es auch. Ruben besaß einen Vorteil – nur einen, aber der würde ausreichen. Er musste ausreichen.

Er positionierte sich am Ende der Strickleiter und lehnte sich über das Geländer. Dann hielt er die Uhr ausgestreckt von sich hoch über den Fußboden des Ballsaals, sodass der Schatten sie sehen konnte. »Ich werde sie fallen lassen«, sagte er schlicht.

Der Schatten versteifte sich. »Das wagst du nicht!«, schrie er, aber in seine Stimme mischte sich Angst. »Was sollte dir das bringen? Ich hätte immer noch *meine.*« Er bewegte sich auf den Balkon zu und zog Penny dabei mit sich.

»Fakt ist, dass ich Ihnen die Uhr nicht geben werde«, entgegnete Ruben. »Verstehen Sie, was ich sage? Sie werden diese Uhr niemals bekommen.«

Der Schatten trat näher, die Augen fest auf die Uhr in Rubens Händen gerichtet. »Wage es nicht, sie fallen zu lassen!«, knurrte er. »Das hilft weder deiner Freundin noch dir. Glaubst du wirklich, dass du mit mir verhandeln kannst, du Narr? Du –«

»Ich habe nicht vor, mit Ihnen zu verhandeln«, unterbrach Ruben ihn. »Ich wollte nur, dass Sie mitbekommen, was ich tue. Sagen Sie Ihrem Traum Lebewohl, Mr Faug!« Und Ruben verabschiedete sich von der einen Sache, die er mit aller Macht hatte festhalten wollen.

Er verabschiedete sich von der Uhr.

Der Schatten schrie auf.

Noch während sein Schrei im Ballsaal widerhallte, reagierte der Schatten und setzte sich mit verzweifelter Geschwindigkeit in Bewegung. Er ließ Penny los, schleuderte den Schlagstock von sich und preschte vorwärts, wobei eine Hand instinktiv zu seiner Tasche flog. Doch die Unsichtbarkeit hätte ihm keinen großen Vorteil eingebracht angesichts dieser schlimmsten aller Bedrohungen, der Zerstörung der Uhr. Seine andere Hand schoss nach vorn, die Finger weit gespreizt. Kurz vor dem Aufprall der Uhr hechtete der Schatten zu Boden – und fing sie auf.

Am oberen Ende der Strickleiter legte Ruben die Hebel am Kontrollkasten um. Die Falltür öffnete sich genau in dem Moment, als der Schatten mit einem triumphierenden Aufschrei auf den Boden krachte. Er schien es noch nicht einmal zu bemerken. Vom Balkon sah es so aus, als würde der Fußboden den Mann in einem Stück verschlingen.

Das glückselige Lachen des Schattens hallte aus dem dunklen Schacht nach oben. Vielleicht, dachte Ruben, hatte er vergessen, dass er seine Schlüssel nicht mehr bei sich hatte. Oder vielleicht verdrängte seine stürmische Begeisterung jeden anderen Gedanken, einschließlich der Tatsache, dass er nun in einem von ihm selbst gebauten Gefängnis gefangen war.

Ruben starrte hinter ihm her, hinab in die Dunkelheit, hinab zu der Uhr, die er niemals wieder benutzen würde. Er war sich vage bewusst, dass Jack aus der anderen Falltür nach oben kletterte, hörte, wie Penny ihm sagte, er solle das Seil heraufziehen. Doch Ruben konnte sich nicht von dem Anblick des dunklen Lochs unter ihm lösen. Das Lachen des Schattens war immer noch zu hören. Es hallte aus der Tiefe herauf, als mache die Dunkelheit selbst sich über Ruben lustig.

Es war der Schatten. Ein Mann, der noch nicht begriffen hatte, dass er seinem eigenen Traum in die Falle gegangen war.

»Genießen Sie Ihre ewige Jugend«, murmelte Ruben und wandte sich ab.

# DAS GEGENTEIL VON MITTERNACHT

Kaum war Ruben in die Kissen am Fuße der Feuerwehrstange gefallen, als seine Freunde auch schon bei ihm waren. Sie lachten, umarmten ihn halb erleichtert, halb ungläubig und warfen die Kissen beiseite, als befreiten sie ihn aus einem Geröllhaufen. Die drei taumelten von der Feuerwehrstange weg, hielten sich aneinander fest und redeten wild durcheinander. In ihrer Aufregung sprachen sie zu laut, ermahnten sich gegenseitig, leise zu sein, sprachen wieder zu laut. Doch nach einer Weile fingen sie sich wieder, und plötzlich wurden sie sich der Stille bewusst, die von unten zu ihnen heraufdrang.

»Er hat aufgehört zu lachen«, flüsterte Penny zitternd. Sie war immer noch vollkommen erschüttert von dem schrecklichen Erlebnis. Selbst als sie Ruben lachend um den Hals gefallen war, hatte es den Anschein gehabt, als breche sie jeden Moment in Tränen aus. »Vielleicht versucht er, sich zu befreien.«

Jack steuerte bereits auf die Türen des Ballsaals zu und bückte sich auf dem Weg kurz, um den Schlüsselbund aufzuheben. »Viel Erfolg. Wahrscheinlich hat er eher festgestellt, in welchem Dilemma er steckt. Aber ich seh besser nach.« Er bückte sich erneut und dieses Mal hielt er den weggeworfenen Schlagstock des Schattens in der Hand. Sein Tonfall und seine Bewegungen waren so lässig, als sammle er den liegen gebliebenen Müll nach einer Party auf. Aber sein Gesichtsausdruck war ernst.

»Wir kommen mit«, sagte Ruben. Er bemerkte, wie ängstlich seine Stimme klang, genauso ängstlich wie Pennys, die rasch nickte. Keiner von beiden wollte sich von Jack trennen.

»In Ordnung, aber bleibt hinter mir«, erwiderte Jack mit einem düsteren Blick über die Schulter. »Ich glaube nicht, dass noch irgendeine Gefahr besteht, aber –«

»Wir bleiben hinter dir, keine Sorge«, versicherte Penny.

»Machen wir«, stimmte Ruben zu. Er sah sich nach seinen Schuhen um, fand sie aber nicht gleich. Er würde wohl noch einmal zurückkommen müssen. Jack schloss bereits die Tür auf.

Ruben zeigte ihnen den Weg zur Kellertreppe. Dicht hintereinander stiegen sie die Stufen hinab. In dem Raum mit dem Heizkessel blieben sie stehen und lauschten. Aus der Ecke mit dem rostigen Heißwassertank drang ein stetes Tropfen; über ihren Köpfen knisterte und knackte die Glühbirne und verströmte einen Geruch nach verbranntem Staub. Hinter der gegenüberliegenden Tür jedoch herrschte Stille.

Jack breitete die Arme aus, um die Kinder am Vorbeigehen zu hindern – eine tatsächlich vollkommen unnötige Geste –, und murmelte: »Niemand geht näher als anderthalb Meter an die Gitterstäbe heran, verstanden?«

Penny und Ruben nickten. Auch dieser Warnung hätte es nicht bedurft. Jack durchquerte den kleinen Raum und öffnete die Tür einen Spaltbreit. Er wartete, lauschte, dann spähte er hindurch. Den Schlagstock hielt er einsatzbereit erhoben. Nach einigen Augenblicken öffnete er die Tür ein Stück weiter und lauschte erneut. Vollkommen unerwartet riss er plötzlich die Tür auf und schoss hindurch.

Penny erschrak und Ruben entfuhr ein lautes Quietschgeräusch, doch dann hörten sie Jacks Stimme.

»Alles okay!«, rief er und steckte den Kopf zur Tür herein. Penny und Ruben klammerten sich mit weit aufgerissenen Augen aneinander. »Oh«, sagte er, zog die Augenbrauen hoch und unterdrückte ein Grinsen, »tut mir leid, wenn ich euch erschreckt habe. Ich wollte nur nicht in einen Hinterhalt geraten. Es ist alles in Ordnung. Er ist noch in der Zelle.«

»Du hättest uns warnen können«, zischte Penny.

»*Ernsthaft*«, sagte Ruben.

»Ich bitte vielmals um Entschuldigung«, erwiderte Jack, sah dabei aber immer noch ziemlich amüsiert aus. »Seid ihr bereit?«

Ruben und Penny taten ihr Bestes, um sich wieder zu sammeln. Nervös folgten sie Jack durch die Tür in den Keller mit der riesigen, augenscheinlich leeren Gefängniszelle. Der Schatten war nirgendwo zu sehen.

»Bist du sicher?«, flüsterte Penny.

Jack deutete in das Innere der Zelle. In der Mitte sackte das Netz ein wenig durch, als würde Gewicht darauf lasten, und bei genauerer Betrachtung schien in den Maschen ein großes rundes Loch zu klaffen.

»Wollen Sie irgendetwas sagen?«, rief Jack, erhielt aber keine Antwort. Er lächelte und sah zu Ruben. »Ich könnte mir vorstellen, dass unser Freund ein bisschen frustriert ist.«

Ruben empfand nichts von Jacks Unbekümmertheit. Er stellte sich vor, wie der Schatten in dem Netz hockte und ihnen zuhörte. Vielleicht wusste er etwas, das sie nicht wussten, etwas, das Ruben nicht in Betracht gezogen hatte. Vielleicht heckte er gerade irgendetwas aus. Machte sich bereit für eine weitere grausame, unvorhersehbare Tat.

»Es ist vorbei«, sagte Jack. Seine Stimme hallte durch den Raum. »Sie kommen hier nicht raus, zumindest nicht mit den Uhren. Wollen Sie denn nicht … keine Ahnung … uns verfluchen oder uns mit einem Trick dazu bringen, Sie rauszulassen? Wollen Sie uns nicht bestechen? Nein? Gar nichts?«

»Warum ist er so still?«, murmelte Penny, die vor lauter Nervosität kaum sprechen konnte.

Und da verstand Ruben plötzlich. Oder glaubte es zumindest. Penny bemerkte den Ausdruck auf seinem Gesicht und fragte ihn, was los sei.

»Wir müssen sehr leise sein, so leise, wie es nur geht. Fünfzehn Minuten lang. Okay?«

Jack und Penny sahen sich an, dann sahen sie zurück zu Ruben und nickten. Penny schaute auf ihre Uhr.

Ruben benötigte keine Uhr, um die Zeit abzuschätzen. Sein Verstand war es bereits gewohnt, die Minuten zu zählen. Nur drei oder vier waren verstrichen, seit ihnen aufgefallen war, dass der Schatten aufgehört hatte zu lachen. Das bedeutete, dass Ruben in zehn oder elf Minuten wusste, ob er recht hatte.

Sie warteten, lauschten angestrengt auf irgendein Geräusch, beobachteten, ob das Netz verräterisch zu zittern begann. Das Warten zerrte an ihren Nerven, denn es kam ihnen so vor, als könne der Schatten jeden Moment mit einem markerschütternden Schrei auf die Gitterstäbe zuspringen. Sie wussten alle, dass die Uhren einen blind machten, und doch hatten sie das Gefühl, als würde der Schatten sie beobachten und nur den perfekten Moment abwarten.

Ruben spürte, dass er richtiglag – aber er glaubte es noch nicht. Er schloss die Augen und konzentrierte sich darauf zu hören. Falls der Schatten für einen kurzen Augenblick sichtbar wurde, würden Penny oder Jack ihn sehen. Ruben richtete seine volle Aufmerksamkeit auf das Geräusch, das ihm inzwischen so vertraut war wie sein eigener Atem – das leise Ratschen einer Uhrfeder, die aufgezogen wurde. Doch wie erwartet hörte er es nicht. Die angespannte Wartezeit endete. Er öffnete die Augen und sah die anderen an.

Jack zuckte mit den Schultern. »Nichts.«

»Er ist nicht wieder sichtbar geworden«, sagte Penny. »Aber das sollte er doch, oder?«

Ruben wandte sich dem durchhängenden Netz zu. »Ich denke nicht.«

»Und was dann?«, fragte Jack. »Meinst du, weil er zwei Uhren hat, hat er länger Zeit?«

»Nein«, entgegnete Ruben. Er dachte noch einmal über seine Theorie nach, nur um sicher zu sein. »Ich gehe da rein«, kündigte er an. »Die Tür lassen wir verschlossen, nur für den Fall. Ich quetsche mich durch die Gitterstäbe.«

Jack hielt ihn am Ellbogen fest, bevor er auch nur einen Schritt gemacht hatte. »Das kann ich nicht zulassen.«

Ruben sah zu ihm auf, und ob es nun die Gewissheit in seinem Blick war oder die Traurigkeit – er gewann die Diskussion, bevor sie überhaupt begonnen hatte. Jack runzelte besorgt die Stirn, ließ ihn aber los.

Auch Penny versuchte nicht, ihn aufzuhalten. Als er in die Zelle trat, spürte er, wie sie ihn kurz am Arm berührte, das war alles.

Er wappnete sich vor den Schmerzen und quetschte sich dann durch die Stäbe. Er hielt sich kurz die pochenden Ohren, wischte sich die Tränen aus dem Gesicht und kletterte auf das Netz. Langsam krabbelte er in die Mitte, und als er die fehlenden Maschen erreicht hatte, wurde es plötzlich schwarz um ihn herum.

»Ruben!«

Penny und Jack schrien gleichzeitig auf.

»Alles in Ordnung«, erwiderte er und tastete sich vorwärts, bis seine Hände den Körper des Schattens streiften. Er zuckte zusammen, erstarrte, fing sich aber schnell wieder. Dann zog er die Ärmel seines Pullis über die Hände und begann seine Suche, indem er sich an den Armen des Mannes auf und ab tastete.

Die rechte Hand umklammerte eine Uhr. Die linke Hand ebenfalls.

Also hatte er richtig gelegen mit seiner Vermutung.

Die Worte gingen Ruben seit fast fünfzehn Minuten nicht mehr aus dem Kopf:

*Wer beide besitzt, kennt keine Angst vor dem Tod,*
*Er spürt nicht das Vergehen der Zeit,*
*Er atmet keinen Schmerz und keine Not,*
*Und kümmert sich nicht um irdisches Leid.*

*Bis, so Gott will, er sie wieder verliert.*
*Denn niemand sollte, ob gut oder gemein,*
*Länger in solch abnormem Zustand sein.*

»Du hattest recht mit dem Erfinder, Penny«, sagte Ruben und setzte sich auf seine Fersen. »Sein Gedicht war genauso raffiniert wie alles andere, was er erschaffen hat. Wenn man beide Uhren besitzt, verleihen sie einem nicht automatisch die ewige Jugend. Sie entziehen einem die komplette Energie. Und die Sicherheitsmechanismen – die Federn –, sie funktionieren nicht mehr. Deswegen laufen die Uhren einfach immer weiter.«

»Ist er … tot?«, hauchte Penny.

»Nein, ich kann ihn atmen hören. Er liegt bloß da und hält beide Uhren in den Händen. Und er wird sie niemals freiwillig hergeben. Wir müssen ihn retten.«

Ruben saß in seiner eigenen, dunklen Welt. Die anderen würden nicht sehen, wenn er seine Uhr noch ein letztes Mal berührte, ein letztes Mal das glatte Metall unter den Fingern spürte. Er konnte sie vor seinem inneren Auge sehen. Er hatte sie so sehr geliebt.

»Geht's dir gut da drin, Kumpel?«

»Ruben?«

Er behielt die Hände in den Ärmeln und wich zurück in die Welt des Sichtbaren.

»Hast du die Uhren?«, fragte Jack.

Ruben schüttelte den Kopf. Er krabbelte zur Kante des schwankenden Netzes, kniete sich hin und hielt sich an einem der Gitterstäbe fest, um nicht das Gleichgewicht zu verlieren. »Mir wäre lieber, wenn Penny sie nimmt, wenn das für euch beide okay ist. Ich glaube, dass er zu schwach ist, um sich zu bewegen, aber wir sollten ihn trotzdem vorher fesseln, um ganz sicherzugehen. Dann trete ich ihm die Uhren aus der Hand, und du, Penny, hebst sie auf – ich erkläre dir, wie du es am besten machst, damit dir nichts passiert. Und dann behältst du sie bei dir. Nur du, okay? Nichts für ungut, Jack.«

Jack warf ihm einen abschätzenden Blick zu. »Ist schon okay«, sagte er schließlich. »Der Plan klingt gut. Meinst du, du schaffst das, Penny?«

»Ja«, hauchte Penny. Sie hatte Tränen in den Augen und sah aus, als habe man ihr gerade das größte Kompliment der ganzen Welt gemacht. Und aus Rubens Sicht war es auch so. »Natürlich. Ich schaff das.«

Für einen kurzen Augenblick verharrten sie noch still, starrten auf die Stelle, an der der Schatten lag und seine beiden kostbaren Uhren festhielt.

»Glaubt ihr, er weiß, was passiert ist?«, fragte Penny leise.

»Vielleicht«, erwiderte Ruben. »Auch wenn es ganz offensichtlich ziemlich schnell gegangen ist.«

»Warum hat er sie dann beide festgehalten? Wenn er gewusst hat, was passiert, warum hat er sie dann nicht fallen lassen?«

Ruben kannte die Antwort, aber er brauchte einige Zeit, um die richtigen Worte zu finden. »Wenn du die Uhr so lange Zeit bei dir hast, dann siehst du in ihr irgendwann deinen Beschützer«, sagte er schließlich. »Wenn dir etwas Angst macht, dann greifst du instinktiv nach der Uhr und hältst sie fest. Sie loszulassen ist das Letzte, was dir in solch einem Moment in den Sinn kommt.«

Ruben spürte eine Berührung an seiner Hand. Penny hatte sie durch die Stäbe hindurch ergriffen. Er begegnete ihrem Blick. Dann sah er zu Boden und seufzte. »Jep«, sagte er und drückte dankbar ihre Hand. »Das absolut Letzte.«

Nachdem sie alles erledigt hatten, warfen Ruben und seine Freunde noch einen letzten Blick auf den Schatten, bevor sie den Keller verließen. Er atmete, war aber noch nicht wieder zu Bewusstsein gekommen. In seinem schlecht sitzenden Anzug, zusammengerollt auf der Seite liegend, wirkte Cassius Faug – oder wie auch immer sein wahrer Name lauten mochte – gleichzeitig wie ein alter Mann und ein kleiner Junge. Vielleicht war er das ja auch, dachte Ruben.

»Zeit zu gehen«, sagte Jack.

Sie vermuteten, dass der Schatten die Späher beauftragt hatte, das Tor am Haupteingang zu bewachen. Er würde die Männer nicht innerhalb der Villa haben wollen, wo sie durch Zufall seine Geheimnisse entdecken konnten. Nachdem Ruben und Penny ihre Schuhe geholt hatten und Jack den Rest des Seils aufgewickelt hatte (er hatte nur ein kleines Stück benötigt, um die Hände und Füße des Schattens zu fesseln), gingen sie in das Zimmer im 1. Stock an der Rückseite der Villa.

Als sie das Fenster erreichten, sahen sie, dass auch Späher an der Lücke in der Außenmauer standen – und nicht nur eine Gruppe, sondern gleich zwei. Sie formten eine gebogene Linie von Rosenbusch zu Rosenbusch.

»Sieht ganz so aus, als hätte er Verstärkung gerufen«, sagte Jack. »Das finde ich gar nicht nett.«

Neben ihm wischte sich Penny einige Haarlocken aus der feuchten Stirn. Sie trug nun Rubens Kapuzenpulli und kam fast um vor Hitze. »Und wenn wir einfach rausgehen und ihnen alles erklären?«, schlug sie vor.

»Okay«, erwiderte Jack. »Ich geh runter und sag ihnen, dass ihr furchterregender Boss bloß ein Mann war, der sich unsichtbar machen konnte, und dass er keine Gefahr mehr darstellt, weil wir ihm seine magische Uhr abgenommen haben. Ich bin mir sicher, dass sie uns dann gehen lassen.«

»War das nicht sowieso unser Plan? Ihm seine Uhr wegzunehmen und dann die Polizei zu rufen?«

»Der Plan war, sie von *irgendwo anders* zu rufen. Ich mache mir ein kleines bisschen Sorgen, verprügelt zu werden.«

»Dann gehe ich«, verkündete Penny mit einem bewundernswerten Wagemut, wie Ruben fand. »Sie werden wohl kaum ein kleines Mädchen niederschlagen.«

Jack sah genauso beeindruckt aus wie Ruben. Trotzdem sagte er: »Vielleicht nicht. Aber glaubst du wirklich, dass ich meine kleine Schwester in die Nähe einer Gruppe gemeingefährlicher Männer lasse? Die alle ziemlich nervös sind? Die möglicherweise den Befehl haben, jeden anzugreifen, den sie sehen, ganz egal, wer es ist? Die Antwort lautet: Nein. Das werde ich nicht tun.«

»Gucken wir mal vorne raus«, sagte Ruben.

Vor der Villa sah es noch schlimmer aus. Nicht weniger als zwölf Männer standen in einer Reihe vor dem Tor. Ruben erkannte Frontmann und seine Kumpane unter ihnen. Sämtliche Späher der Stadt schienen auf dem Gelände versammelt zu sein und jeden nur erdenklichen Ausgang zu sichern. Der Schatten war kein Risiko eingegangen.

Entmutigt wandten sie sich von den Fenstern ab.

»Ich sehe keine Möglichkeit, wie wir hier rauskommen«, gab Jack zu.

Die beiden anderen hatten auch keine Idee. Penny wies darauf hin, dass sie immerhin von der Villa aus telefonieren konnten. Doch selbst wenn sie die Polizei davon überzeugen konnten hierherzukommen, war es unmöglich, das Gelände unbemerkt zu verlassen, damit sie nicht in die nachfolgenden Ermittlungen verwickelt wurden.

»Lasst uns noch warten mit dem Telefonieren«, sagte Ruben. Er ging jetzt rastlos auf und ab. »Es muss einen anderen Weg geben. Es gibt *immer* einen anderen Weg.«

»Äh, Jungs?«, sagte Penny. Ihre Stimme klang leicht verwundert. Sie schaute wieder aus dem Fenster und presste dabei die Nase gegen die Scheibe. »Das müsst ihr euch ansehen.«

Jack folgte ihrem Blick. Seine Augenbrauen wanderten in die Höhe. »Tja, was sagt man dazu? Sieht ganz so aus, als wäre dein anderer Weg bereits hier, Junge. Was auch immer das werden soll.«

Ruben eilte zurück zum Fenster. Was er sah, war zunächst verwirrend, dann erheiternd, aber auch durch und durch verstörend, denn ihm war bewusst – sicherlich genauso wie den beiden anderen –, dass sein Leben nun ganz schön chaotisch werden würde.

In diesem Moment begannen die Kirchenglocken zu läuten, deren metallener Klang in der riesigen Eingangshalle widerhallte. Da sie genau mit dem Tumult zusammentrafen, der sich vor den Toren der Villa anbahnte, hielt Ruben die Glocken zunächst für eine Art öffentlichen Alarm. Doch dann begriff er, dass sie einfach nur die Uhrzeit verkündeten.

*Zwölf Uhr mittags*, dachte er. *Das Gegenteil von Mitternacht.*

Das helle Licht des Tages.

## DAS OFFENE TOR

Später erfuhren sie, wie es zu alldem gekommen war. Wie Mrs Genevieve nach ihrem Aufbruch am Rande eines Zusammenbruchs gestanden hatte. Wie sie aufgewühlt in ihrer Wohnung umhergewandert war, auf der Suche nach einem Ausweg.

Sie hatte Tee gemacht. Sie hatte Staub gewischt. Sie hatte die Wohnung aufgeräumt. Nichts half. Sie stellte sich immer wieder die gleiche Frage: *Was hättest du tun sollen?* Und die Antwort lautete immer: *Sie aufhalten. Du hättest sie aufhalten müssen. Du hättest einen anderen Weg finden müssen.*

Und was hatte sie daran gehindert, sie aufzuhalten? Angst.

Mrs Genevieve zwang sich schließlich dazu, der Wahrheit ins Auge zu sehen: *Was hättest du getan, wenn du nicht solche Angst gehabt hättest?* Nein, das war noch immer die falsche Frage. Dafür war es jetzt zu spät. Die Frage musste lauten: *Was würdest du tun, wenn du nicht solche Angst hättest?*

Zum einen musste sie sich auf ihr eigenes Urteil verlassen – nicht auf das Urteil von Kindern, ganz egal, wie gut sie es meinten, oder auf das eines leichtsinnigen jungen Mannes, der, wie gutherzig er auch sein mochte, viel zu sehr auf ein Abenteuer aus war, als dass man sich auf ihn verlassen konnte. Es war alles so schnell gegangen!

Nein, ermahnte sie sich. Was würde sie *jetzt* tun?

Als ihr der volle Umfang der Antwort bewusst wurde, musste sie sich setzen. Plötzlich hatte sie das Gefühl, ihren galoppierenden Herzschlag im ganzen Körper zu spüren – im Gesicht, in den Händen, in den Füßen. Ihr Plan würde von ihr verlangen, mutiger zu sein, als sie es jemals gewesen war. Aber konnte sie sich dafür nicht Ruben zum Vorbild nehmen? Und das kleine Mädchen, das so verwegen war wie ihre roten Haare? Das hatten die Kinder immerhin verstanden: Die Lösung erforderte eine große Portion Mut.

Und deswegen musste nun auch Mrs Genevieve all ihren Mut aufbringen.

Während die Uhrmacherin sich zum Aufbruch bereit machte, bemerkte sie plötzlich etwas vollkommen Unerwartetes, das ihre neu gewonnene Courage noch stärkte. Als würde sie dafür belohnt werden, das Richtige zu tun. Was für ein seltsames und zugleich gutes Gefühl, dachte sie, während sie das Telefon in die Hand nahm. Glücklich zu sein, obwohl man Angst hat.

»Hier. Ja. Wunderbar, vielen Dank.«

Als die Uhrmacherin in Westmont aus dem Taxi stieg, sah sie richtiggehend krank aus. Sie zitterte, als sie den Taxifahrer bezahlte, und für einen Moment musste sie sich an der Autotür festhalten, um das Gleichgewicht nicht zu verlieren. Der Fahrer kurbelte das Fenster herunter und fragte, ob alles in Ordnung sei, doch Mrs Genevieve antwortete nicht, sondern zwang sich, die Stufen zur Kirche hinaufzulaufen. Sie lehnte sich kurz gegen die große Flügeltür und atmete tief durch. Dann riss sie eine der Türen auf und stürmte hinein.

Eine Orgel hatte gespielt, doch die Musik stoppte abrupt mit einem dissonanten Akkord, da sich der Organist beim lauten Knall der Tür erschreckt hatte. Alle Gesichter wandten sich Mrs Genevieve zu, die den Mittelgang hinunterrannte und wild mit den Armen fuchtelte.

»Hilfe!«, rief sie. »Oh bitte, helfen Sie mir! Ein Kind ist in Gefahr! Sie müssen mir helfen, bitte!«

Im ersten Moment regte sich niemand. Die Gemeindemitglieder sahen sich fragend an, als seien sie unsicher, ob sie ihren Augen und Ohren trauen konnten. Doch dann standen gleichzeitig zwei Mütter auf und eilten auf Mrs Genevieve zu, unmittelbar gefolgt von ihren Kindern und Ehemännern.

Das brach den Bann. Die Gemeinde sprang auf die Füße, alle redeten durcheinander, einige schrien, andere gaben Anweisungen, aber alle konzentrierten sich auf Mrs Genevieve, die ihnen mit einem Wink bedeutete, ihr nach draußen zu folgen.

Mit wachsender gemeinschaftlicher Empörung folgte die Gruppe der unbekannten Frau durch die Straßen und am Park vorbei zur Villa des Botschafters. Als klar wurde, welches Ziel sie hatten, kamen nicht wenige Bedenken auf, denn niemand wusste genau, worum es eigentlich ging. Mrs Genevieve beantwortete ihre Fragen nur mit der Mahnung, dass sie sich beeilen mussten, dass jede Sekunde zählte. Doch niemand zögerte, niemand drehte um. Es zählte nur noch das Kind, das in Gefahr war. Und genau das war es, was die Uhrmacherin gehofft hatte.

»Öffnen Sie das Tor!«, verlangte Mrs Genevieve von den erschrockenen Spähern auf der anderen Seite der Eisenstäbe. Die Männer hatten die herannahende Menge fassungslos beobachtet. Sie hatten sich gegenseitig zu überzeugen versucht, dass die Menschen abdrehen und anderswo hingehen würden. Doch jetzt standen sie hier vor ihnen, eine Armee aus adrett gekleideten Familien, deren Anführerin, eine alte Dame mit blitzenden Augen, sie aufforderte, das Tor zu öffnen.

»Augenblicklich!«, rief Mrs Genevieve. »Machen Sie es augenblicklich auf!«

Die Späher starrten Mrs Genevieve entgeistert an, ihr Blick wanderte zu den Menschen hinter ihr, die Gesichter voller Sorge, Angst und Wut, und dann wieder zu Mrs Genevieve mit ihren erstaunlich blauen Augen, die keinen Widerspruch duldeten.

»Oh«, sagte einer der Männer. »Ähm …«

Ein anderer fand ebenfalls seine Stimme wieder. »Tut uns leid, Ma'am. Das können wir nicht tun. Auf Befehl des Botschafters.«

»Dann gehen Sie und holen Sie ihn her!«

»Das dürfen wir nicht, Ma'am. Unter keinen Umständen. Wir haben Anweisung, unseren Posten nicht zu verlassen, bis wir von ihm hören.«

Diejenigen, die den Wortwechsel mit angehört hatten, informierten die anderen darüber, dass sie das Tor geöffnet haben wollte und die Späher dies verweigerten.

»Öffnen Sie das Tor!«, rief die Stimme einer Mutter, sofort gefolgt von einer anderen, und bald skandierte die ganze Menge: »Öffnet das Tor! Öffnet das Tor! Öffnet das Tor!« Der Sprechchor wurde immer lauter und bekam eine durchdringende, fast schrille Note, denn die Stimmen einiger Kinder, die bei Weitem am begeistertsten brüllten, übertönten alle anderen.

Die Späher sahen sich hilflos an.

Dann war es zwölf Uhr und die Kirchenglocken begannen zu läuten. Unter den Klang der Glocken mischte sich das Geheul von Sirenen, die von Sekunde zu Sekunde lauter wurden. Einen solchen Aufruhr hatte noch keiner der Anwesenden je erlebt, schon gar nicht in Westmont vor der Villa des Botschafters. Die Menge wurde immer wütender und lauter. Plötzlich war die Polizei da. Zwei Streifenwagen, dann drei, und dann immer mehr und mehr.

Aus dem ersten Wagen sprang ein entschlossen aussehender junger Polizist mit walnussbrauner Haut, glänzenden Knöpfen an der verblichenen blauen Uniform und tadelloser Haltung. Ohne zu zögern, marschierte er auf das Tor zu und wie von selbst teilte sich die Menge vor ihm, um ihn durchzulassen. Nach und nach verstummte der Sprechgesang, damit alle hören konnten, was gesagt wurde.

(Ruben, Penny und Jack standen hinter den Fenstern in der Eingangshalle und beobachteten das Geschehen. Als Ruben Officer Warren aus den Lower Downs erkannte, war er baff. Es hatte ihn zwar auch überrascht, Mrs Genevieve zu sehen, doch sie hatte immerhin gewusst, wo sie nach ihnen suchen musste. Aber Officer Warren?)

Der junge Polizist hielt ein Blatt Papier in die Höhe. »Öffnen Sie sofort dieses Tor«, sagte er mit lauter Stimme, damit ihn alle hören konnten. »Ich habe eine richterliche Anordnung, das Anwesen zu durchsuchen.«

Keiner der Späher schien das Kommando übernehmen zu wollen. Einige traten sogar unmerklich einen Schritt zurück. »Sie haben einen Durchsuchungsbefehl? Für *dieses* Haus?«, fragte schließlich einer von ihnen, der seine Überraschung nicht länger verbergen konnte.

»Die Adresse ist deutlich zu lesen«, stellte Officer Warren fest, »zusammen mit dem Namen des Eigentümers, Mr Cassius Faug.«

»Woher wissen wir, dass der echt ist?«, fragte ein anderer Späher herausfordernd. Oder eher flehentlich. An seinem Tonfall und seinem Gesichtsausdruck war nur schwer festzumachen, ob der Mann hoffnungsvoll oder besorgt war.

»Glauben Sie wirklich, ich wäre dumm genug, hier mit einem gefälschten Durchsuchungsbefehl aufzutauchen?«, entgegnete Officer Warren kalt.

»Ich weiß nicht!«, rief der Späher und sah Hilfe suchend zu seinen Kollegen. »Und selbst wenn er echt ist – sind Sie sich eigentlich bewusst, wessen Haus das ist? Warum um alles in der Welt wollen Sie sich in eine solche Gefahr begeben?«

»Ich sag Ihnen, warum!«, schrie eine Stimme aus der Menge. Die dazugehörige Person kämpfte sich durch die dicht gedrängten Menschen nach vorne. Eine Frau stürmte nach vorne, streckte ihre Hände durch das Tor und zeigte wütend auf den Mann, der gesprochen hatte. »Weil mein *Sohn* da drin ist! Der Botschafter hat mein *Kind!*«

Rubens Kinnlade klappte herunter.

Penny schnappte nach Luft. »Ruben! Ist das deine *Mom?*«

»Ich mag sie«, sagte Jack mit einem anerkennenden Grinsen. »Sie ist keck!«

Die nächste halbe Stunde verstrich in fast vollkommenem Durcheinander. Ruben rannte aus der Villa und warf dabei sämtliche Pläne über den Haufen, unbemerkt zu verschwinden. Er dachte nur noch an seine Mom, die durch das Tor stürmte und auf ihn zulief – einer der Späher (der sich als Rücklicht herausstellte) hatte es aufgrund ihrer Worte hastig geöffnet. Sie schlang ihre Arme um Ruben, als wäre er das Leben selbst. Und das war er auch für sie, Ruben spürte es in einer großen, warmen Welle von Kopf bis Fuß.

Er klammerte sich an sie, vergrub sein Gesicht in ihrem Hals und begann augenblicklich zu weinen. Alles – seine Angst, seine Schuldgefühle, seine Erleichterung, seine Liebe für sie –, einfach alles brach aus ihm heraus und verwandelte sich in Tränen.

»Bist du verletzt?«, fragte seine Mom immer wieder. »Geht es dir gut?«

»Alles in Ordnung«, antwortete Ruben und: »Ja, mir geht es gut!«

»Dir geht's gut?«

»Mir geht's gut!«

Ruben weinte noch eine ganze Weile. Eigentlich hätte es ihm peinlich sein müssen. Doch es war ihm egal.

Später fragte Ruben seine Mom, woher sie gewusst hatte, dass er in der Villa war, und sie erzählte ihm, dass sie einen Anruf von Mrs Genevieve erhalten hatte. »Offenbar«, sagte sie, »hast du ihr einen Brief mit unserer Telefonnummer geschickt.«

Ruben war sprachlos. Also hatte der Brief nur einen einzigen Tag von Point William bis nach New Umbra gebraucht. Als Mrs Genevieve den Brief heute Morgen gefunden hatte und ihr klar geworden war, dass sie mit Rubens Mom Kontakt aufnehmen konnte, hatte ihr das neuen Mut verliehen. Sie rief sie an und erzählte ihr alles, inklusive ihres Plans, eine Menschenmenge zu den Toren der Villa zu führen. Und Mrs Pedley, die aus Angst um Ruben zu weinen begonnen hatte, drängte Mrs Genevieve, sich zu beeilen.

»Ich komme, so schnell ich kann«, sagte sie unter Tränen. »Und ich bringe Hilfe mit. Ich werde das Höllenfeuer auf diese Leute niederregnen lassen.« Dann hatte sie abrupt aufgelegt, und die überraschte Mrs Genevieve bemerkte, wie eine geradezu beschwingte Stimmung von ihr Besitz ergriff.

»Hat sie das wirklich gesagt?«, wollte Jack wissen. »Hat sie wirklich gesagt, dass sie das Höllenfeuer auf diese Leute niederregnen lassen wird? Ich glaube, ich will sie heiraten.«

Ruben warf ihm einen warnenden Blick zu.

»Schon gut, schon gut.« Jack lachte und hob abwehrend die Hände. »War nur so dahergesagt, Junge. Glaub mir, ich will niemanden heiraten. Nicht mal deine Mom.«

Diese Gespräche fanden verstreut über die nächsten Stunden und Tage statt. Ruben hörte unterschiedliche Versionen von seiner Mom und Mrs Genevieve und teilte dann Penny und Jack neue Einzelheiten mit, die sie verpasst hatten. Zum Beispiel dauerte es einige Zeit, bis Ruben begriff, dass seine Mom für das Aufgebot an Polizisten verantwortlich war, die schon bald über das Grundstück des Botschafters schwärmten. Sie vertraute Officer Warren, deshalb war sie direkt nach dem Telefonat mit Mrs Genevieve zu ihm gegangen. Officer Warren wiederum hatte sofort ein Dutzend anderer Polizisten angerufen, mit denen er in geheimem Kontakt stand. Die Polizisten – genauso wie ein einzelner, vertrauenswürdiger Richter – hatten keine Familien, um die sie sich Sorgen machen mussten. Es hinderte sie nichts daran, ihren Mut unter Beweis zu stellen, sobald sie die Gelegenheit dazu bekamen.

»Wir haben immer auf den perfekten Moment gewartet«, hatte Officer Warren Rubens Mom erzählt. »Wir wussten nie, ob er jemals kommen würde. Aber wir haben uns geschworen, sofort zu handeln, wenn es so weit ist. Ein Polizist allein hat keine Chance, etwas auszurichten, aber ein Dutzend? Wir brauchten bloß die richtige Gelegenheit dazu – und dank Ihnen haben wir sie bekommen.«

Am Ende hatte sich fast die ganze Polizei von New Umbra in Westmont versammelt. Die Straßen wimmelten von Männern und Frauen in blauen Uniformen, als würde das Viertel eine Parade veranstalten.

Die Späher hingegen glänzten durch Abwesenheit. Sie waren

alle verschwunden – allein, nicht als Teil einer Gruppe, um weniger aufzufallen. Nur wenige wussten, was überhaupt vor sich ging, aber sie begriffen, dass sich die Dinge ändern würden und dass ihre einzige Hoffnung darin bestand, sich so still wie möglich zu verhalten und zu hoffen, dass die Gerichte sie nicht verfolgten. Oder zumindest Gnade walten ließen.

Doch direkt nach dem Öffnen des Tores und dem Erscheinen von Ruben, der aus der Haustür stürmte (was von der Menschenmenge laut bejubelt wurde) – in diesen chaotischen Minuten interessierten sich Officer Warren und seine Kollegen ausschließlich für die Festnahme eines gewissen Cassius Faug. Zu diesem Zweck wurden Ruben und seine Freunde eilig befragt.

Ruben war viel zu aufgewühlt, um eine große Hilfe zu sein. Penny entschuldigte sich und eilte zu der vollkommen erschöpft wirkenden Mrs Genevieve, nahm sie fest in den Arm und führte sie zu einem Streifenwagen. (Kurz darauf brachte man die Uhrmacherin fort und kümmerte sich rührend und mit großer Wertschätzung um sie, denn sie war in der rasch anwachsenden Menge bereits zu einer Art Legende geworden.) Daher fiel es Jack zu, den Polizisten alles zu erklären.

In diesem Moment begriff Ruben, dass Jack Meyer ein mindestens ebenso guter Geschichtenerzähler war wie die übrigen Meyers, nur dass seine Geschichten nicht immer ganz der Wahrheit entsprachen. Nachdem er jahrelang Geheimnisse vor seiner eigenen Familie gehabt hatte – einer Familie mit der einzigartigen Gabe, andere Menschen durchschauen zu können –, war Jack Meyer zu einem Experten geworden. Oder besser: zu einem unvergleichlichen Lügner.

Angesichts der gebotenen Eile begann Jack jedoch mit der Wahrheit und erzählte Officer Warren genau, wo sie Cassius Faug finden würden, auch bekannt als der Botschafter, der zufällig auch der berüchtigte Mann namens der Schatten war.

»Das wissen wir bereits«, entgegnete Officer Warren. »Mrs Pedley hat es mir gesagt. Das erklärt eine ganze Menge. Aber ich bin mir nicht sicher, ob ich Sie richtig verstanden habe, Mr Meyer. Im Keller, sagten Sie? In einem *Netz?*«

»Seltsam, aber wahr«, bestätigte Jack leichthin. »Ach, und Sie sollten Ihre Männer vor den Falltüren warnen.«

»Den *Falltüren?*«

»Oh ja. Ich erkläre es Ihnen lieber …«

Jacks lässige Souveränität und freundliche Art war der von Officer Warren ziemlich ähnlich, fand Ruben. Er strahlte eine große Vertrauenswürdigkeit aus. In nur wenigen Minuten stellte sich alles als wahr heraus – Cassius Faug befand sich genau dort, wo Jack gesagt hatte, genauso wie die bizarren Falltüren oder das seit langem vermisste Gemälde *Der heilige Georg und der Drache* – und ganz automatisch vertrauten ihm die Polizisten von nun an. Als Jack in den nächsten Stunden und Tagen begann, bedeutsame Details ihres Abenteuers zu verändern oder sogar zu erfinden, war trotzdem jeder dazu bereit, ihm zu glauben.

Die Geschichte, die Jack erzählte, handelte von einem arglosen Jungen, der eines Tages zufällig eine sehr alte Uhr fand. Diese Uhr wurde von einem finsteren und mächtigen Mann begehrt, gehörte aber tatsächlich zum Besitz der Familie Meyer in Point William. Als Ruben die Uhr ihren rechtmäßigen Besitzern zurückgab, brachte er sich dadurch in große Gefahr. Jack fühlte sich dazu verpflichtet, ihm zu helfen, woraufhin sich ein wahres Gewirr aus Ereignissen, Verhandlungen und Täuschungsmanövern entspann, das erstens zu dem Verlust der Uhr führte (sie war aus Versehen von der Southport Fähre in den Fluss gefallen) und zweitens zu dieser höchst unangenehmen Begegnung mit Mr Faug, der Jack in seine bizarre Villa zitierte, nur um ihn dann anzugreifen. Penny und Ruben – diese mutigen und tollkühnen Kinder – entwischten unerlaubt aus Mrs Genevieves Laden und erreichten die Villa gerade rechtzeitig, um Jack zu helfen, die Hände und Füße von Mr Faug zu fesseln. Der war in eine seiner eigenen Fallen gestolpert und – vielleicht aufgrund des Schocks – ohnmächtig auf dem Netz liegengeblieben.

Ruben lauschte dieser Geschichte mindestens ebenso verblüfft wie alle anderen. Aber er war auch unendlich dankbar, denn er hätte niemals gewusst, wie er das alles hätte erklären sollen.

Jack Meyer hingegen wusste es allemal. Und obwohl sich in den verschiedenen Erzählungen einige Details widersprachen, fand man in den kommenden Tagen genug Beweise, die die wichtigsten Aussagen von Jack bestätigten. Faugs Anwesen war vollgestopft mit gestohlenen Gemälden und anderem Diebesgut, auf dem man seine Fingerabdrücke fand. Außerdem offenbarte die Villa seine Verschlagenheit. Die Karten! Die Falltüren! Die Feuerwehrstange! Das alles schien viel zu absurd, um wahr zu sein. Cassius Faug hatte über viele Jahre hinweg den größten Betrug in New Umbras Geschichte verübt. Wie er das alles angestellt hatte, konnte sich niemand erklären. Nichts, was der Mann sagte, würde jemals irgendjemand glauben.

Ab jetzt würde sich alles ändern.

Kurz nachdem Jack Officer Warren vor den Eingangsstufen zur Villa einen ersten kurzen Bericht gegeben hatte, sahen sie, wie Sanitäter die Villa mit einer Bahre verließen. In Begleitung von mehreren Polizisten trugen sie den bewusstlosen Cassius Faug zu einem Krankenwagen. Officer Warren schloss sich ihnen an, um sich zu vergewissern, dass Faug auf dem Weg ins Krankenhaus weiterhin gut bewacht wurde, und ließ die kleine Gruppe für einen Moment allein.

Sobald er gegangen war, murmelte Jack zu Penny, die ihn am Arm hielt: »Hast du ihr erzählt, was ich gesagt habe? War sie einverstanden?«

Penny nickte. Sie war immer noch ziemlich erschüttert von den Ereignissen – selbst ihre Sommersprossen sahen blass aus –, und Jack beugte sich zu ihr hinab und küsste sie auf die Stirn. »Du hast das großartig gemacht, Käferchen. Wirklich.«

»Wem hast du was erzählt?«, fragte Ruben.

»Ja, wovon redet ihr?«, wollte seine Mom wissen. »Und was in aller Welt geht hier eigentlich vor? All das, was du gerade Officer Warren und den anderen erzählt hast – das hat nichts mit dem zu tun, was Mrs Genevieve mir am Telefon gesagt hat.«

»Ich musste ein paar Details ändern«, erklärte Jack mit einem schiefen Grinsen. »Ihr Sohn hat etwas unendlich viel Wichtigeres getan, als jemals jemand erfahren wird, Mrs Pedley. Und ich bin mir sicher, dass er Ihnen irgendwann alles erklären wird, nicht wahr, Ruben? Aber in der Zwischenzeit muss meine Version die offizielle bleiben. Ich tue mein Bestes, um das alles auf die Reihe zu kriegen. Penny hat Mrs Genevieve gebeten, mit niemandem zu sprechen, bis wir die Möglichkeit hatten, uns zu unterhalten.«

Rubens Mom schüttelte verwirrt den Kopf und sah zu Ruben. Der fand keine Worte. Stattdessen umarmte er seine Mom.

Officer Warren kehrte zurück und informierte sie darüber, dass Faug langsam zu sich kam. Er war wieder bei Bewusstsein, fantasierte aber offenbar, denn er brabbelte etwas von seinen Uhren, immer und immer wieder, dass es seine seien und er sie unbedingt haben müsse.

»Wir kriegen das Ganze schon irgendwann aufgedröselt«, sagte

Officer Warren. »In der Zwischenzeit scheint es so, als gäbe es noch mehr Falltüren als die, auf die Sie hingewiesen haben, Mr Meyer. Vier Polizisten sind in das Netz im Keller gefallen. Ich glaube, dass einige von ihnen es absichtlich gemacht haben, um es mal auszuprobieren. Die Feuerwehrstange sind auch schon einige runtergerutscht.« Er kicherte und schien bester Laune zu sein.

Ruben fand seine Stimme wieder. »Danke für alles, Officer Warren. Danke, dass Sie hierhergekommen sind.«

Officer Warren stemmte die Hände in die Hüften und betrachtete Ruben. »Du musst mir nicht dafür danken, dass ich meinen Job mache, junger Pedley, genauso wenig wie ich dir dafür danke, dass du Hausfriedensbruch begangen und deine Mutter zu Tode geängstigt hast. Aber ich weiß deine netten Worte zu schätzen. Und ich muss sagen, dass sich mein Tag dank dir eindeutig aufgehellt hat. Wo wir gerade davon reden« – der junge Officer nahm seine Sonnenbrille ab und streckte sie Ruben entgegen –, »ich habe versprochen, dir die hier zu leihen, sobald ich mir eine neue kaufe. Was ich noch diesen Nachmittag tun werde. Hier, nimm sie. Lass mal sehen, wie sie dir steht.«

Ruben setzte die Sonnenbrille auf und grinste Officer Warren an. Und es war seltsam: Trotz allem, was er erreicht hatte, und trotz Jacks erstaunlicher Erzählkunst, die ein glückliches Ende dieses entsetzlichen Abenteuers versprach, war Ruben erst jetzt, nachdem er und Officer Warren verständnisvolle Blicke getauscht hatten, sicher, dass alles in Ordnung kommen würde.

Officer Warren lächelte anerkennend, dann beschattete er seine Augen und sah hinauf zur Sonne. »In der Tat«, sagte er. »Die Dinge hellen sich auf, nicht wahr, junger Pedley?«

»Ja, Sir«, erwiderte Ruben immer noch grinsend. »Ich glaube, das tun sie.«

# DIE MYSTERIÖSESTE SACHE DER WELT

Das Licht hatte sich verändert. Es wurde langsam Herbst, und Ruben spürte den Unterschied in Point William, genau wie einst in New Umbra, nicht nur an den Temperaturen, sondern auch an der Art, wie die Schatten fielen und wie sich die Farben des Nachmittagshimmels änderten. Die Bäume am Rand der Gehwege erschienen nun mehr golden als grün, und auf den Straßen und Bürgersteigen streunten rastlose Kinder umher, die noch nicht bereit waren, den Sommer gehen zu lassen. Penny hatte Ruben bereits mit einigen der Kinder bekannt gemacht, und wenn die Schule nächste Woche wieder anfing, würde er noch viele weitere kennenlernen, denn er gehörte nun ebenfalls zu den Einheimischen.

Er spürte ein nervöses Flattern in der Magengrube, wenn er daran dachte, in die neue Schule zu gehen. Immerhin hatte er Penny an seiner Seite. Und im Vergleich zu dem, was er diesen Sommer durchgemacht hatte, erschien es ihm als eine geradezu lächerliche Herausforderung. Tatsächlich freute Ruben sich sogar darauf. Er war nervös, aber er war bereit.

Das Gleiche verspürte er bei der Aufgabe, die heute vor ihm lag, nur dass sie um ein Vielfaches bedeutsamer war. Die Erinnerung an die Begegnungen mit neuen Lehrern oder Schulkameraden würde mit der Zeit verblassen. Doch vom heutigen Tag würde er nicht ein einziges Detail vergessen, das wusste Ruben genau.

Nach einem weiteren Festessen im großen Zimmer – wieder einmal eine überfüllte Angelegenheit mit mindestens einem Dutzend anwesenden Meyers – räumten Penny und Ruben den Tisch ab. Als sie in die Küche kamen, wartete Jack dort bereits auf sie. Er hatte sich lautlos durch die Hintertür hereingeschlichen. Ruben fand, dass er eine beeindruckende Figur abgab. Er trug einen Wollmantel und einen Fischerhut und hatte sich einen buschigen roten Bart wachsen lassen. Durch die Extraportion Rot in seinem Gesicht wirkten seine Augen geradezu stechend blau, wie Murmeln in einem Feuer.

»Es ist an der Zeit«, sagte er. »Seid ihr bereit?«

Penny sah besorgt über die Schulter. »Lass uns erst den Tisch fertig abräumen. Sonst fällt es ihnen auf.«

»Es fällt ihnen so oder so auf. Wir müssen los. Die Anzugträger sind auf dem Weg hierher.«

»Jetzt schon?«, fragte Ruben. »Ich dachte, sie kommen erst heute Abend.«

»So haben sie es angekündigt. Aber ich glaube, dass sie gern früher kommen, um die Leute zu überrumpeln. Penny?«

Penny spähte ins Esszimmer und sah verdrießlich auf den halb abgeräumten Tisch. Ihre Mom und Rubens Mom lachten zusammen über irgendetwas und tauschten dabei amüsierte Blicke aus wie langjährige Freundinnen. Luke erzählte einem seiner kleinen Cousins eine Geschichte und alle anderen schienen wild durcheinanderzureden. Genau so war seit ihrer Rückkehr bisher jede Mahlzeit abgelaufen. Vollkommenes Chaos, drei Mal am Tag.

Penny wandte sich um. »Also gut. Gehen wir.«

Penny und Ruben holten sich Jacken aus dem Vorraum und

Penny lief zum Ölhaus und kehrte mit ihrem Rucksack zurück. Dann gingen sie über die Granitfelsen hinab zum Meer und stiegen in das Ruderboot, das Jack in der Nähe des Eingangs zu den Schmugglertunneln angebunden hatte. Niemand sprach ein Wort.

Jack ruderte sie in tieferes Wasser zu einem stockentengrünen Fischerboot, das er dort vor Anker gelegt hatte. Schon als sie beidrehten, fiel Ruben der starke Fischgeruch auf. Er erinnerte ihn an seine Mom, obwohl sie schon seit über einem Monat nicht mehr auf dem Markt arbeitete. Neuerdings roch sie nur noch nach Seife und Bodylotion und Ruben liebte es. Aber den Geruch von Fisch würde er wahrscheinlich immer mit ihr und den vielen gemeinsamen Abendessen in den Lower Downs verbinden.

Zumindest an diesen Teil seines alten Lebens dachte er gern zurück. Und zum Glück musste er auch in seinem neuen Leben nicht darauf verzichten. Sie hatten bisher bei den Meyers auf der Insel gewohnt, doch schon bald würden sie in ein kleines Cottage umziehen, das sie dank Mr Meyer zu einem bezahlbaren Preis mieten konnten. Die Abendessen mit den Meyers waren eine lautstarke Angelegenheit und sehr unterhaltsam für Ruben und seine Mom, trotzdem freuten sie sich schon darauf, wieder zu zweit zu sein. Kurioserweise ähnelte die Küche im Cottage beinahe exakt der Küche in ihrer alten Wohnung. Beim ersten Anblick hatten beide lachen müssen.

»Je mehr sich verändert, desto mehr bleibt gleich«, bemerkte seine Mom kopfschüttelnd. »Aber ich wette, dass der Herd besser funktioniert.« Das tat er. Genau wie alles andere. Und nachdem sie sich alle Zimmer angesehen hatten (was nur etwa eine Minute gedauert hatte), wollte sie von Ruben wissen, was er von dem Cottage hielt.

»Ich glaube, es ist mein Traumhaus«, sagte er mit einem Grinsen.

»Ach ja?«, erwiderte seine Mom und grinste ebenfalls. Ruben hatte sie noch nie so glücklich gesehen. »Obwohl es kein Trapez gibt?«

»Ich gehe davon aus, dass wir noch eins anbringen.«

»Okay, alles klar. Ich finde nämlich auch, dass dieses Haus dringend ein Trapez gebrauchen könnte.«

Rubens Mom war in den Wochen, die auf die schicksalhaften Ereignisse in der Villa des Schattens folgten, oft traurig gewesen. Doch in den letzten Tagen hatte sie stets beste Laune gehabt. Sie würden nicht nur in das Cottage einziehen, sie konnten sich auch die Miete dafür leisten, weil sie einen gut bezahlten Job im Dorf bekommen hatte. Genau wie das Cottage hatte sie den Job den Meyers zu verdanken. Trotz der jüngsten Meinungsverschiedenheiten zählte der Name Meyer in Point William noch immer eine ganze Menge; praktisch jede Familie im Dorf stand auf die eine oder andere Weise in der Schuld der Leuchtturmwärterfamilie. Und so kam es, dass aufgrund der Empfehlung der Meyers (und aufgrund von ein paar Gefälligkeiten, die eingefordert wurden) Rubens Mom nicht nur einen guten Job, sondern gleich eine ganze *Auswahl* davon angeboten bekommen hatte.

»Das glaube ich einfach nicht«, hatte sie Ruben gesagt, als sie unter sich waren. »Wir werden niemals irgendjemandem erzählen, dass ich auch den miesesten Job im Dorf angenommen hätte. Tun wir einfach so, als wäre ich schon immer arrogant und überheblich gewesen, okay?«

»Als wenn wir nur so tun müssten«, erwiderte Ruben.

»Fängst du schon wieder an. Dabei wärst du beinahe aus dem Schneider gewesen. Du hast wohl gerne Ärger am Hals, was?« Sie gab vor, streng zu gucken.

»Hab ich von Jack gelernt.«

»Der einen *grauenvollen* Einfluss auf dich hat«, schimpfte sie und verdrehte die Augen. »Übrigens, hat er mich wirklich keck genannt? Oder hast du das nur gesagt, um mich auf die Palme zu bringen?«

Ruben lachte. »Hat er wirklich.«

Seine Mom seufzte. »Je mehr sich verändert …«, sagte sie erneut und tat nun so, als sei sie entmutigt.

Nein, dachte Ruben. Er hatte sie noch nie so glücklich gesehen.

Und nun hoffte Ruben an diesem sonnigen, frischen Spätsommertag, dass sie sich keine Sorgen machen würde, weil er verschwunden war. Es gab genug Orte, zu denen Penny und er gegangen sein könnten – Jacks altes Zimmer auf dem Dachboden, das Ölhaus, der Leuchtturm. Vielleicht fiel ihr also gar nicht auf, dass sie die Insel verlassen hatten. Und sie würden auch nicht lange wegbleiben. Jack hatte gesagt, dass der Trip höchstens eine Stunde dauerte.

Sobald Penny und Ruben sicher an Bord des Fischerbootes waren, band Jack das Ruderboot los und ließ es treiben. Er würde es später wieder einfangen, sagte er. Bis dahin würden die Anzugträger gezwungen sein, eine andere Transportmöglichkeit zur Insel zu finden.

»Das wird ihnen gar nicht gefallen«, bemerkte Ruben. Die »Anzugträger«, wie Jack sie nannte, waren Ermittler der Regierung. Es schien ihm keine gute Idee, sie zu verärgern.

»Woher sollen sie wissen, dass sich das Ruderboot nicht von selbst gelöst hat?«, erwiderte Jack. »So was passiert.« Er startete den Motor und der Fußboden unter ihren Füßen begann surrend zu vibrieren.

Penny sah sich mit wachsender Besorgnis um. »Warte mal

kurz, wessen Kutter ist das eigentlich? Er sieht genauso aus wie der von Mr Harsch.«

»Es *ist* der von Mr Harsch«, erwiderte Jack, während das alte Boot langsam vorwärtstuckerte.

»Was? Mr Harsch hasst dich! Du hast gesagt, du leihst das Boot von einem Freund!«

»Unsere Freundschaft ist ein Geheimnis«, sagte Jack und drehte am Steuerrad. »Nicht einmal er weiß davon.«

Penny vergrub ihr Gesicht in den Händen.

»Keine Sorge, Rotschopf. Ich glaube, der alte Mr Harsch tut nur so, als würde er mich hassen.«

»Und warum hasst Mr Harsch dich?«, fragte Ruben ein wenig gedankenverloren, denn er hörte nur zum Teil zu. Er war noch nie auf einem Motorboot gewesen und wurde von dem Dröhnen des Motors abgelenkt und von dem wundervollen Rauschen des Wassers an den Seiten. »Ich meine natürlich, warum tut er so?«

»Keine Ahnung«, entgegnete Jack mit einem Schulterzucken. »Vielleicht, weil ich mir immer wieder sein Boot ausleihe.«

Sie fuhren aus der Bucht hinaus aufs offene Meer. Unter ihnen glitzerten die Wellen blau und weiß und ab und zu huschte der Schatten einer Wolke über die Wasserfläche. Es war ein wunderschöner melancholischer Tag, der letzte Tag einer Zeit, an die Ruben als das »Nachspiel« zurückdachte, und der wahre Beginn seines Lebens in Point William.

Ruben und Penny waren aus den ersten Ermittlungen herausgehalten worden. Sie hatten auch nicht an den Anhörungen oder dem raschen Gerichtsverfahren gegen Cassius Faug teilgenommen. Ihre Aussagen waren nicht notwendig gewesen, um ihn für seine zahlreichen Verbrechen zu verurteilen, und alle waren darin einig, dass sie als Kinder geschützt werden sollten. Daher war ihr Wissen darüber, was sich in den letzten Wochen ereignet hatte, darauf beschränkt, was sie von anderen erzählt bekamen oder was sie in den Zeitungen lasen, die ihre Artikel mit reißerischen Schlagzeilen versahen wie *Der Schatten hat einen Schatten*, denn Faug war nicht nur zu einer Gefängnisstrafe verurteilt worden, sondern musste auch regelmäßig mit einem Therapeuten sprechen.

Womöglich würde Faug niemals akzeptieren, dass seine »Unsichtbarkeits-Uhren« ein Produkt seiner Fantasie waren – davon gingen zumindest einige Experten für psychische Gesundheit aus. Aber vielleicht würde er früher oder später akzeptieren, dass er ohne sie leben musste. Zudem hoffte man, dass irgendwann ans Licht kam, wie er all diese seltsamen und scheinbar unmöglichen Dinge geschafft hatte – und nicht nur *wie*, sondern auch *warum*. Vielleicht klärte es sich eines Tages. Vielleicht würde es aber auch für immer ein Rätsel bleiben.

Wahrscheinlich, dachte Ruben, war er der einzige Mensch auf der Welt, der hoffte, dass man Faug in der Therapie helfen konnte. Natürlich war er froh, dass der Mann im Gefängnis saß. Aber er wünschte sich auch, dass er seinen Frieden fand. Ruben hätte sich niemals vorstellen können, zwei so gegensätzliche Dinge für ein und dieselbe Person zu empfinden. Natürlich hatten seine Gefühle keinerlei Einfluss auf die Situation. Er hatte Faugs Schicksal in Gang gesetzt, aber es lag nicht länger in seiner Hand.

In der Zwischenzeit wurde in New Umbra aufgeräumt. Die Stadt befand sich in einem furchtbaren Zustand. Es würde Jahre dauern, bis dort alles wieder so funktionierte wie in einer ordentlichen Stadt – ein bisschen chaotisch zwar, aber im Großen und Ganzen frei und ehrlich. Mit Bürgern, die sich füreinander verantwortlich fühlten. Deren Wohl von Repräsentanten vertreten wurde, die sie selbst gewählt hatten, und nicht von irgendeinem geisterhaften oder irdischen Phantom, dessen Interessen nicht denen der Bürger entsprachen. Mit anderen Worten: Eine Stadt hatte es schon schwer genug ohne jemanden wie den Schatten. New Umbra würde niemals perfekt sein, aber der Stadt würde es deutlich besser gehen.

Ruben konnte noch immer kaum glauben, dass er nicht mehr dort lebte. Er und seine Mom waren erst letzte Woche nach Point William gezogen. Oder besser, sie waren umgezogen worden – von den Meyers, die sie zunächst recht nachdrücklich eingeladen hatten (Rubens Mom hatte nicht lange gebraucht, um zuzustimmen) und dann nach New Umbra gekommen waren, um sämtliche Sachen der Pedleys zu packen und mitzunehmen. Mehrere Nachbarn hatten in der Tür gestanden und die fröhlichen, beinahe alle rothaarigen Möbelpacker mit offenem Mund angestarrt.

Es war ein aufregender Tag für alle gewesen, inklusive der jungen Hausverwalterin, auf deren Schreibtisch Ruben folgende Notiz hinterlassen hatte:

Die Katze ist im Lagerraum. (Ich habe das Fenster geschlossen.)
Vielleicht versuchen Sie es mal mit Milch oder Thunfisch?
Viel Erfolg dabei, sich mit ihr anzufreunden. Ich bin sicher, dass Sie es schaffen.

In seiner letzten Woche in New Umbra hatte er eine Menge Zeit damit verbracht, die Katze mit Milch und Thunfisch anzulocken, deswegen wusste er, wovon er sprach. Und als er sie an jenem Morgen erfolgreich im Lagerraum einsperrte, empfand er das höchst befriedigende Gefühl, einen Schlussstrich zu ziehen. Indem er das Fenster zur Gasse schloss, schloss er ein Kapitel seines

Lebens. Er hatte die Nachricht an die Hausverwalterin mit seinem vollständigen Namen unterschrieben und sogar seine neue Adresse in Point William hinterlassen. Erst gestern war eine Dankeskarte der jungen Frau in der Post gewesen, zusammen mit einem Foto, auf dem sie freudestrahlend die Katze auf dem Arm hielt. Die Katze sah zwar etwas weniger glücklich aus, aber immerhin ließ sie sich auf dem Arm halten. Manchmal ergaben sich die Dinge einfach.

Mit der gleichen Ladung Post hatte Ruben auch einen Brief von Mrs Genevieve erhalten. Das kam nicht überraschend, denn sie hatten ausgemacht, sich jede Woche zu schreiben, und Ruben hatte der Uhrmacherin bereits zwei Briefe geschickt. Sie hatte versprochen, ihn über die Entwicklungen in New Umbra auf dem Laufenden zu halten, wenn er im Gegenzug von seinem neuen Leben in Point William berichtete. Für das Schreiben der Briefe würde sie höchstwahrscheinlich auf ein wenig Schlaf verzichten müssen, denn seit dem Tag in der Villa war ihr und ihrem Geschäft große Aufmerksamkeit zuteil geworden. Sie hatte mehr Kundschaft als je zuvor, viele davon nette und zuvorkommende Leute, die auch anboten, irgendwelche Besorgungen für sie zu erledigen.

*Das ist zwar ermüdend, aber nicht unwillkommen,* schrieb sie. *Und wenn ich mich nach Privatsphäre sehne, muss ich nur das »Geschlossen«-Schild an die Tür hängen, bis mir wieder der Sinn danach steht, unter Leute zu kommen. Jeder sollte solche Schilder an seiner Tür haben, findest du nicht auch?*

Ruben hatte sich im Ölhaus versteckt, um Mrs Genevieves Brief in Ruhe zu lesen (im Haus konnte man nirgendwo hingehen, ohne einem Meyer in die Arme zu laufen) und auch gleich eine Antwort zu formulieren. *Die Idee mit den Schildern ist groß-*

*artig,* schrieb er. *Ich finde, wir sollten sogar welche um den Hals tragen und einfach umdrehen, wenn wir keine Lust haben, uns zu unterhalten.*

Er war sich sicher, dass Mrs Genevieve diese Idee höchst amüsant finden würde. Und plötzlich begriff Ruben, dass der Briefwechsel mit der Uhrmacherin die gleiche Funktion übernehmen würde wie die Traumhäuser, die er sich mit seiner Mom ausgedacht hatte. Der Gedanke gefiel ihm.

Das Boot tuckerte stetig voran. Der Rumpf schlug rhythmisch auf das aufgewühlte Meer. Sprühnebel wehte über den Bug und ließ immer wieder kleine Regenbogen entstehen, die sofort nach ihrem Erscheinen wieder verschwanden.

Ein wunderschöner wehmütiger Tag.

Sie fuhren an einigen kleinen Inseln vorbei, um die Jack einen großen Bogen machte. Laut seiner Aussage gab es in ihrer Nähe einige gefährliche Untiefen. Ruben dachte eine Weile darüber nach. Vom Boot aus waren die Untiefen nicht zu erkennen – genau wie alles andere, was sich unterhalb der Meeresoberfläche befand. Es gab wahrscheinlich niemanden, der seine Geheimnisse so gut hütete wie das Meer. Einige dieser Geheimnisse, wie die Untiefen, mochten zwar entdeckt worden sein, aber die meisten würden für immer im Dunkeln bleiben. Das Meer war wahrscheinlich die geheimnisvollste Sache der Welt, dachte Ruben. Mit Ausnahme der Menschen.

Die Küste des Festlandes war jetzt nur noch als verschwommene Linie hinter den kleinen Inseln auszumachen. Penny stieß Ruben mit dem Ellbogen an und deutete nach vorn. Als Ruben die Augen hinter der Sonnenbrille zusammenkniff, konnte er in der Ferne zwei dunkle Umrisse ausmachen. Die Zwillingsinseln erhoben sich eher vertikal als horizontal aus dem Meer, wie zwei

Torpfosten, die ins Leere führten. Als sie näher kamen, erkannte er Sand, Felsen, Gestrüpp – sonst nichts. Einige Vögel kreisten um die trostlosen Hügel, die ansonsten vollkommen unbewohnt erschienen.

»Ist das unser Ziel?«, fragte Ruben und Jack nickte.

Penny sah auf ihre Uhr. »Wir sind schon fast eine Stunde unterwegs, Jack.«

»Ja, tut mir leid. Unser Ausflug dauert wohl eher so um die drei Stunden.« Jack warf ihnen einen entschuldigenden Blick zu. »Ich habe eine Stunde gesagt, weil es einfacher klang, und ich wollte euch keine Angst machen. Entspannt euch, ich nehme alles auf meine Kappe. Es ist schließlich nicht eure Schuld, dass man euch falsch informiert hat.«

Ruben schüttelte den Kopf. Er wunderte sich noch immer über diesen neuen Jack Meyer, der immer zu wissen schien, was er sagen oder nicht sagen sollte und wie er alles bewerkstelligte. Er hatte zum Beispiel ganz meisterhaft die Abwicklung der Meyer'schen Fragen über die Uhren in die Hand genommen. Sie hatten zwar alle Penelopes Brief gelesen, konnten aber nicht wissen, dass die Uhren noch existierten. Jack hatte daher angeordnet, dass Ruben unter keinen Umständen irgendetwas sagte und Penny nur bestimmte Fragen beantworten sollte, bis die ganze Sache vorbei war. Und Jack gelang es sogar, die Fragen zu formulieren, die Penny gestellt wurden. (Da er seiner Familie bewiesen hatte, dass er sie zum Narren halten konnte, wusste er, dass seine eigene Aussage nicht genügen würde.)

»Fragt sie, ob ich eine der Uhren habe«, drängte Jack seine Eltern, nachdem sie die ganze Aufregung hinter sich gelassen hatten und endlich allein waren.

Penny verneinte es und natürlich glaubten sie ihr. Penny hätte ihre Eltern niemals täuschen können, selbst wenn sie es versucht hätte.

»Fragt sie, ob wir bald vorhaben, euch die Wahrheit über alles zu erzählen, nachdem wir etwas erledigt haben. Es ist absolut sicher, aber auch sehr, sehr wichtig. Und bis dahin sollten wir die Sache für uns behalten. Wir würden euch sonst in eine ziemlich missliche Lage bringen und zudem diese wirklich wichtige Sache gefährden, die wir noch erledigen müssen.«

Penny bestätigte, dass alles, was Jack sagte, stimmte.

»Fragt sie, ob sie denkt, dass ihr mir vertrauen könnt und ich das Richtige tue«, sagte er schließlich, und diese Frage traf sie alle unvorbereitet, inklusive Penny. Denn trotz allem, was sie inzwischen über Jack wussten – dass er ein hervorragender Lügner war, ein Kämpfer, ein rücksichtsloser Autofahrer, ein eigenmächtiger Entleiher von Autos und Booten –, trotz all dieser Dinge zweifelte keiner von ihnen auch nur einen Moment daran, dass Jack das Richtige tun würde. Obwohl die jüngsten Ereignisse Jacks wahren Charakter zutage gefördert hatten, waren sie überzeugt davon, ihn zu kennen. Sie *verstanden* ihn vielleicht nicht vollkommen – es fiel den Meyers schwer zu begreifen, wie Jack einerseits ein reueloser Lügner sein konnte und andererseits ein aufrichtiger Mann, aber sie wussten, dass es so war.

Die Meyers stellten klar, dass diese geheime Sache bald geschehen würde, und ließen sich von Penny mit Nachdruck bestätigen, dass es auch wirklich so war (denn sie wussten durchaus, dass Jacks Vorstellung von Sicherheit nicht unbedingt mit ihrer eigenen übereinstimmte). Am Ende stimmten sie schließlich zu, Jack, Penny und Ruben machen zu lassen, was immer sie vorhatten, und sie nicht weiter zu befragen. Jack hatte es fertiggebracht, die gleiche Übereinkunft mit Rubens Mom zu treffen (was Ruben immer noch sprachlos machte), und so waren er und die Kinder in der Lage, sich ungestört zu unterhalten und ihre Pläne zu schmieden.

Wahrscheinlich wären sie so oder so heute aufgebrochen. Sie hatten auf schönes Wetter gewartet, und die Ankunft der Regierungsermittler in Point William hatte den Zeitpunkt schließlich besiegelt. Jack war vorgewarnt worden. Er hatte einen Anruf von Officer Warren erhalten, der ihm erklärte, welche Fragen die Ermittler ihm gestellt hatten. Augenscheinlich kannte irgendjemand in der Regierung die Legende von den Uhren und hielt es für lohnenswert, den Spuren nachzugehen. Zweifellos waren es Leute vom Geheimdienst oder dem Militär, die glaubten, dass solche Uhren, falls sie tatsächlich existierten, von großem Nutzen sein konnten.

»Aber woher wissen wir, dass sie nicht irgendetwas Unrechtes damit anstellen?«, fragte Penny.

»Ganz genau. Deswegen denke ich, dass wir bei unserem Plan bleiben sollten. Was meinst du, Ruben?«

Wenn Ruben daran dachte, was sie vorhatten, verspürte er immer einen wehmütigen Stich. Trotzdem zögerte er keine Sekunde. »Wir bleiben dabei.«

Die Zwillingsinseln kamen näher. Zwischen den beiden Erhebungen schossen grauweiße Meerschwalben über die Wasseroberfläche, hielten dann abrupt an und verharrten einen kurzen Moment in der Luft, um sich schließlich auf der Jagd nach Fisch ins Meer zu stürzen. Der Wind zerzauste die Blätter des zähen Gestrüpps, das über die Insel verstreut wuchs, und Wellen krachten spektakulär gegen die Felsen ringsum.

»Der Teufelsrachen«, verkündete Jack. »Oder der Teufelsschlund. Ich hab beides schon gehört. Sagt dir das was, Rotschopf?«

Pennys Augen weiteten sich. »*Da* wollen wir hin? Aber du hast mir doch versprochen, dass es sicher ist. Du hast es Mom und Dad versprochen! Du hast *mich* dazu gebracht, es ihnen zu versprechen!«

»Beruhig dich, Pen. Es ist sicher. Man darf bloß nicht zwischen den Inseln durchfahren. Wenn man vom Festland aus die linke Insel ansteuert, gibt es eine Rinne, die direkt zu einem Streifen Sand führt. Die benutzen wir.«

Ruben war jetzt auch nervös. »Gibt es hier gefährliche Strömungen oder so?«

»Das könnte man so sagen«, erwiderte Jack. »Aber nur zwischen den beiden Inseln. Niemand würde es wagen, zwischen ihnen durchzufahren. Geschweige denn, dort zu tauchen.«

»Aber warum hier?«, fragte Penny ein bisschen traurig. Sie sah ihn enttäuscht an, als habe er sie ausgetrickst.

Jack legte ihr eine Hand auf die Schulter. »Möchtest du nicht irgendwann einmal auf diesen Tag zurückschauen? Und willst du es dir nicht immer wieder ausmalen?«

Penny dachte darüber nach. Genau wie Ruben. Beide nickten.

»Das habe ich mir gedacht«, erwiderte Jack. »Deswegen sind wir hier. Wenn dich irgendjemand fragt, sagst du einfach ›ins Meer‹. Das stimmt ja schließlich. Oder du weigerst dich zu antworten. Mom und Dad werden ohnehin nicht zulassen, dass dich irgendjemand befragt. Alles, was noch besprochen werden muss, erledige ich.«

»Aber du gehst doch fort!«, rief Penny, und plötzlich traten ihr Tränen in die Augen, wie so oft in den letzten Tagen. Jack hatte ihnen mitgeteilt, dass er Point William verlassen würde, sobald ihre heutige Aufgabe erledigt war. Er würde sich die Welt ansehen. Er hatte bereits sein Auto verkauft, um die Reise finanzieren zu können. Sein Plan war, sich irgendwie in eine billige Koje auf einem Handelsschiff zu mogeln.

»Und danach?«, hatte Penny verdrießlich gefragt.

»Es gibt nur einen Weg, das herauszufinden«, hatte Jack entgegnet. »Ganz egal, was auch geschieht, du bist die Erste, der ich davon berichten werde.«

*Genau wie Penelope*, hatte Ruben gedacht. *Er wird ein Abenteurer!*

Und genau so würde es kommen. Eines Tages würde Jack Meyer in vielen dunklen Ecken der Welt bekannt sein – aber auch in vielen hellen. Manche würden ihn lieben, manche würden ihn hassen. Er würde unter vielen Namen bekannt sein, wie *Jack, der Rote* oder *Jack, der Lügner*. Er würde mehrmals ein Vermögen erwerben und wieder verlieren, oft auf höchst unangenehme Weise. Kurzum, er würde sehr glücklich sein. Und die ganze Zeit über würde er gewissenhaft einer gewissen Penny Meyer schreiben, die bei dem Gedanken an seine Abreise die Tränen nicht zurückhalten konnte.

Jack legte einen Arm um seine Schwester. »Ich gehe nicht eher, als bis ich mit den Anzugträgern alles geregelt habe. Und ich verspreche dir, jede Woche zu schreiben, ganz egal, was geschieht. Wenn es sein muss, benutze ich Tintenfisch-Tinte und Papyrus. Wir werden immer in Kontakt bleiben, okay? Die Post ist heute viel schneller und zuverlässiger. Du wirst jede Woche einen Brief bekommen. Und ich werde euch besuchen, keine Sorge.«

Penny nickte tränenüberströmt. Sie schlang ihre Arme um ihn, dann löste sie sich wieder, öffnete ihren Rucksack und holte etwas daraus hervor. Sie reichte das winzige Objekt Jack, der es mit einem überraschten und freudigen Lächeln in Empfang nahm. Ruben trat näher heran, um es besser sehen zu können.

Es war einer der Uhrenschlüssel.

Jack schloss seine Finger darum. »Ich werde ihn hüten wie meinen Augapfel, Käferchen. Danke. Hast du den anderen?«

»Ich dachte, den sollte Ruben bekommen«, erwiderte Penny. Und tatsächlich lag er dort in ihrer ausgestreckten Hand, die sie nun Ruben hinhielt.

Seit dem Tag in der Villa hatte er keine der Uhren mehr gesehen. Er betrachtete den Schlüssel mit einer merkwürdigen Mischung aus Traurigkeit und Freude. Trotzdem bedeutete ihm die Geste sehr viel, und er sah Penny dankbar an, bevor er den Kopf schüttelte. »Du solltest ihn behalten. Damit ihr beide einen habt.«

Penny wollte protestieren, merkte dann jedoch, dass Ruben seine Meinung nicht ändern würde, und schlang schließlich ihre Arme um ihn. »Du kannst ihn dir anschauen, sooft du willst«, sagte sie. »Ich werde ihn an einem geheimen Ort im Ölhaus aufbewahren. Ich sag dir, wo.«

»Okay«, erwiderte Ruben. Ihre Haare kitzelten an seiner Nase. »Ich komm drauf zurück.«

Jack hatte die verborgene Rinne gefunden. Das Wasser war überraschend ruhig, und er steuerte das Fischerboot problemlos bis kurz vor die Insel, bevor er den Motor ausmachte und den Anker warf. Er zauberte ein kleines, aufblasbares Schlauchboot hervor und kurz darauf paddelten alle drei dicht aneinander gedrängt die restliche Strecke ans Ufer. Jack sprang vom Boot, zog es auf den schmalen Sandstreifen und band es an einem verkrüppelten Busch fest, der aussah wie ein Hydrant.

»Es gibt keinen Pfad«, teilte er ihnen mit. »Wir müssen uns selbst einen Weg da rauf suchen.«

Es war nicht besonders schwierig. Der Hügel war zwar steil, aber Jack fand schnell heraus, wo man am besten auftreten konnte, und im Gänsemarsch arbeiteten sie sich nach oben. Einige Eidechsen huschten davon. Irgendein großes Insekt schwirrte an Rubens Ohr vorbei und flog aufs Meer hinaus. Er sah ihm hinterher. Vielleicht kannte es noch eine andere Insel, dachte er. Vielleicht beging es aber auch einen großen Fehler.

Oben auf dem Hügel wurden sie von einer deutlich stärkeren Brise begrüßt, die Pennys Haare wild umherfliegen ließ. Sie betrachteten das Meer um sich herum, eine endlose, glitzernde Weite. Zwischen den Inseln wirbelte das Wasser bedrohlich, hatte aber einen wundervollen grünen Farbton. Penny kniete sich neben ihren Rucksack und förderte als Erstes eine Kappe zutage, die sie mit einiger Mühe über ihre Haare stülpte, um sie zu bändigen. Dann griff sie erneut in den Rucksack und holte etwas heraus, das aussah wie zwei faustgroße Steine.

Sie hatte die Uhren getarnt. Sie steckten in einer Hülle aus Beton, mit Teer versiegelt und mit Muscheln beklebt. Sie sahen aus, als gehörten sie auf den Grund des Ozeans. Nicht einmal ein Fisch würde daran zweifeln. Aber im Inneren der Hülle steckten die sagenhaften Erfindungen eines genialen Geistes, Erfindungen, die ihre Geheimnisse für sich behielten.

»Geheimnisse in Geheimnissen«, sagte Penny, und Ruben und Jack nickten anerkennend.

Jack zog sich zurück und ließ die Kinder mit ihrer Aufgabe allein. Der Wind blies unvermindert stark. Sie gingen zu unterschiedlichen Stellen auf einem Felsvorsprung, und nach wenigen Schritten verstand Ruben schon nicht mehr, was Penny ihm sagte; der Wind wehte die Worte fort. Aber er las an ihrem Gesichtsausdruck und ihren Gesten, was sie meinte. Sie sollten die Uhren zur gleichen Zeit ins Wasser werfen. Zusammen.

Einen Moment lang sahen sie sich einfach nur an. Dann, als

könnten sie die Gedanken des anderen lesen, nickten sie beide und begannen zu zählen, obwohl Ruben nur seine eigenen Worte hörte. Eins. Zwei. Drei.

Er warf die Uhr aufs Meer hinaus. Sie schien eine Ewigkeit zu fallen, bevor sie durch die Wasseroberfläche drang. In der Unendlichkeit des Meeres war der Einschlag winzig, eine kaum wahrnehmbare Störung im aufgewühlten Wasser. Und dann war sie verschwunden, als wäre nie etwas geschehen, als hätte Ruben nie etwas getan.

*Aber das habe ich,* dachte er, während er sich umwandte und zu seinen Freunden zurückging. *Niemand kann es sehen, aber ich habe es getan.*

Ich möchte der Rivendell Writers Colony,
insbesondere Carmen Toussaint Thompson,
für die wertvolle Zeit und den wunderschönen Ort danken,
den sie mir zur Verfügung gestellt haben,
um an diesem Buch zu arbeiten;
meinen Freunden Paul und Bridgett Galvin für
eine verschneitere Version desselben;
und meinen Lektoren Megan Tingley, Bethany Strout,
Kheryn Callender und Barbara Bakowski für
ihre weisen Ratschläge, um dieses besondere Geheimnis
ans Licht zu bringen.

Stewart, Trenton Lee
Secret Keepers – Zeit der Jäger
ISBN 978 3 522 18497 7

Aus dem Amerikanischen von Nina Scheweling
Lektorat: Natalie Tornai
Umschlaggestaltung: Alexander Kopainski
Einbandtypografie: Alexander Kopainski
Innentypografie: Bettina Wahl
Reproduktion: Digitalprint GmbH, Stuttgart
Druck und Bindung: GGP Media GmbH, Pößneck

FSC www.fsc.org MIX Papier aus verantwortungsvollen Quellen FSC® C014496